く黄金竜
腰を屈めたフェイツランドはエイプリルの頬に触れるだけの口づけをした。
「お前に黄金竜の加護があるように」

空《そら》を抱《いだ》く黄《おう》金《ごん》竜《りゅう》

朝霞《あさか》月子《つきこ》
ILLUSTRATION：ひたき

空を抱く黄金竜

LYNX ROMANCE

CONTENTS

空を抱く黄金竜

ルイン国第二王子エイプリルは、巨大な城門の前に困惑顔で佇《たたず》んでいた。

中央大陸南方一の大国シルヴェストロの首都シベリウス。少ない路銀をやり繰りしながら、祖国ルインを出て十日の長旅を経て、やっと辿《たど》り着《つ》いた城は、しかし、エイプリルに優しい場所ではなかった。

「お引き取りを」

初めて訪れる城下町の様子をほくほくしながら観察し、これでゆっくり休めると城の門を潜《くぐ》りかけたエイプリルの前に、屈強な兵士が持つ槍《やり》が立ち塞《ふさ》がったからだ。

「どうしてですか?!」

「どうしても何も、王子だと証明するものを示せない以上、中に入れるわけにはいかない」

「不審者を城の中に入れてしまっては、俺たちが罰を受けてしまう」

「僕――私はルイン国の王子エイプリル、ここにちゃんと親書と紹介状があります」

エイプリルは大事に背負っていた旅行鞄《かばん》の中からルイン国王である祖父から預かって来た二枚の封書を取り出し、国印が見えるように門番の前に掲げた。

「王子?」

「お前が?」

「何か問題でもありますか?」

まるで値踏みするようにじろじろと見下ろされ、居心地悪い思いをしながらもエイプリルはじっと二人を睨《にら》み返した。

「問題？　あるに決まってるだろ。お前のどこを見たら王子に見えるんだ?」

「あのな、お前さん、自分がどんな格好をしてるかわかってるか?」

言われてエイプリルは旅装のままの自分の姿を見下ろした。肩から羽織った旅行用のマント、馬に乗るから軽いものがいいと選んだ白いシャツと黒いズボン、長旅で疲れないように履《は》き慣れた長い靴。

「どこが変ですか?」

国内ではいつもこの軽装で動いていたエイプリルには、何がおかしいのかわからない。馬装も馬の負担にならないよう極力丈夫で軽いものを選んだつもりだ。そのどこに問題があるというのだ。

「おい……」

「ああ、こいつ、まるでわかっちゃいねえみたいだな」

胸を張って立つエイプリルの様子に、最初は馬鹿にしてからかっていた門番たちは「やれやれ」と肩を竦《すく》め、エイプリルの胸を指差した。

「ボロボロに擦り切れて汚れたマント、ボタンの取れかけたシャツ、ところどころ裂けたズボン、泥だらけの靴、馬の毛艶もよくない。そんなのを見てどうやって王子だと判断するんだ？」

「それは、長旅をして来たから」

元々は薄く輝く金髪は埃《ほこり》にまみれて灰を被《かぶ》ったようにくすみ、慣れない一人旅の緊張と苦労は、まろやかで健康的な頬《ほお》をやつれさせていた。

「だとしても、供の一人もつけずに一人で馬に乗ってだぞ？　荷物はそれだけなんだろ？」

馬の両脇に括《くく》り付けられたままの革袋と旅行鞄が一つずつ、それがエイプリルの荷物のすべてだ。

「こんな質素な王子様は見たことがない」

「そこらを歩いてる店の小僧でももっとましな格好してるぜ。それに」

門番の一人が、ちょうど中から出て来た白馬を指差した。正確には、白馬に跨《また》る若い男を示したのだ。

「本物の王子様ってのは、あの方のような人を言うんだ。見てみろ、お前とは全然違うだろ？」

言われてエイプリルも白馬の主に目を向けた。

緩く波打つ薄茶の髪の毛、金糸や銀糸で複雑な刺《し》繍《しゅう》が施された衣裳、馬の尾にも飾り紐《ひも》が結ばれている。半馬身遅れて茶色の馬に乗る地味な服装の男は、彼の従者だろうか。声を掛ける人に笑顔で手を振る姿は、確かに人々が理想とする「王子様」そのものだった。

「な？　わかっただろう？　シャノセン様はずっと西の方にある国から来た正真正銘の王子だ。お前とは違う」

「ぼ、私が本物ではないと疑っているんですか？」

答えずに再び肩を竦めた二人の態度は「その通りだ」と語っていた。

エイプリルはぎゅっと手綱を握っていない方の拳を握り締めた。

エイプリルの祖国ルインは、決して豊かとは言えない小さな小さな国だ。放牧や農業は盛んだが、鉱山や商業都市を抱える周辺国に比べて国庫が潤っているとは言い難い。観光名所もなく、本当に何もない国なのだ。だから、遠く離れたシルヴェストロ国に旅するエイプリルは、ほとんど何も持たず体一つでやって来た。所持金を最低限しか持って来なかったのは、その分を国のために使って欲しかったからだ。

「でも、私は本当に王子なんです」

他国に出稼ぎに行きたいと言い出したエイプリルにシルヴェストロ国を勧めたのは祖父で、その時には「国王は気さくな方だから安心してお前を預けることが出来る」と言って、笑いながら送り出してくれたのだ。だから、まさか門前払いされるとは考えもしなかった。

(そうだ、国王陛下だ)

門番が通さないと言っても、国王が会うと言えば――。

「では、国王陛下にルイン国第二王子エイプリルが来たと取り次いでください。祖父からも、私が行くことは国王陛下に伝え済みだと聞いています」

だが、門番の返答はエイプリルにとって決してよいものではなかった。

「残念ながら国王陛下は外出中だ」

「え……。じゃ、じゃあいつお帰りになるんですか？」

「外出は外出でも、親征だ。周辺諸国を幾つか回って来るそうだから、早くても半月は先だろうな」

「そんな……半月も……」

エイプリルの空色の瞳が大きく見開かれた。ボロボロの姿の中で瞳の色だけが、育ちの良さと素直な性格、それに意思の強さを表しているのだが、門番がそれに気づくことはない。

「せっかくここまで来たのに……。ここに来たら働かせて貰《もら》えると思ったのに」

門番らは顔を見合わせ、頷《うなず》いた。エイプリルの独り言はしっかり彼らの耳にも聞こえており、働かせて貰うという言葉は、やはり王子ではなかったと確信を抱かせるものになってしまった。

「そんなわけで、お前を通すわけにはいかない。働き口を探したいなら町の中ならいくらでもあるさ。まあ気を落とすな」

がっくりと肩を落としたエイプリルをさすがに気の毒に思ったのか、門番の一人は肩まで叩いてくれたが、慰めになろうはずがない。

それほど落ち込みは激しかったのだ。

(せっかく……せっかく騎士になって頑張って働こうと思ったのに……)

握り締めた紹介状には、シルヴェストロ国の騎士団へ入団させて貰えるよう書かれている。これを国王か騎士団長に渡してお願いすれば、騎士団に入れると期待していたエイプリルにとって、まさにお先真っ暗な状態だ。

それに、もっと切実な問題もある。

(今日の宿どうしよう。もう少ししかお金がないのに……)

節約しながらルインからシルヴェストロまでやって来たエイプリルだが、出費がなかったわけではない。それに、三日前に国境を越えた後は首都に辿り着けさえすれば、以降の生活は最低限保障されるだろうと思っていたのだ。寝床と食事と働く場所。これがあれば、文無しでもなんとかなると。

もうすぐ首都に着く安心感から、ついうっかりと気が緩み、昨日泊まった宿屋で食事を奮発してスープをお代わりしてしまったのがいけなかったのか、それとも贅沢《ぜいたく》にも厚切りの豚肉を食べてしまったのが悪いのか。

辛《かろ》うじて銅貨が何枚かは残っているが、農村ならまだしも首都の宿屋では素泊まりでも無理だろう。

(どうしよう……)

もう一度郊外へ行くべきか。しばらくは門前で呆《ぼう》

然《ぜん》と立ちすくんでいたエイプリルだったが、そのうち城門の出入りが激しくなるのに気づくと、

「はぁ……」

小さく溜息《ためいき》をつき、手に持ったままだった手紙をもう一度鞄の中に仕舞い込み、馬の背を撫《な》でた。

「ごめんね、もしかすると今日は厩《うまや》のある宿に泊まれないかもしれない」

馬に乗る旅人は馬泥棒を警戒し、よほどのことがない限り、厩と厩番のいる宿を選んで泊まる。エイプリルも少ない路銀の中、何とかやり繰りして厩だけはある宿に泊まって来た。自分は小さくて狭い部屋でもいいから、馬だけは新しい水と飼葉《かいば》のあるところで休んで欲しかったからだ。

ルイン王家が所有する馬の中で一番丈夫で足の速い馬。王家のというよりも、国の大事な宝物だと言っても過言ではない。そして、エイプリルにとっては長旅を共にした相棒でもある。

（宿に泊まれなくても、馬だけは置かせてくれるところがあればいいんだけど……。ついでにそこに寝させてくれるといいんだけど）

とぼとぼと馬を引いて歩き出すエイプリルは、確かに途方に暮れていた。悉《ことごと》く当てが外れてしまったこともだが、騎士になって働いて、少しでも祖国のために仕送りをしようと考えていた未来が見えなくなってしまったからである。

生来、エイプリルは明るく、あまりくよくよと考え込んだり後を引いたりしない気質だ。しかし、さすがのエイプリルも明日の寝床と食事が保障されないのでは、落ち込みもする。しかもここは地元ではなく、まったく知らない国なのだ。

（寝るところを探すよりも先に仕事を見つけた方がいいのかも。人が多いし活気もあるから、一人くらい雇ってくれるところはあると思うんだけど）

体を動かすことは嫌いではない。ジャガイモの皮剝《む》きは、城では料理長に次いで上手だった。

（大きな国は貴族の子供に家庭教師を付けることがあるらしいから、そうしたら住み込みで働かせて貰えるかな）

国王が帰国すれば誤解は解けるとして、それまでの生活を確保するのを優先すべきだろう。

そう結論を出し、

「よし！」

とエイプリルは長旅で薄汚れたまだ幼さの残る顔を上げた。


そうして半刻後、エイプリルは王城から目と鼻の先にあるこぢんまりした食堂で、客に料理の乗った皿を運んで回っていた。

「悪いな、手伝いまで頼んじまって」

「いいえ、特に急いでいるわけでもないし、気にしないでください」

運がよいというのか。

城門前から立ち去ったエイプリルが仕事の斡旋所《あっせんじょ》を尋ねようと歩いている時に、ジャガイモが転がって来たのが発端だった。荷車から落ちた大量のジャガイモは、石畳の上をころころと転がり、道いっぱいに散乱する羽目になってしまったのだ。

気づいたエイプリルが慌てて荷車を引いていた男を呼び止めなければ、そのままずっと店までジャガイモが道標のように続いていただろう。

壊れた荷馬車の後ろ板を支えながら、飯屋を営んでいるという男と一緒に店に着いたエイプリルは、「混雑して大変！」と叫ぶ男の娘に引きずられるまま、店の手伝いに駆り出されて今に至る。

「大蒜《にんにく》入りの鹿肉の方はどちらですか」

「ここだ！」

「南瓜《かぼちゃ》のスープと縞々鳥《しましまどり》の卵の揚げ物は」

「オレ、オレ」

ひっきりなしに入る注文と奥から出て来る料理を運ぶには、店主と料理人、少女の三人しかいない店では確かに大変だっただろう。

「ごめんなさいね。町で一番大きな食堂が昼前の喧《けん》嘩《か》で壊されちゃって、みんなこっちに来ちゃったみたいなの」

店主の娘が仕事の合間に説明してくれた。

（営業出来なくなるくらいの喧嘩って……）

椅子やテーブルが壊れたくらいでは済まなかったのだろうか？

「時々あるのよ。昼時になると大騒ぎになって、五日に一度はどこかの食堂や酒場が壊れてるわ」

「それは……大変ですね」

「そう。だから頑張ってね。終わったら一緒にご飯食べましょう」

「はい！」

これには大喜びで頷いた。今朝、泊まっていた宿を出る時に水を一杯飲んだ以外は何も口にしておらず、先ほどから腹が空いてたまらなかったのだが、あれよあれよという間に手伝いに駆り出され、告げる間もなかったのである。

しばらくテーブルと厨房《ちゅうぼう》を行き来している間に、昼の繁忙期を過ぎ、店の中も落ち着いて、客もまばらになって来た。

（今日みたいに忙しいなら、僕を雇ってくれないかな？）

淡い期待を胸に客が食べ終わった皿を片付けていると、また新しく客が入って来た。途端にぐいっと裾を引かれ、振り向けば少女が真っ赤な顔で震えている。

「どうかしたの？　具合が悪いならおじさんに言って」

休ませて貰おうか——と最後まで口に出すことは出来なかった。なぜなら、少女がすごい勢いで顔を輝かせ、

「いらっしゃいませえーっ、ノーラヒルデ様！」

それまでしっかりと握り締めていた裾を離し、今入って来たばかりの客の方へ駆けて行ったからだ。

「あれ？」

具合が悪いのではなかったのだろうか？　彼女の背後にキラキラ輝く何かが見えるのは気のせいだろうか？

思わずごしごしと目を擦《こす》ったエイプリルの耳に、笑い声が届く。奥から出て来た店主だ。

「あの、あの子……」

「ああ、気にするな。ノーラヒルデ様が来られたから浮かれているだけだから」

「ノーラヒルデ様？」

知らないのか？　と目を細めた店主へ、エイプリルは国外から来たばかりだから事情がわからないと伝えた。

「そうか。あの方はノーラヒルデ様、シルヴェストロ国騎士団の副長をなさっておられる」

「騎士団」

しかも副長。

勢いよくエイプリルは顔を客に向けた。入って来た時に被っていたフードは外され、艶やかな栗色の髪が背中に流れている。琥珀《こはく》色の瞳に優しげな面立ち。

「女性？」

「違う違う。れっきとした男だ。まあ、あの美貌じゃあ間違うのは無理もないが」

フード付きの長いマントを羽織ったノーラヒルデは、勢い込んで注文を尋ねる少女に臆することなく、笑みを湛《たた》えたまま「水を一杯」と告げた。

「水ですね！　冷えて冷たくて美味《おい》しいのを持って来ます！」

少女は大きく頷くと、すごい勢いで奥へ駆け込んだ。

（冷えて冷たくてって、同じ言葉を繰り返してるし）

それだけ浮かれているということなのだろう。

「あーあ、あいつめ……運ぶ時に零《こぼ》さなきゃいいが」

「おじさん」

エイプリルは少女が水を無駄にするのではないかと心配する店主へ話し掛けた。

「あの方が騎士団の副長というのは本当ですか？」

「ああ。何千人もいる団員の全部を覚えているわけじゃねえが、主だった方々は知っている。それにあの方は特に有名だし」

「有名？」

「隻腕《せきわん》の魔王」

「は？」

「腕一本と引き換えに、魔獣の群れを全滅させた逸話のある方だ。そりゃあ有名にもなるだろ？」

それは一体どういうことなのかと尋ねようとした時、奥へ入った時とは打って変わって慎重に歩いて来る少女の姿が見え、口を噤《つぐ》んだ。ピカピカに磨かれた銀の盆の上にはガラスのコップが宝物か供物のように鎮座している。

しずしずと歩み寄った少女は、ノーラヒルデの前に恭《うやうや》しくコップを置いた。

「水でございます」

「ありがとう」

すっと通った声で礼を述べたノーラヒルデは、片手でコップを握り、コクリと水を飲み干した。それを見逃すものかと凝視する少女の視線などまるで気にした風ではない。

なぜか店内の全員が注目する中、気にする素振りを一切見せることなく水を飲み干したノーラヒルデは、少女が一番欲しかった言葉をくれた。

「ありがとう。美味しかった」

ふらりと体が傾いたのは、きっと卒倒しかけたからだろう。みっともない真似は見せられないと思ったのか、女の意地か、何とか踏ん張った少女は来た時同様、恭しく空になったコップを盆に載せ、しずしずと奥に姿を消した。

「あいつ、あのコップをちょろまかさなきゃいいが」

それくらいしてもおかしくないのは、エイプリルも認めるところだ。

「店主」

二人でこそこそと奥を窺っていると、そのノーラヒルデから声が掛けられた。

「はい。なんでございましょう、副長」

「いや大したことはないんだが、今日の昼は忙しかっただろう？」

「ええ、まあはい」

「そうか。悪かった。あれはうちの馬鹿共が調子に乗って暴れすぎたせいなんだ。おかげでシンの店とハナダの店は当分使い物にならない」

「ということは」

「しばらく混雑するが耐えてくれ。なんなら騎士団から手伝いを寄越す」

「騎士を、ですか？」

歓迎すると思いきや、店主の表情は苦い。

「いやあ、うちは零細でも細々とやってはいけてるんで、お気持ちだけちょうだいしておきます」

「そうか？　遠慮することはないんだぞ。大人しくて無難な奴を見繕ってくるから店が壊される心配はしなくていい」

「いや、大人しくても騎士はちょっと……」

隣で聞いているエイプリルは目を丸くした。この話の内容は、店を壊したのは騎士だと言っているようなものではないか。

ノーラヒルデは店主が逃げ腰な理由を知っているのか、苦笑はしたもののそれ以上無理強いすることはなかった。

「わかった。だがもしも困ったことがあれば言ってくれ。あと、この辺りの店全部に伝えてくれ。破壊王が帰ってきていると」

ガタッという音が店のあちこちで立ち、「破壊王が……」という呟《つぶや》きが一緒に聞こえて来た。

「破壊王……そりゃあ気をつけるように言っておきます。店のものを壊されちゃあ、大変だ」

「気まぐれな奴だから何か手近に楽しみを見つければ、何事もなく過ぎるとは思うが、こればかりは私にもわからない」

「……わかりました。伝えておきます」

「わかっているとは思うが、くれぐれも騎士を介入させるような揉《も》め事を起こすんじゃないぞ。どんな些細《ささい》なことでもだ」

全員が深刻な表情で頷く中、一人エイプリルだけがわけがわからずポカンとしていた。

「おじさん、破壊王って……んぐっ」

途端に口を塞がれてしまう。

「馬鹿！　口にするな！　店に来たらどうすんだ！」

必死の形相で耳元で怒鳴る店主と離してくれと手を叩くエイプリル。聞こえて来たのは軽やかな笑い声だ。

「なるほど、世間一般の破壊王に対する評価というものがわかった。いや、店主、そんなに顔を青くさせる必要はないぞ。私たちも常々思っていることだからな。逆に、必死で隠蔽《いんぺい》に努めているというのに広がっている噂——この場合は事実だな、それに驚いた」

何気に酷《ひど》いことを言っているノーラヒルデの表情は実に楽しそうだ。

(隠蔽って……自覚はあるんだ、ちゃんと……。それにきれいな顔してるけど、男らしいし、さっぱりしてて、副長だって言ってたけどやっぱり出来る人はすごいんだなあ)

そしてエイプリルは一人感心していた。

そんなエイプリルの方をちらりと見たノーラヒルデは、「ん？」と首を傾《かし》げた。

「もしかして、お前はルインの民か？」

驚いたのはエイプリルの方である。

「どうしてわかったんですか?!」

「ああ、やはりそうなのか。いやお前の目の色、この国じゃ滅多に見ないからな。空を溶かしたような薄い青はルインの民の特徴の一つだ」

「よく御存知なんですね」

「人を見るのも仕事のうちだからな。ルインからは観光か？」

「いえ、違います」

実は国王陛下に面会を願ったのだけれど城門で身分詐称を疑われて中に入れて貰えなかった——という説明をしようと思ったエイプリルは、そこではたと気がついた。

(なんだ、ここに騎士がいるじゃないか)

エイプリルの目的は国王に会うことではない。国王に会って親書と紹介状を渡すのは目的に至る過程に過ぎず、真の目的は騎士団に入って騎士として働くことなのだ。

あまりにも場に馴染んでいて忘れていた自分のこれからの身の振り方を思い出したエイプリルは、

「お願いがあります！」

ノーラヒルデに頭を下げていた。王族たるもの無《む》暗《やみ》に頭を下げるなとよく叔父に叱られたものだが、エイプリルにとって今は下げるに値する場面だった。

「僕を……私を騎士団に連れて行ってください。騎士団長に会わせてください」

　いきなり目の前で頭を下げた少年を見下ろすノーラヒルデの顔は、最初こそ驚いたように目を見開いていたが、やがてにこりと笑みを浮かべた。店の奥でガラスのコップを大事に抱えているだろう少女が見れば、今度こそ卒倒間違いなしの実に華やかで美しい笑顔だったが、彼に近しいものが見れば、

「ご愁傷様」

　と言いたくなるほど愉悦たっぷりな――もっと言えば物騒なものだった。この場合、ご愁傷様と言われるのは、彼の目に留まってしまったルイン国第二王子エイプリルである。


「なるほど。事情はわかった。それは残念だったな。国王はつい三日前に国を出たばかりなんだ。君がもう少し早く着いていれば、あるいは国王が三日出立を遅らせていれば余計な心配もせずに済んだんだが」

「運が悪かったと諦めます。それにこうして騎士団に行くことが出来るので、結果だけ考えればよかったことになりますから」

　ノーラヒルデに連れられたエイプリルが城門を潜った時、最初にエイプリルを追い払った門番二人は目を丸くして、魚のように口を数回パクパクと開閉させていて、それが少しばかり楽しかった。

「紹介状は持っているな」

「はい。ここに」

　城内に入り、ノーラヒルデに連れられて騎士団の厩舎《きゅうしゃ》に愛馬を預けたエイプリルは、騎士団本部の建物を目指した。

「広義の意味で騎士団に所属する騎士は三万、彼らは五つの師団に分かれて所属し、各師団が弓兵や歩兵といった正規兵を約三万ずつ有している。これに私兵や傭兵《ようへい》を加えた五万が一個師団の大体の人数と考えて貰って構わない」

「私兵や傭兵も数えてしまっていいんですか？」

「もちろん。彼らは貴重な戦力だからな。二万を味方につけて戦力を増やすか、それともその二万を敵方に寝返らせてしまうかは指揮官の技量に掛かってくるから気を抜けない。なかなか楽しい仕事だぞ、幹部というのは」

（こ、怖い……）

一瞬浮かんだノーラヒルデの笑みに、エイプリルは少しだけ距離を取った。

「こ、広義っていうことは狭義の意味での騎士というのもあるのですか？」

「賢い子は好きだぞ。その通り、広義では馬に乗って武器を一通り扱うことが出来るものが騎士と呼ばれる。ただ何事にも優劣があるように、騎士の中にも大きな開きがある。シルヴェストロ国騎士団の中で、一騎当千の働きをするもののことを特別に強い騎士――騎士の中の騎士ラ・ヴェラスクェスと呼んで一般の騎士と区別している」

「ラ・ヴェラスクェス」

エイプリルはゆっくりと口の中で反芻《はんすう》した。発音が少々難しい。

「ただし、舌を噛《か》みそうなのと面倒なので本人たちが自称することはない。組織上は全員騎士という身分なのは同じだからな。役職があってもなくても同じこと。エイプリル」

ノーラヒルデは騎士団本部の入り口の前で、エイプリルに「これだけは覚えておきなさい」と言った。

「気をつけるべきは役職持ちではなく、役職持ち以外のただの騎士だというのを忘れないように。親玉だけは一応役職はあるが、あれはあってもなくても災厄には変わりはない」

「あの、ノーラヒルデさんも役職持ちなんですよね？　副長だと店のおじさんが教えてくれました」

「ああ、私は役職持ちだ。だから無害だろう？」

素敵な笑顔で胸を張って言われ、誰が否と応えられようか。

「――そうですね、ノーラヒルデさんは親切で優しい方だと思います」

確か隻腕の魔王という恐ろしげな異名があると聞

いたのだが、きっと気のせいに違いない。右腕は肘の少し上から下がなくなって、マントの下の袖はひらひらと揺れているが、当人はまるで気にした風ではない。店から厩舎まで馬に乗って来たが、乗る時も羽のように軽い動作だった。

（でも剣を持ってるってことは、左手で使う？）

利き腕が左だったのか、それとも右手を失って左腕で戦うことを選んだのかはわからない。わかる事実は一つ。それはノーラヒルデが片腕を失ってなお肉体的にも精神的にも現役の騎士だということだ。

（騎士の中の騎士）

役職を持たない騎士に注意しろと言っていたが、彼もまた名だたる騎士に違いない。

「さて、エイプリル」

「はい」

「今から君を本部の中に案内する。何があっても驚かないように。いや、驚くのは構わない。もしかすると幻滅することになるかもしれない。ただ騎士全体がそうだとは決して思わないで欲しい」

喧嘩をして店を破壊するような人たちだからだろうか。それならもう話を聞いたし、ここに来る途中で入り口が大破して壁に穴が開いた店を見てしまったから今更だ。

「はい」

「本当に？」

「はい。たとえどんな方でも騎士の誇りは持っているのでしょう？　祖父からもシルヴェストロの騎士団は高潔な騎士の集まりだと聞いています。少し羽目を外したくらいで幻滅するなんてことはありません」

「高潔……」

なぜかノーラヒルデは遠い目をした。

「ノーラヒルデさん？」

「あ、いや、今なんだか貴重な言葉を聞いたような気がして。大丈夫だ。では覚悟はいいな？」

「はい」

予想に反して軽い木の扉は、ノーラヒルデが少し押しただけであっさりとエイプリルの目の前で開かれた。

「まずは団長に君を会わせないといけない」

ノーラヒルデはちらとエイプリルを見て、うーんと秀麗な顔を歪《ゆが》めた。

「いきなり襲い掛かられるようなことはないと思うが、あの男だからな。予測がつかない」

「あの、襲い掛かるって……」

「文字通り襲われるんだ。まあ、大丈夫だろう、たぶん。初対面で無体《むたい》な真似はしないと思いたいところだが、奴は小さいのが好きだからどうなるか」

エイプリルはぐっと手に力を入れた。

ノーラヒルデの雰囲気があまりにも自然に普通すぎて忘れていたが、自分は騎士団に入ることが目的なのだ。その騎士団の一番高い身分を持つ人物は、つまり上司になる。最初が肝心だ。

入ってすぐに通りかかった騎士から団長は食堂にいると聞いたノーラヒルデとエイプリルは、建物の一階奥にある食堂に向かって歩いていた。

途中、施設の簡単な説明を受けながら辿り着いた食堂の入り口には扉はなく、廊下の突き当りがそのまま食堂に繋《つな》がっていた。天井は二階まである吹き抜けで、長いテーブルがずらりと端から並んでいる。

数千人が常時城内に待機していることを考えれば、これでも少ないくらいだが、全員が集まることはないために多少混雑するくらいで、席にあぶれることはないと言う。

「宿舎の食堂も兼用しているから利用機会は多いぞ」

「全員が宿舎に住んでいるんですか？」

「大体はそんな感じだ。実家住まいや所帯を持っている。城外に家を持つもの以外はほとんどが宿舎を使っている。さっき裏に茶色の煉瓦《れんが》の建物が見えただろう？　あれが第一宿舎で、少し離れたところに第二、第三とあって、第五棟宿舎まである。君の部屋は空きを見てからだな」

部屋と聞き、エイプリルは「あ」と思い出した。

「あの、生き物を飼うのはありですか？」

「宿舎内を汚さない限りは特に規定は設けていない」

「じゃあ、小さな生き物くらいならいいですか？」

「犬や猫を飼ってる奴もいるから大丈夫だ。飼っている動物がいるのか？」

「はい。兎《うさぎ》みたいなのが一匹」

国境を越えてすぐの森の中で助けた兎に似た獣の子は、親が近くにいなかったことや、再び襲われる危険が皆無ではなかったことから、エイプリルが保護したまま、袋の中に隙間と空気穴を作り、その中に入れて移動して来た。実は今も事務に預けた袋の中で眠っているのだが、大人しいためノーラヒルデは気づいていなかったようだ。

「そうか。それくらいなら問題はない」

「よかった」

「備品や必要なものはすべて部屋にあるから、特に用意するものはない。後のことはまたその時にでも」

ノーラヒルデが話を切り上げたのは、目的の人物を見つけたからだ。

「いた」

すたすたと歩くノーラヒルデの後ろを小走りに歩きながら、エイプリルは前方の賑《にぎ》やかな一団を見た。

十人ほどの男たちが各々好きな姿勢で腰掛け、雑談に興じている。時折どっと沸くような笑い声が上がることから、かなり場は盛り上がっているようだ。

思わずゴクリと喉が鳴ったのは、テーブルの上に並んだ数々の料理が目に入ったからである。

（いいなあ、美味しそう）

忘れかけていた空腹感が腹の底から込み上げてきて、慌ててエイプリルは意識を他のことに集中させた。

（あそこに騎士団の団長がいる……）

憧《あこが》れの騎士団。そしてその騎士団の頂点に立つ人物とは一体どんな人なのか。ルイン国王である祖父が言っていたままの「高潔な男」だというなら、テーブルに本を広げて読んでいる青い髪の青年だろうか？　それとも静かに黙って話を聞いている黒髪の男だろうか。もしかして、一人だけ腕組みして立つ銀色の髪の男か。

間違っても、酒瓶を前に、足を組み、中央で腕組みしてふんぞり返って笑っている銅色の髪の大柄な男ではないだろうし、派手な青い布で赤毛を結い上げている青年でもないはずだ。

（誰だろう？）

　集団の中には城門前で見かけたシャノセン王子と彼の従者らしい男の姿もあった。

（シャノセン王子か……）

　優雅に茶器を口に運び微笑む姿は、騎士団本部の食堂ではなく、宮殿の庭の茶会の席にこそ似つかわしい。

（それに引き替え僕は……）

　今まで自分に引け目を感じたことはなかったし、これからもきっと同じだが、今だけは旅でくたびれた自分の格好のみすぼらしさが気になる。

　店の手伝いをする前に汚れた手足や顔を拭《ぬぐ》い、埃もはたいて落としたから不潔じゃないのは確実だが、果たしてシャノセン王子のような青年がいる場所で、自分が王子と言って信じて貰えるだろうか。

　ルイン国は貧しい。王子の自分が国の手助けになればと考えて、他国に出稼ぎに行こうと考えるほどに。ただ、家族は皆仲が良く、国民との距離も近かった。端から端まで馬で走らせて一日半というくらいの小さな国ならではの牧歌的な長閑《のどか》さがあった。馬や羊を追いながら、夕日の沈む草原をゆったりと歩くのが、エイプリルは好きだった。

　そんな生活を恥ずかしいと思ったことや卑下したことは、十六年の短い人生の中で一度もない。

　しかし、シルヴェストロはルインとは比べる意味もないほど大きく強大な国だ。価値観そのものが違っている可能性がある。

（でもおじい様はいい国だって褒《ほ》めていた。よい国王に恵まれて、心も豊かな国だって笑っていた）

　幼い頃、祖父が語ってくれた「知らない大きな国」の話が、エイプリルは大好きだった。どこに行こうかと考えて、真っ先に思い浮かべたのがシルヴェストロだったのは、小さな頃から頭の中にいつか自分の目で見たいという願いが刻まれていたからだ。

（きっと大丈夫。国王陛下は立派な方で、騎士団長は高潔で強い人）

祖父の弁を借りれば、誰もを魅了する人なんだそうだ。

不安な気持ちはまだあるが、ここまで来てしまえば後は願い倒すだけだ。祖国で剣を教えてくれた剣士と祖父の連名で書いてくれた紹介状は、きっと有効なはず。

とうとう全員の顔がはっきりと確認出来る場所まで近づいた。

(団長は誰だろう?)

期待と緊張で胸が高鳴る。しかし、すぐに団長に声を掛けると思いきや、ノーラヒルデはテーブルの上に散らばる料理の皿を見て眉を顰《ひそ》め、左手を腰に当てた。

「どうしてお前たちがここにいるのか、丸一日問い詰めたい気分だな。確か私は言ったはずだぞ。反省文を書いた後、宿舎の清掃をするようにと。マリスヴォス、違うか?」

「あー、それはですね、反省文は全員書き終わったはず……だよね?」

視線を彷徨《さまよ》わせる赤毛の青年に頷くもの半分、残りの半分は聞こえなかったふりをすることにしたらしい。

「お前は終わったのか?」

「オレは終わったよー。反省文なんか簡単だし。あ」

「それでは後でその反省文を添削して、書き直しがあれば再提出して貰うとしよう。簡単というからにはいくらでも書けるよな」

「え、でもさぁ、オレにばっかり構ってないで他の人のことも構ってやった方がいいと思うんだよね、オレは。下っ端とか新人とか、副長と一緒にお仕事したいって目を輝かせてる少年青年おっさんがたくさんいるんだけど」

「少年も青年もおっさんも、ついでにじいさんも不要だ。私が必要としているのは」

「有能な騎士、だろ?」

笑い含みの低い声が割り込んだ。

「それとも下僕か?」

「……フェイ、前者はともかく後者は誤解を与えかねないから止《や》めろ」

　ますます眉間の皺《しわ》が深くなるノーラヒルデ。彼とマリスヴォスという名の赤毛の青年の会話に茶々を入れたのは、肩までの銅色の髪を後ろで一つに束ねた大柄な男だった。テーブルの真ん中に座り、ほとんど口を開かないのにも拘《かかわ》らず、妙な存在感を周囲にまき散らしている男。

　年齢はエイプリルよりかなり年上だ。四十歳の叔父よりも若そうだが、老成した雰囲気もあり、もしかするともっと上かもしれない。座っていてもかなりの巨躯《きょく》なのがわかるくらいだから、立ち上がればエイプリルなど片手で捻《ひね》り潰《つぶ》されてしまいそうだ。

　近づきたいとは思わない。だが怖いもの見たさという名言もまた、世の中にはある。

　一度その特徴的な金色の双眸《そうぼう》を覗《のぞ》き込んでしまったら、その中に引き込まれて二度と戻って来られなくなってしまうのでは――。そんな思いを抱いてしまうほど、男の目に宿る力は強烈だった。

　現にエイプリルは、ノーラヒルデの後ろに隠れて男の視線を遮りながらも、顔を背けることが出来ないでいる。

（見慣れない子供がいると思ってる目だ）

　そっとしておいてくれと願う一方で、おそらくあの目に狙《ねら》われてしまえば逃げられないだろうことも本能的に察知していた。要は大型の肉食獣に狙われた小動物のようなものだ。一角兎はエイプリルに助けられたが、果たしてエイプリル自身を助けてくれる人はいるのだろうか。

　本人は隠れているつもりだが、人一人が完全に隠されてしまうほどノーラヒルデの背中は広くない。ちらちらと様子を窺うエイプリルと赤毛の青年の孔《く》雀《じゃく》色の目がパチリと合った。途端に輝く赤毛の顔。

「ねえねえ副長、その子は誰？　副長の隠し子？」

「馬鹿なこと言うとその口を引き裂くぞ。団長の客だ」

「客って？　借金の取り立て？　それとも本当に隠し子？」

「隠し子から離れろ、マリスヴォス。可能性として

ないとは言い切れないが、この子だけは違う」

「お前らなあ、勝手に人に子供をこさえさせんな。俺がそんな真似するわけないだろうが」

赤毛とノーラヒルデの軽口の応酬に割り込んだのは、先ほどと同じく銅色の髪の男だった。男は笑いながら赤毛の頭をこつんと叩き、それから今度こそ本当にひたりとエイプリルに視線を合わせた。

「で、そこの坊主が俺に何の用なんだ？　言っておくが、隠し子だ養育費を寄越せっていうのはなしだぞ。俺にそんな甲斐性はないからな」

笑ってはいるが男の目は「嘘をつくな」と明確な意思を持ち、エイプリルを縛り付けている。

（たぶんこの人は僕が嘘や冗談を言ったら、この場で切り捨ててしまう）

本当に剣を抜いて斬《き》られるのではなく、存在ごとなかったものにされ、二度とその目が自分だけを見て映すことはないだろう。それが容易に想像出来てしまうのは、前に立つノーラヒルデの背中と右腕がピクリと動いたことだ。

（あ、利き手は右手だったんだ）

ほんの小さな動作だが、向けられた僅《わず》かな殺気に対して剣を取ろうと反応したのが、すぐ後ろにいたエイプリルには見えた。もしかすると、獣のような男も気づいたかもしれない。いや、少なくとも同じテーブルにいる男たちは気づいたのだろう。幾人かは苦笑し、幾人かは心配そうにエイプリルの方を窺っている。

「フェイ、その目で睨むのは止めろ。この子が困っている。ただでさえ目つきが悪いのだから、怖がらせるような真似をするな」

「そりゃあ悪かったな。別に睨んだつもりはねぇんだが」

「顔が好みとか？　団長、顔に似合わず可愛いものや小さいのが好きだもんね。この間も道で転んだ子供を助けたんだよ。でもその子、団長を怖がって大泣き――痛ッ」

茶々を入れたのは赤毛で、男は黙って拳骨《げんこつ》を喰らわせた。

「で、坊主の用ってのは本当は何なんだ？」

ノーラヒルデに注意されたからというわけでもなさそうだが、先ほどよりは視線は和らいだ。それでも観察や値踏みするような視線は逸れることはない。まさに興味津々といった様子だ。そこまで興味を引くようなものはあっただろうか――？

「ルインからわざわざシルヴェストロまで来たってことは、それ相応の理由があるんじゃねぇのか？」

この人も――。エイプリルは空色の瞳を大きく見開いた。

「ルイン国の民だと気づいたんですか？」

「匂いが違うんだよ、俺たちとは」

「匂い……」

思わず袖を鼻に近づけてクンクン匂いを嗅《か》いでしまったエイプリルに、それまでの緊張が霧散し、周囲からほっとしたような笑いが零れた。

「別に大したもんじゃねぇぞ。金髪に青い目はありふれた容姿だが、そこまで薄い青と金の髪の組み合わせは典型的なルインの民の特徴だ。違うか？」

「違わないです」

肯定したエイプリルに、男は柔らかく目元を緩め、言った。

「シエロスタ・ルイン」

エイプリルは大きく目を見開いた。

シエロスタ・ルイン。ルインの空という意味を持つ言葉で、白と青が混ざった早春の空の薄い青を指す。ルインの民の瞳は水色とよく表現されるが、実際には空の方に近いというのは直接会ったことのある人ならば、誰もが知っていることでもある。

中でも王族は「セレスティナ・ラ・ルイン」と呼ばれる色持ちで、普段は空の色だが、泣いたり怒ったり、喜んだりといった喜怒哀楽の感情が高ぶると濃い夏の青に変わる特徴を持つ。そのため、まだ感情の赴くままに動いている赤ん坊や子供のうちには、濃い青でいる時間の方が多いと笑い話になるくらいだ。

「ルインの空だな。確かに、お前の瞳を見ていると あの国の空を思い出す」

「御存知なんですか？」

怖がっていたのも忘れてエイプリルは一歩前に足を踏み出した。

「知ってるぞ。そう長くいたわけじゃあないが、世話になったことあがる」

これでな、と男が示したのは自分の腰に佩《は》いていた剣だ。

「俺たちは騎士であると同時に戦士だ。請われればどこにでも出掛ける。それがシルヴェストロの産業の一つでもあるからな。この中にも何人かいるはずだぞ。若いのはともかく、年食ってる奴らの中には世界を回ったなんて嘯《うそぶ》くのもいるくらいだ」

お前のことだろ、いやお前が言ってるのを聞いたことがあるぞなど、そこここと喋《しゃべ》る声が上がる。すべての国を回ったかどうかはともかく、諸外国に遠征するのは事実らしい。

(僕が生まれてから一度も戦争はなかったから、その前かな)

ルインの四方は何倍もの面積を持つ広大な国によって囲まれ、内乱を避けるために避難してくる民もいた。最近では落ち着いていたようだが、まだ十年以上前にはいざこざも絶えなかったと聞いている。

「で、その空持ちの民が騎士団に何の用なんだ？」

いつの間にか会話やその場の主導権はノーラヒルデではなく、この男に移っていた。

(やっぱりこの人が……)

存在するだけで場を支配することが出来るのは、支配者として君臨し、誰かを支配し慣れている人だけだ。

エイプリルは姿勢を正した。

「ぼ……私はルイン国第二王子エイプリルです。シルヴェストロ国騎士団に入団をお願いしたく参りました」

「おいおい、うちの騎士団はいつから託児所になっちまったんだ？」

ヒューという軽い口笛と共に聞こえた声は、今エイプリルたちがいるテーブルではなく、二つ向こうで聞き耳を立てていた集団の中からだ。

「悪いことは言わねえ。泣く前に帰っちまいな」

「王子様みたいな上品な子供がいていい場所じゃないぞ」

「怖いおじさんに怒られたくなけりゃ、さっさと帰った方がいいぞ」

王子と名乗ってもこの扱いである。

しかしそんな野次も、響いた大きな音に止まる。

ダンッ！

大の男が上に乗って踊ってもびくともしないような頑丈さだけが取り柄のテーブルが、両の拳を叩きつけられ大きな音を立てて揺れた。皿の上の料理が飛び跳ね、飲み物が零れる。

シンと静まり返った中で聞こえた「あーあ」という残念そうな声は、赤毛の口から上がったようだ。

「誰が口を開いていいと言った？　あァ？　今喋ってるのは俺で、俺と喋っていいのはこの坊主だけだってのがわからねぇのか？」

「わかるわけないし」

呟いたのは赤毛で、すかさず脛《すね》を蹴《け》られて痛みに顔を顰《しか》めていた。憎めない人物である。

「い、いやでもフェイさん、こいつはまだ子供ですよ。しかもこんな細っこくて生白いんじゃあ、たとえ入団したとしても耐えられないに決まってるじゃないですか」

なあ、と賛同を求める若い男に頷く者は多かった。

エイプリルも自分が剣士に見られないのは自覚済みだ。祖国でも散々言われて来た言葉だからだ。だから、その分耐性は持っていた。悔しいが、彼等の言うことはもっともなのだ。

「——確かに僕はまだ未熟です。祖国で剣を学びましたが、才能があると言われたことも特別な何かを持っていると言われたこともありません」

王族だからといって体格が優れているわけでも技量に勝るわけでもなく、ただエイプリルは剣を握って稽古《けいこ》に励み続けた。いつか自分が国の力になれると信じて。

「でも、未熟なりに騎士になりたいという気持ちはあります」

「女に持て囃《はや》されたいからか？」

「違います」

「だろうな。坊主なら別に何もしなくても虫の方から寄って来る。お前らみたいに世間の垢《あか》にまみれて擦れちまった奴らには羨《うらや》ましかろうよ」

「俺らにも純真な時はありましたよ」

「それで騎士団に入って団長にいびられて、息抜きに出掛けた先でイロイロな経験して酸いも甘いもわかる大人になっちゃったんだよねえ」

「マリスヴォスさんに言われたくないですね」

「マリスヴォスさんは子供の頃からきっとタラシだったに違いない」

「お、失礼な。オレは今も昔も純粋無垢《むく》な男です。ねー、副長？」

ノーラヒルデは琥珀の瞳を細めた。

「私が知るわけないだろう。そこ、話が進まないから黙れ。雑談がしたければ外に出てしろ。マリスヴォス、お前もだ」

「俺はここにいるよ。団長に何かあった時に抑える役目がいるでしょ」

「抑えるだけならそこらの全員をフェイの上に投げつければ済む」

「――で、お前ら、俺は話を続けてもいいのか？　それとも坊主だけを連れて他の場所に移動した方がいいのか？　この俺がわざわざ場所を移して」

不機嫌な声と表情に、全員が揃《そろ》って叫んだ。

「ここでどうぞ！」

団長は満足げに頷き、エイプリルに向かってニヤリと笑みを浮かべてみせた。

「だそうだ、坊主」

大勢に見つめられ居心地の悪さを感じながらもやっと話を続けられると、エイプリルは期待と緊張を抱きながら、決定権を持つ団長へ尋ねた。

「それで、その、私は騎士団に入れていただけるのでしょうか？」

「腕前次第だな。入れるのは簡単だが、見合うだけの腕がなければ最初の戦いで死ぬ」

「腕前は正直わかりません。剣の稽古は積んで来ましたがほとんど自己流のようなものなので」

「誰に教えて貰った？」

「剣術の先生です」

「名は？」

「ダイン、ダイン＝スラー」

エイプリルが名を告げると、団長は驚いたように目を見開いた。

「ダイン＝スラー？　あの爺《じい》さん、まだ現役だったのか？」

まさか知っているとは思わなかった。エイプリルもまた驚き、男を見つめた。

「先生を御存知なんですか？」

男は大きく頷いた。

「記憶に間違いがなければな。真っ白い髭《ひげ》と髪の爺さんだろう？　俺が会った時にはもういい年だったから、とっくに引退してると思ってたぜ……」

「一応は引退してるんです。その後、理由は知らないですけどうちに居候するみたいな形で手ほどきを受けています」

エイプリルはここでやっと紹介状を渡すことが出来た。

「先生と祖父からの紹介状です。騎士団長に渡すように言われて来ました」

「もう一つ手に持ってるのはなんだ？」

「これは国王陛下にと頼まれた親書です。でも渡せませんでした」

「ふうん」

言いながら男は素早く手を伸ばすと、二通とも奪い取った。

「あ！　何するんですか！　返してください！」

「国王宛《あ》ての手紙なら俺が預かってやる」

「僕が自分で渡します！」

「いいから俺に任せろ。お前みたいな毛も生え揃ってないような童貞坊主が持っているよりも、大人で騎士団長の俺が持っている方が安全だ。大体、親書を無造作に手に持ったままぼけっとしているのが悪い。これが他国の間者だったら責任問題だぞ」

「そ、それはっ……」

悔しいが指摘されたのは事実だった。ここまで大事に抱えて来た親書だが、これから先騎士団の中で生活するにあたって、常に身に着けているわけにはいかない。騎士団の宿舎に忍び込む不届き者がいるとは思いたくないが、宿舎の簡単な扉の鍵などあってないようなものだろうし、金庫に鍵を掛けていても金庫ごと持ち去られてしまっては一緒だ。

どうしようかと考えている間、男は何もしていないわけではなかった。エイプリルから奪った紹介状の封を切り、中に書かれた文を読んでいたのだ。

「あの」

「おい」

顔を上げたのも声を掛けたのも同時で、二人は一瞬見つめ合った。その時に男が浮かべたのはほんの小さな笑みだったが、怖いと思っていた人物からの思いがけない反応に、緊張が解《ほぐ》れていくのを感じた。

「お先にどうぞ」

「おう」

男は頷きながら二通とも懐の中に仕舞い込み、立ち上がった。

(おっきい……)

座っている時から大きいとは思っていたが、まだ成長途中のエイプリルは男の胸の辺りまでしかない。服の上からもわかる盛り上がった腕の筋肉、はだけたシャツが包むのはこれもまた逞《たくま》しい胸筋だ。少し胸を張ればボタンなど簡単に千切れて飛んでいってしまうだろう。

無駄なもののない戦う男の体だ。

「全員聞け!」

男が声を上げると同時に、それまでも聞き耳を立てるために静かだった食堂内がさらにシンと静まり返った。全員が視線を注ぐのは立ち上がった騎士団長。それにエイプリルだ。

「たった今、新しい仲間が増えた。こいつだ」

グイッと腕を取られたエイプリルは、何事かと驚いたが、それだけで済めばよかったのに、あろうことか男は軽く腕一本でエイプリルを吊り上げると、腰に手を回して抱え上げ、テーブルの上に立たせせたのである。

「ちょっ…」

抗議する間もなくドンッと重い音がして、同じように真後ろにフェイと呼ばれる団長が立ったのがわかった。

（靴を履いたままなのに）

足元には、まだ料理が残っている皿がある。それに倒れてしまったコップ。零れてしまった飲み物はともかく、皿のものはまだ食べられるのだ。真っ直ぐに立っていなければ踏みつけてしまう。

（そんな勿体《もったい》ないこと出来るわけがない）

つまり、後ろには巨軀、前と左右には料理の皿。実に見事に身動きを封じられてしまったのだ。

救いを求めてノーラヒルデの姿を探したエイプリルは、そこで薄ら寒い笑みを浮かべるノーラヒルデの顔をまともに見てしまい、

（うわ……）

顔を背けてしまった。

（あれは絶対に怒ってる顔だった！）


常識的に考えても、人が食事をする場所でこんな乱暴なことをするのは有り得ないことだった。少なくとも、エイプリルの中ではテーブルとは食事をする道具であり、決して上に上がって目立つためのものではない。

エイプリルにとっては、日常を覆す大きな事件だったのだが、その前にさっさとテーブルから降りておけばよかったと後悔したのは、男の宣言を聞いてからのことだった。

「今日から誉《ほまれ》ある我がシルヴェストロ騎士団に入団したエイプリル王子だ。ルイン国からわざわざ指名して来てくださった」

——王子だ！

——王子が二人になったぞ！

「我が騎士団としても、王子の熱意と好意は有難く受け取りたいところだ。それで入団と同時にある役目を与えることにした」

——役目？　まだ役職に空きはあったか？

——まさか、とうとうリトー副長が倒れたとか？

――そういや、四日前くらいから見てねえぞ。

――おいッ誰かリトー副長が生きてるかどうか確認して来いッ。

「その役目とは――俺の世話係だ！」

一瞬の静寂の後、食堂全体に大きな笑いの渦《うず》が巻き起こった。

「世話係！　確かに必要だァなあ」

「喜べ新入り！　これ以上名誉な仕事はないぞ！」

先ほどまであった反対の声は、ついぞ聞かれることはなかった。誰もがエイプリルの入団を歓迎している――風に聞こえるだけで、実際には立場的には先ほどよりも酷いかもしれない。

ただし、当のエイプリルは周囲の声も雑音程度にしか聞こえていなかった。足元から香り立つ料理の匂いに今まで耐え続けて来た我慢が限界を越えようとしていたからだ。

「え？　僕……私は騎士団に入れるんですか？」

「おうよ。喜べ。お前は今日から騎士団の一員だ」

「嬉《うれ》しいっ！」

ぼんやりとして立っていたエイプリルは、男の言葉を聞くなりパアッと顔を輝かせた。

「言い忘れていたが、俺は騎士団長。フェイツランド＝ハーイトバルトだ。よろしくな」

蒼白になりかけていた顔に赤みが戻り、足元に向けられていた目が真っ直ぐにフェイツランドを見つめ、笑った。

「はい！　よろしくお願いします。　僕……私、精一杯頑張ります！」

嬉しい嬉しいと、足元に気をつけていたはずが飛び跳ねて転びそうになるのを、逞しい腕が支える。

「あんまり跳ねると落ちるぞ」

「嬉しいから平気です」

「そんなに嬉しかったのか？」

「はい。騎士団に入るのは夢だったから。それに騎士団に入って一生懸命働いて稼いで、国に仕送りするんです。みんな喜んでくれるだろうなあ。何でも言いつけてください。一人前になるまでたくさんのことを学ばせていただきます」

「それはわかったんだがよ、お前、さっき何て言った？」

「頑張ります？」

「いや、その後だ。働いての後」

「ああ。働くんです、僕。それで少しでも多くのお金を送って、国庫の足しにして貰うんです。きっとたくさん麦の種が買えるだろうし、水場ももっと増やせます」

「悪い。聞き間違いじゃなければ、お前、王子だったよな？　本物の」

「本物ですよ。第二王子です。上には兄がいて、下に双子の弟妹がいます」

「なのになんで仕送りなんだ？」

　エイプリルは困ったように眉を寄せた。

「シルヴェストロみたいに大きな国はあんまり関係ないと思いますが、ルインは国というのもおこがましいくらい小さな国で、交易商人との取引が主な収入源で、後は時々周りの国に農産物を売って収入を得ています。でも国が小さいから大した額にはならなくて、国民全員が自給自足の質素な生活を心掛けています。僕は行ったことがないですが、学校を出て大人になった人たちの何人かは、外国に出稼ぎに行って家族に仕送りをしています。そこで成功したルイン国出身の商人や役人も学校を建てたり、治水工事をしてくれたり還元してくれていますが、まだまだ足りません。だから、王族を代表して僕が働きに出ることにしたんです。兄上は跡継ぎで、双子はまだ小さいから」

「坊主も小さいだろ。後回しになったが、今幾つだ？」

「十六になりました」

　エイプリルは胸を張った。ルインでは十六になれば一人前の大人と認められるのだ。

「十六……最年少だな。うちの最年少は今まで十九だった」

「そうなんですか。だったら余計に頑張らないと」

　ぐっと拳を握り締めたエイプリルの金髪の上に、ポスリと大きな手が乗せられた。

「まあ、そうだな。頑張ってくれ」

「団長、団長」

すっと手を挙げたのは、赤毛だ。

「もっと質問していい？」

「構わねえぞ。なあ、坊主」

「あ、はい」

とりあえず座ってからだ、と言われるまま、エイプリルはフェイツランドの隣にちょこんと座った。

「年は十六で、出身はルイン。王子様だからシャノセンと同じだね」

「そうですね。同じ王子同士、エイプリル王子には仲良くしていただけると嬉しいですね」

にこりと人当たりのよい笑みを浮かべたシャノセンに、

「こちらこそ、よろしくお願いします」

エイプリルはぎこちなく頷いた。やはり王子らしい上品な振る舞いや仕草に気後れしてしまう。

「それでさっき団長が言ってから気になってたんだけど、毛が生え揃ってないって本当？」

「は？」

「だから、下の毛。生えてないって団長が言ってたでしょ」

「そういや言ったな、確かに」

「童貞なのは見ればわかるからいいんだけどさ、どうしても気になって気になって、このままじゃ夜も眠れない気がするんだよね。そこのところ、どうなのかお兄さんに教えてくれない？」

「し、下のけ、けっ、毛って……」

「ケツじゃないよ。毛だよ。十六っていったらもう随分前だから覚えてないんだよね、オレ。シャノセンはどう？」

「さあ、どうだったか。その頃はまだ自分の裸も見たことがなかったので記憶にありません。そうだったな、サルタメルヤ」

「私に王子のお体について発言する権利はございません」

従者は静かに首を横に振った。

「んー、じゃあジャンニは？」

「普通だ」

青い髪の男は素っ気ない。

「普通ってどれくらい？　ふさふさ？　ぼさぼさ？　もじゃもじゃ？　あ、団長はもっさもっさだから覚えておくといいよ、坊や」

途端にどっと沸く男たちの中で、一人冷静なのはノーラヒルデだった。

「――お前たち、いい加減にその品のない会話を止めろ。これだから騎士団幹部は色物揃いって言われるんだ」

「オレは幹部じゃないし。ここにいる幹部は団長と副長だけだから、二人が色物ってことだね」

「誰が色物だ。とにかくさっさと食べて訓練にでも行って来い。いつまでも食べてばかりいると太って、馬に振り落とされてしまうぞ。馬に乗れないようになれば騎士位が剝奪されるのを忘れるな」

「わかってますって。大丈夫。運動してるし」

「お前の場合は人よりも運動の頻度が高いのと方法が問題だ」

「そうかなあ。普通だと思うけど。で、どうなの？」

「え？」

「だからさっきの話。生えてるのか生えてないのか」

カァーッと赤く染まった顔に、全員が思った。

（生えてないな）

（生えてても薄いな）

質問者の赤毛は、エイプリルの反応を見ただけで「ふふん」と何やら上機嫌になり、それ以上の追及は諦めてくれた。

「ノーラヒルデじゃないが、あまり苛《いじ》めてやるなよ。坊主は俺の大事な世話係なんだからな。坊主のことを知りたけりゃ俺を通せ」

「じゃあ、坊やがどんな体位が好きなのかわかったら、オレに教えて」

「了解だ」

体位って何？

助けを求めてノーラヒルデに目で縋《すが》るが、エイプリルが唯一良識ある人と認めた彼は、片手で顔を覆って項垂《うなだ》れていた。あまりの騎士たちの低俗ぶりに、頭痛がして来たのかもしれない。

（おじい様……。高潔で気さくな人柄って本当にこの人のことなんですか？）

何かがエイプリルの中でガラガラと崩れて行く音がした。

「あの」

「気にするな。わからないことがあれば俺が一からいろいろ教えて仕込んでやる」

「は、はい。よろしくお願いします」

「こちらこそよろしくな」

どうしてこの人は頭を撫で回しているのだろうかとか、最初は不機嫌そうだったのにどうして機嫌がよくなったのだろうかとか、周囲の目が好意的を通り越して憐憫《れんびん》に感じられるのはなぜだろうかとか、子兎を袋から出してあげなきゃだとか、お腹が空いたとか、いろいろなものが頭の中に一度に押し寄せて、ぐるぐると渦を作り出す。

隣のフェイツランドは機嫌よさそうに赤毛と会話をしているが、もうそれもエイプリルの耳には届いていなかった。

誰かがエイプリルの前に置いてくれた深皿の中のホクホクのジャガイモとトウモロコシのシチューが美味しそうな匂いを立てて、「早く食べて」と訴えているような錯覚を覚える。

エイプリルはふらりとスプーンを取り上げた。

「ジャガイモ、シチュー、美味しそう……」

早く食べなければ弟たちに取られてしまう。

だがいつまで経っても「僕にちょうだい」「私が食べてあげる」の高い子供の声は聞こえない。

（ああそうか、僕、シルヴェストロ国に来たんだった……）

小さな双子に遠慮することなく、思う存分皿いっぱいの料理を食べることが出来るのだ。

エイプリルはゆっくりとスプーンを口に運んだ。

とろりとした薄い黄色のシチューは、チーズを入れているのか少しこってりとしていたが、しつこくないとろみはすぐに喉の奥に流れ込んでくれた。

「お、食ったな？　うまいか？」

隣から覗き込むフェイツランドの顔をぼんやりと見上げながら、エイプリルはコクンと頷いた。

「そうか。もっとたんと食え。あんまり細いと壊してしまいそうだからな」

もっと——。

そうエイプリルはもっと食べたかった。誰にも邪魔されずに食事をする機会は二度とないかもしれないのだ。

しかし、肉体的にも精神的にもとうに限界を超えていたエイプリルが食事を続けることは出来なかった。

「おい、坊主！」

体を揺すられ、誰かの声が遠くに聞こえたところまでは何となく覚えているが、意識を保てたのはそこまでだった。


「——固い」

肉の塊に齧《かじ》り付いたはずがどうにも固すぎる。あんまり固くて腹が立ったので、思い切り歯を立てると、肉が逃げて行った。

「肉……僕の肉……」

はむはむと口を動かすのだが、どうにも肉は戻って来てくれない。その代りに冷たくて甘いものを連れた何かぬめぬめしたものが入り込んで来た。コクコクと飲んでいると、またぬめぬめしたものが今度は口の中を舐《な》め回す。これは肉の代わりの何かだろうか？　試しに歯を立てようとするとするりと逃げて行ってしまう。だから今度は舌先で舐めてみた。熱くて厚くて、柔らかいそれは、今度は舌を舐め始めた。

「んぅ……」

なんだか変だぞと頭の中で思うのだが、ぬめぬめしたものは容易に離してくれない。息が苦しくて、もう少しで死んでしまう——。

もう少し、がやって来る前にぬめぬめは口の中から出て行き、すぐに新鮮な空気が入り込んで来て、思い切り吸い込んだ。

そうしてまた少し硬い枕に顔を押し付けて、眠りについたわけなのだが——。

「おい。おい起きろ」

「ん……や、だ……」

「やだじゃねえ。そんな可愛いこと言ってると食っちまうぞ」

「やだ。食べるのはお肉」

「肉でも何でも食べさせてやるから起きろ。おおー、結構伸びるな、これ」

何が伸びるのだろうかと思うまでもなく、引っ張られているのは自分の頬だった。抓《つね》るほど力を入れられているわけではないため痛みはそれほど感じなかったが、何度もビヨンビヨンと伸ばされれば、いやでも目が覚めてしまう。

「ほっぺた引っ張らないで……んん？」

誰かの手を振り払いながらパチリと目を開けたエイプリルは、すぐ目の前にあるフェイツランドの顔に眠気が吹き飛んでしまった。

「……どうして？　どうしてあなたがここにいるんですか？」

「正確には俺がここにいるんじゃなくて、坊主が俺の部屋にいるんだ」

「俺の部屋……って、団長の部屋——えっ⁉」

慌てて飛び起きたエイプリルは、布団を跳ね除《の》けようと半身を起こした状態で動作を止めた。そのままギギギと音を立てそうなくらいぎこちなく後ろを振り返れば、肘をついて横になり見上げてくる楽しそうな金色の瞳が目に入る。

「質問があります」

「なんだ？」

「どうして僕は服を着ていないのでしょうか？」

もぞもぞと掛布団を胸の辺りまで引き上げながら、エイプリルはそっと布団の下の部分がどうなっているのかを確認する。上半身は裸だった。靴も靴下も履いていない。ズボンも脱がされていたが、辛うじて下履きだけは身に着けているようで、ひとまずほっとするも、どうしてこうなってしまったのかが問題だ。

そのため、唯一事情を知っているだろう男に詰問口調で尋ねたのだが、それを聞いたフェイツランドはこれみよがしに大きな溜息をついた。

「これだからお子様は。お前は自分が倒れたことを覚えていないのか？」

「倒れた？」

「ああ。それはもうものの見事にふらりとな。正確に言えば、倒れたというより気絶したに近い。食べている途中で気を失っちまったんだぞ。ジャンニ、青い髪の奴が皿を退《ど》けなかったら今頃お前の顔はシチューまみれだ」

「で、でも、だからって服を脱がすことはないと思います」

抗議するが、返ってきたのはやはり大きな溜息だった。

「お前、ここが誰の部屋かもう一度言ってみろ」

「あなたの部屋です。団長の」

「そうだ。俺の部屋だ。ちなみにこれでも宿舎の中では一番広くていい部屋を使っている。その俺の部屋のベッドに薄汚れたまま寝させるわけにはいかねぇだろうが」

「別にベッドじゃなくても、椅子の上か床の上に転がしていてもよかったですよ」

言った瞬間、ゴチンと指で額を弾かれた。子供同士がすれば「痛い」の一言で済むが、力のある大人の男にされたのではたまったものではない。

痛いの「い」だけを口にしただけで、エイプリルは額を押さえて布団に蹲《うずくま》った。未だかつてこれほど痛い思いをしたことはない。

「――酷いです、団長。ベッドが汚れるのがいやなら床に転がしておけばいいって言っただけなのに、どうして僕が怒られなきゃいけないんですか」

「なんとなく叩きたくなる額だったからだ」

「そんな理由、納得できません」

流石《さすが》に涙目で抗議をすれば、一応は悪いと思っているのか「すまない」と謝りながらフェイツランドは額に手を伸ばした。また弾かれる！　そう思ったエイプリルはぎゅっと瞼《まぶた》を閉じ、両の手のひらで額を護《まも》るように覆った。

しかし予想に反して痛みは訪れず、頭の上に感じる違和感に恐る恐る瞼を開いて見れば、頭の上に手を乗せて髪をかき回す姿がある。

「何してるんですか？」

「なんとなく？」

「わけわかんないです」

「奇遇だな。俺もわけがわからん。だが、お前の頭は触り心地がいい。ほら、俺の手のひらにうまい具合に収まる。まさに誂《あつら》えたような頭だな」

「これは僕の頭であって、団長の頭じゃありません。あ、やめて……！　それ以上強くしたら……」

「――あのさ、オレ、中に入ってもいいのかな？それとも出直した方がいい？」

布団の上で半裸の少年と男が二人、頭を巡って程度の低い争いをしていると、コンコンと控え目に戸を叩く音がして、声が聞こえた。振り向いた隙に腕に捕われてしまったエイプリルは「あ」と声を上げた。

「団長、お客様です。ほら、人が見てるから止めてください」

「あ？　ああ、マリスヴォスか。だったら問題ない。奴は修羅場に慣れている」

「修羅場だったんだ？」

「違います！　もう止めてったら、止めてー」

逃げようとしても寝台の上で逃げ場はないに等しく、最終的にエイプリルはフェイツランドの腕の中にすっぽりと囲われて膝の上に座るという格好を余儀なくされた。

「うう……悔しい……負けてしまった……」

半裸を晒《さら》すのは恥ずかしく、布団をぐるぐると巻きつけて顔だけ出しているのだが、それがまた正面から見れば妙に可愛らしく見えてしまうことに気づかない。十六という彼らにとって遥か昔に思える年齢が眩《まぶ》しく見えたせいもあるが、貧しくとも王族、育ちのせいで擦れていないところが同じ年頃の少年よりも幼く見えさせてしまうのかもしれない。

もちろん、マリスヴォスやフェイツランドは知っている。知っているが、教えてやる義理はないと考える男たちだ。エイプリルが自分の格好に気づくのは、新しく支給された服に着替え終え、

「目の保養、目の保養」

とマリスヴォスが歌うように言い、

「次は布団なしで頼む」

とフェイツランドに言われてからのことだった。


赤毛の男はマリスヴォス＝エシルシアといい、騎士団の中では第二師団を任されている師団長と紹介された。

「って言ってもうちは自由だからね、戦にでもならなければ何やってもいいっていうのが暗黙の了解だから、坊やも覚えておくといいよ。ねえ団長、坊やの所属はどこ？」

「そんなの決まってるだろ。俺の世話係なんだから俺と一緒だ。つまり所属なし」

「所属なし……ってそんなのありなんですか？」

エイプリルは素朴な疑問を口にした。

「んー、あえていうなら団長所属ってところだね。いいんじゃないの？　その方が融通利くし、年上風吹かせるヤな連中の理不尽な言いつけ聞かなくていいし。何かあったら、僕は団長のものなので団長に聞いてくださいって言えばいいよ。そしたら、きっとみんな諦めるから」

何か自分でおかしいツボにでも入ったのか、マリスヴォスはくすくす笑った。

「マリスヴォスの言うことは、別に的外れな話でもないぞ。所帯が大きいといろいろ軋轢《あつれき》ってやつも生まれるからな。逆に全員が仲良しこよしの方が気色悪い」

「嫌いな人の一人や二人や三百人くらいいてもいいんじゃない？」

「三百人は多すぎませんか？」

「そうかな？」

「だって、三百人と知り合って顔を覚えられるかどうか。僕にはそっちの方が難しいです」

「おお、盲点だった。それもそっか。そういやオレも三十人くらいまでしか覚えてないや」

エイプリルは、え？　と隣で軽く暴露した赤毛の顔を見上げた。

「それは師団長として結構問題ありません？　全員とは言いませんけど、もうちょっと知ってる人の人数増やした方がいいと思います」

「そう？　だって、向こうがオレを知ってればそれで十分用事は通じるよ」

「そんなことないですよ。覚えて貰ってたら嬉しいです。その、悪い方に覚えて貰うのはよくないですけど」

「坊やは食堂にいた全員に顔を覚えて貰えてよかったね」

「……あれを覚えて貰えてよかったと言えるのかどうか……」

紹介された直後に気絶して、抱き抱えられての退場は、どちらかというと消してしまいたい記憶の類に入る。


「覚えるといえば」

二人のちぐはぐな会話を聞いていたフェイツランドは、

「お前に幹部を紹介するのを忘れてたな。ぶっ倒れるとは思わなかったから仕方ないが」

「それは大丈夫。団長の部屋に行く前にみんなのところに寄って食堂に集まるように言っておいたから」

「手回しがいいな」

「もちろん。無駄と手間を省くがオレの行動理念だからね」

「無駄と手間を省いた挙句《あげく》、余計に拗《こじ》らせるとも言うがな」

「それは単に間が悪かっただけでオレのせいじゃないよ」

「自分のせいじゃないと言い切れるところがお前らしい」

長身の二人の間に挟まれて、軽妙な会話を聞きながら歩いているうちに着いた食堂には、先ほどより人数を減らしてはいたが十分にまだ男たちが残っていた。ただそのほとんどは、ノーラヒルデに連れて来られた時にはいなかった面子《メンツ》で、騎士団長と第二師団師団長の間に挟まれたエイプリルの姿を訝《いぶか》しげに見ているものは多かった。

「団長」

さっきと同じテーブルには、これまた同じ顔触れが揃っていた。

「ノーラヒルデはどうした？」

「副長は書類仕事がたまってると言って本部の部屋に閉じ籠《こも》ってますよ。団長が来たら、すぐに顔を出せ、だそうです」

問いに答えたのはエイプリルも知るシャノセン王子で、エイプリルに気づくとにこりと微笑んだ。

「もう体は大丈夫なのかい？」

「はい。ご心配をおかけしました」

「それならいいよ。騎士団じゃ気苦労も多いと思うから、しっかり食べて体を鍛えて休むことを忘れないようにした方がいい」

「はい」

穏やかな喋り口にエイプリルは小さく頷いた。

「さっそく王子様同士の交流か。坊主、こいつはシャノセン、西の方にあるアドリアン国の王子だ。短期で学問留学していたはずが、いつの間にか騎士団に入っていたという酔狂な男だ。王子同士、仲良くしてやってくれ」

「よろしく、エイプリル王子」

「こちらこそよろしくお願いします」

「それで、シャノセンにくっついているのがサルタメルヤ。ちなみにこいつは騎士じゃない」

「彼は私の世話係なんだ。国に帰っていいと言ってるのに聞かないんだから」

「王子から目を離すなと陛下に命じられています」

背は高いがひょろりとした若い男で、確かに騎士というよりも学者といった風貌だ。

「団長の世話係を仰せつかった君には、サルタメルヤは世話係の先輩だ。気になることがあれば頼るといい」

そう言った青く短い髪の、開いているのかいない

のかわからない細い目をした男は、

「ジャンニ。ジャンニ＝ビンスーティだ。武具全般の管理を任されている。君の武具の調達も任されているから、後で話をしよう」

「あ、はい。お願いします」

剣の腕前だけで騎士になれるわけではない。武器以外にも防具や馬具など揃えなければならないものは多い。祖父から譲り受けた剣以外は、軽装でやって来たエイプリルが騎士としてやって行くために、ジャンニは絶対に関わらなければならない人物だ。

「マリスヴォス以外はジャンニが三軍、シャノセンが五軍で部隊長をしている。あと、ノーラヒルデが参謀兼一軍師団長で副長だ。……あいつ、役職が多いな」

フェイツランドは自分の言葉の途中で眉根を寄せた。

そんなフェイツランドに人差し指を向けたのはマリスヴォスだ。

「任命したのは団長でしょ。副長、いつも忙しい忙しいって文句言ってるのに、もしかして全然気づいてなかった？　うわあ、副長が気の毒すぎる」

「うるせえ」

「マリスヴォスさん、副長が忙しいのは別に団長が任命したせいだけじゃないですよ。団の中の風紀が乱れてるって、この間も青筋立てて綱紀粛正を断行すべきかどうかって相談されました」

「ちょ、ちょっとシャノセン。それ、もちろん反対してくれたんだよね？」

「門限を破れば罰則、自室以外での房事《ぼうじ》は懲罰にするのを導入してはどうだろうかと助言しておきました」

にこりと悪びれずに答えたシャノセンに、マリスヴォスはがくりと肩を落とした。

「そこは反対しようよ、主にオレのために」

「私には関係ありませんので」

「うわあ、うわあ。言い切っちゃったよ、この王子様。ねえねえ、坊や！　坊やはこんな意地悪王子にならないでいつまでも素直でいてよ。オレの心の癒《いや》しになって」
　隣からがばっと抱きつかれ、小柄なエイプリルは
ふらりと傾《かし》いだ。
「お、重いです、マリスヴォスさん」
「だってシャノセンが苛める」
「おいこらマリスヴォス、誰の許可があって坊主に
触ってるんだ？」
　ぐらぐらと揺すられていたエイプリルは、自分越
しに伸びて来た太い腕が赤毛を押しやったことで、
ようやく真っ直ぐ座ることが出来た。
「団長横暴。オレも坊やと遊びたい」
「馬鹿野郎。遊んでいいのは俺だけだ。テメエはテ
メエでよろしくやってりゃいいだろ」
「オレも純粋な子が欲しい」
「町で探せばいくらでもいるだろ」
「団長、修羅場が繰り広げられたら副長が怒り出す
ので唆《そそのか》すのは止めてください。連帯責任だって平気
で言うんですから、あの方は。俺はもうとばっちり
はごめんです」

　心底嫌そうなジャンニの言葉に、心当たりがある
のか全員が遠い目をした後、頷いた。
「あー、そうだな。ノーラヒルデには苦労掛けたら
いけないいな」
「魔王降臨……」
「もしそうなったら私たちは里帰りさせて貰おうか、
サルタメルヤ」
「王子のお側に」
　あの優しげなノーラヒルデが一体どんな非道な行
いをすれば、精神的にも図太そうな男たちがこんな
儚《はかな》げな様子になるのか知りたいような知りたくない
ような……。考えた末、エイプリルは触れないこと
にした。
「とりあえず食うか」
　一気にやつれたフェイツランドが言い、各々が手
元の皿に手をつけた。
「どこに取りに行けばいいですか？」
　自分の前には何もないため、注文するか取りに行
くのだとエイプリルは立ち上がりかけたが、

「そのうち来るから座っていろ」

フェイツランドの言葉に椅子に座り直す。

「坊やが寝てる間に頼んでおいたんだ。腹に優しいものを頼んでおいたから安心してたんと食べるといいよ」

「いきなり腹にこってりしたのを入れてまた倒れられたら困るからな」

「……すみません……」

「あの時には団長が抱っこして連れて行ったんだよ。親子みたいで笑えたね」

隣を盗み見れば、しれっとした顔でグラスの中身を呷《あお》っている。色のついた液体は酒だが、昼間から酒を飲んでいいのかと思う余裕は、今のエイプリルにはない。

「それでこれからのことなんだが」

自分の食べ物が来る間、眺めることしか出来ずに手持ち無沙汰に周りを見ていたエイプリルにフェイツランドが話し掛けた。

「お前の部屋は俺と同室だ。今頃荷物も運び込まれているはずだ。世話係なら一緒の方が何かと都合がいいからな」

「その世話係ですが、私は何をすればいいのでしょうか？」

それに答えたのは、食事をしている男たちだった。

「寝起きの悪い団長を起こす」

「酒癖の悪い団長を部屋に連れて帰る」

「片付けしない団長の部屋を清潔に保つ」

「掃除洗濯家事全般」

最後のサルタメルヤの短い言葉が、要はすべてだと言っている。

「——と言いたいところだが、出来るのか？」

王子のお前が。

期待していなさそうな問いだったが、エイプリルは頷いた。

「洗濯は得意なので大丈夫です。掃除や片付けも一通りは出来ますよ」

少し得意げなこの発言に、聞いていた者たちが逆に驚いたのは言うまでもない。

「本物の王子様だよね？」

「はい。正真正銘、ルイン国王子です」

「それなのに、どうして得意なの？　普通王子様は自分でしないものじゃないの？」

シャノセン王子も頷いた。

「まずしませんね。自分ですれば逆に恥知らずだと罵《ののし》られたり、馬鹿にされることの方が多いでしょう。恥ずかしながら私もこちらに来るまではほとんどサルタメルヤに任せていました。もちろん、今では何でも出来ますが」

「うちの国は本当に小さいので。あんまりそういうのはなかったです。自分のことは自分でするのが当たり前でした。働き手を確保する意味もあったと思います」

「じゃあ、本当に洗濯も出来るの？」

「出来ますよ」

「それならオレのシーツも洗って……イテッ！」

マリスヴォスの頭を叩いたのはフェイツランドで、脛を蹴飛ばしたのはジャンニである。ジャンニが足を使ったのは、単にパンを持っていて両手が塞がっていたからに他ならない。

「こいつは俺のだって何度言わせる。シーツくらい自分で洗え」

「毎朝回収しに来る洗濯係がいるだろうが。団長もマリスヴォスも彼らに任せればいいだけで、この子にさせる必要はない。第一、マリスヴォス。子供に見せられないものがついたシーツを洗わせるつもりか？」

「新人の洗濯係が困ってましたよ。マリスヴォスさんのシーツは洗うのが大変だと」

苦笑する彼らの話についていけず、エイプリルはきょとんとしていた。

言い合う彼らを横目で見ながら、サルタメルヤが教えてくれたところによると、洗い物は籠《かご》にまとめて入れておけば、毎朝洗濯係が回収していくとのことで、エイプリルがするのは、その洗濯ものを籠に入れたり、戻って来たものを片付けるだけでいいらしい。

「ありがとうございます、サルタメルヤさん」

「呼び捨てでいいです。私はシャノセン王子の従卒で、騎士でもありません」

でも、と言い掛けてエイプリルは頷いた。

「わかりました。ではサルタメルヤと呼ばせていただきます」

エイプリルの流儀を押し付けるのは、サルタメルヤの立場を思えば簡単だが、こちらが親しげな態度を取ろうとすると反対に相手が委縮してしまうことも知っている。長い間シャノセン王子の側仕えを務めて来た男が、従卒という下の立場が居心地がいいと言うのなら尊重するまでだ。

その間も、男たちの熱い議論は続いていた。

「抱いてって言うから抱いてるだけなんだけどなあ。おっさんは枯れてるからいいだろうけど、俺、若いから」

「あァ？　おっさんだァ？　それでもって誰が枯れてるって？　おいマリスヴォス、それは誰のことを言ってるんだ？　まさかとは思うが、俺のことじゃねえだろうな」

「ここで三十を超えてるのは団長だけだし」

「テメエだって再来年には三十だろうが。大して変わんねえよ。男盛りの俺に何てこと抜かしやがる」

「そう？　三十六と二十八には開きがあると思うけど。ジャンニもそう思うだろ？」

「悪いな、マリスヴォス。俺はこの件に関しては団長の味方だ」

「マリスヴォスさん、ジャンニさんは先月三十歳になったばかりなんですよ。ちなみに私は二十三です。サルタメルヤは二十七歳です。一番若いのはエイプリル王子ですけれど。団長とはちょうど二十歳の差ですね」

「えっ？　そうなんですか？」

「お前、今までの会話を聞いてなかったのか？」

「あんまり……。なんだか洗濯の話じゃなくなったからいいかなと思って」

申し訳ないと頭を下げると、シャノセンが優しく教えてくれた。

「団長は三十六なんです。だから、エイプリル王子とは二十歳の差がありますねという話をしていたんです」

「えっ⁈　三十六歳なんですか⁈」

思わず上げてしまった大声に、男は不満げに顔を歪めた。

「おう。なんだそのびっくり目は。俺が三十六で何か問題があるのかよ」

「いえ、あの、叔父より年下なんだなと思って」

ぶっと吹きだしたのは誰だったか。

「やっぱりおっさんじゃん」

これはもちろん赤毛のマリスヴォスだ。

「お前らな……」

ひくひくと唇の端を震わせた時、

「団長、師団長、お待たせしました」

若い騎士が四人、よい香りがする皿を持ってテーブルの横に並んだ。

「お、来た来た！　待ってたんだ、俺の鴨《かも》詰めパン」

「師団長のはこちらです。団長は雉《きじ》の包み焼きだけでよかったですか？」

「ああ。さっき食ったし、小腹に入れる程度だからな」

緊張しながらも顔を紅潮させた騎士たちが、次々に皿を並べて行く。

(僕のはどれかな)

倒れる前にシチューを少し口に入れただけのエイプリルは、わくわくしながら自分の前に皿が置かれるのを待った。

スッと横合いから滑るように置かれたのは厚手の深皿で、細切れ肉と刻んだ野菜、穀物を入れて煮込んだスープのようなものだった。確かに空腹に泣いていた腹には優しい食事だ。

(やっと食べられる)

ここに来てまた空腹を覚えていたエイプリルは、すぐにスプーンを取り上げ、掬《すく》うために深皿に突っ込んだ。

と、その時である。

「団長やマリスヴォスさんに可愛がられているから

っていい気になるなよ」

近づいた顔は運んで来た若い騎士のもので、彼は他の騎士に聞こえないようエイプリルの耳元で囁《ささや》いた。

「ここでは腕の立つものだけが認められる。お前みたいに甘ったれた王子様にいてもらっちゃ士気にかかわる」

迷惑だと、はっきりと若い騎士はエイプリルに言った。

目を見開いたまま横を見ると、真っ直ぐに睨む榛《はしばみ》色の瞳。

「僕は――」

「ヤーゴ」

反論しようと口を開きかけた時、フェイツランドの声が若い騎士を呼んだ。

「はい。団長」

真っ直ぐに立つ騎士はまだ若く、瞳には騎士団長に対する憧れが溢《あふ》れていた。

「午後からは自主訓練に変更だと伝えておけ」

「団長は来られないんですか？」

「ああ。ノーラヒルデと一緒に城にあがる予定だ」

「その王子もですか？」

「こいつ？　いや、連れて行く必要はねえからな。置いて行く。何か用でもあるのか？」

「いえ。特には」

「それならいちいち気にするな。お前はお前で鍛錬に励んでおけ」

「はい」

もう行っていいぞと合図され、四人の騎士は名残《なごり》惜《お》しげにしながら去り、エイプリルはその中で一番長身の若者の背中をじっと見つめた。

（あの人、僕のこと認めていない様子だった）

簡単に受け入れられるとは最初から思っていなかったから、想定内ではある。自国の例を見るまでもなく、騎士団の入団には相応の技能選抜があるのが普通なのだ。最初に男もそう言っていたではないか。腕前を試してからだ、と。それが団長個人の独断とも言える決定で、他国からやって来た少年がいきなり入団となれば、苦労して騎士になったものたちにとって面白くないのは当たり前だ。

高名な剣士である師匠の紹介状――推薦状があると言っても、書かれている中身を団長や関係者以外、エイプリルも含めた余人が知ることはないのだ。

むしろ紹介状を一読しただけでその場で入団を認めた団長の方が変だとは、自分でも思っている。

もっともその説明は、食事を終えてこれから暮らすことになる宿舎に帰ってすぐに聞かされることになるのだが――。


食堂に行く時には把握していなかったが、フェイツランドが暮らす部屋は騎士団本部の隣に立つ第一棟の一階の二間続きの部屋だった。

他の騎士たちが各々の日課に散開し、二人だけで戻った部屋には言われていた通り、エイプリルの少ない荷物が置かれていた。ノーラヒルデと共に食堂に行く前に、本部の事務に預けていたものだ。

「少ねえな」

「長旅には不要だと思ったので。馬の負担にもなりますし」

だからと言って行く先々で買い揃えるには圧倒的に路銀が足りないから、寝て食べるだけという本当にギリギリの道行だったのだが。

「妥当な判断だな。お前はそっちの空き部屋を使え。たぶん片付けは終わっているはずだ」

「ありがとうございます。見てもいいですか?」

フェイツランドは声を出して笑った。ふてぶてしい男前は変わらないが、笑うと目尻が下がり、怖い印象が薄れて途端に人懐こく見え、エイプリルはパチリと瞼を瞬《またた》かせた。

「おいおい、もうお前の部屋だろうが。好きにしろ」

「あ、そう言えばそうですね」

慌てて顔を赤らめながら、

(なんか変なの。あんなに乱暴で怖い人だと思ってたのに)

団長で偉い人なのに悪いと思いつつ、可愛らしいなと思ってしまったのだ。口に出せばきっとまた不機嫌になるだろうから、言いはしないけれども。

そんな風に自分に言い聞かせて新しい自室に続く扉を開けたエイプリルは、

「わあ……」

感嘆の声を上げた。

「広い！　それにすごく見晴らしがいい！」

ここは宿舎であって華やかな城や宮とは違う。だから寝るための寝台が一つと、調度品が一つあればいいと思っていたエイプリルの予想を裏切る部屋が、そこにあった。

ベッドは一つだが、来る途中で泊まった宿のベッドよりもずっと大きい。祖国のベッドと同じくらいはあるのではないか。

それに部屋そのものが広かった。ベッドの他には机と引き出し付きの衣装棚があるだけだが、何も置かれていない真ん中で素振りくらいは出来そうな気がする。

「これくらい普通だろ」

入り口の柱に寄り掛かって様子を眺めていたフェイツランドは、エイプリルの喜びぶりに呆《あき》れ笑いだ。

「普通じゃないですよ、広いです」

「城住まいだったお前の口から言われても信用出来ねえぞ」

「寝るだけの狭い部屋だと思ってたから。一人部屋の人はみんなこれと同じくらいの部屋なんですか？」

「大体そんなもんだ。これに洗面所がついてるから、あと少し広いか。一人部屋がよかったのか？」

「はい。ずっと一人部屋に憧れていたから」

おやとフェイツランドは腕組みしたまま笑顔で首を捻《ひね》った。

「ちょっといいか。しつこいようだが、もう一度確認させてくれ。お前はルイン国の王子だよな？」

「そうですよ。跡取りは兄なので、出稼ぎに出て国に貢献するのが僕の役目です」

「いや、役目はこの際どうでもいい。王子なんだよな？　なのになんで一人部屋に憧れるんだ？　普通、王族は広い一人部屋を貰うんじゃないのか？　少なくともシルヴェストロではそうしてるぞ」

「普通はそうかもしれないですけど、ルインは――うちの家族はちょっと違ってて、たぶん、歴代の王家の中でも特殊なんじゃないかって祖父はいつも笑ってました。僕の下に双子の弟妹がいるんですけど、もう九つなのに一人で寝られないって言って、僕の部屋に居ついてしまって」

――兄様、一緒に寝よう！

――兄様、今日はご本を読む日よ！

始終後をついて回った小さな弟と妹、あの子たちは自分がいなくてもちゃんと一人で寝ることが出来ただろうか。侍女の手を煩《わずら》わせてはいないだろうか？

「おい」

「いひゃいっ」

ぼんやりと故郷の家族のことを考えていると、いきなり頬を引っ張られ、痛みで我に返る。

「一人部屋に浮かれる理由はわかった。だが、俺といる時にはぼけっとするな」

「気をつけます」

赤くなった頬を摩《さす》りながら頷くと、フェイツランドは眉間に皺を寄せたまま鷹揚《おうよう》に頷いた。

「そうしろ。お前は騎士で俺の部下、そして俺の世話係。俺だけを見て、俺の言うことだけを聞いておけばいいんだ」

「でも、それは自主性がなさすぎだと思います」

「それでいいんだ。何か言われても俺に言われたと言えば収まる。いいか？　余計な波風を立てたくなければ言うことを聞け」

「それじゃ一人前の騎士にはなれません。自主自立、そして勇気と信念。これが必要なのだと祖父や先生に教わりました。シルヴェストロ国の騎士団は違うんですか？」

「違わねえよ。どれも大事だ。だがお前はまだ騎士の卵でしかない。まだ生まれてもいねえんだ。生まれるまで殻《から》の中からじっと外を見ていろ。その中で何が必要で何が不要なのか、大事なものは何かを見極めろ。それが出来て初めて騎士だ」

「……それまで団長に守られて？」

「そうだ。だから今は駄目だ。我慢しろ。いずれお前は一人前の騎士になる。それまで俺に守られていろ。それに紹介状にも書かれていたからな。下っ端でいいから是非使ってくれと」

　エイプリルの空色の目が真ん丸になる。

「おじい様がそんなことを？」

「ああ。厳しい下積みを経て一人前になるものだから、団長の好きにしていいと書いてあったぞ」

「まさか！　紹介状、見せてください」

「駄目だね。あれはもう俺のものだし、金庫の中に仕舞った」

「じゃあ出して」

「おいおい、俺はお前の上司だぞ」

「だって……」

　もっと追及しようと口を開きかけたエイプリルだが、ふと何かの気配を感じて部屋の隅に視線を転じ、そこに置かれていたものに大きな声を上げた。

「兎！」


　まさか食堂で倒れてしまうとは思わず、その後の手続きやいろいろで後回しにされていた小動物は、柔らかな敷物を敷き詰めた籠の中で気持ちよさそうに眠っていた。側には水を入れた器もあり、荷物をここまで運んでくれた人が気を利かせてくれたらしい。

　フェイツランドと一緒に籠に近づき中を覗き込む。

「そいつ、お前のか？」

「はい。って言っても拾ったんですけど」

「そいつ、コノレプスだろ？　よく見つけたな」

「このれぷす？」

　はて、とエイプリルは首を緩く傾げた。

「まさか知らないで拾ったのか？」

「拾ったというか、助けたことになるのかな。獣に追われていたのを匿《かくま》ったんです」

「匿った？　獣から獲物を奪ってよく無事だったな」

「きっと運がよかったんだと思います。助ける時に、手持ちの肉をありったけ獣に投げつけたから、ここに来るまでまともな食事は出来なくなってしまったけど」

えへへとエイプリルは笑ったが、獣に追われている時は本気で命の危険を感じた。今思えば、本当によく無事だったと思う。

「コノレプスって珍しい動物なんですか？」

「一般的にあまり目にする機会がないという点では珍しいが、稀少《きしょう》生物というほどではない。額に水晶みたいな青っぽい角《つの》があるだろ。角持ちの兎の中で一番格の低いやつなんだ。三つの角がある奴は幻獣だが、これはただの獣だな。魔獣の一種ではあるが、害はない」

「詳しいんですね、団長」

「シルヴェストロは世界でも獣の種が多いので有名だ。騎士をやってりゃ珍しい生き物にお目にかかる機会も多いぞ」

「じゃあ、仲間のところに帰した方がいいですか？国境のすぐ側の森の中で拾ったんです。あの時はまだ獣がいたし、群れはなさそうだったからここまで連れて来ちゃいましたけど」

「帰りたくなれば自分で帰るだけの足はある。飽きたら自分で何とかするだろうから、放っておけばいい」

「じゃあ、この部屋で飼ってもいいんですか？」

「世話をちゃんとするのが条件だ。部屋の中を散らかさないよう躾《しつけ》とけ」

「はい」

よかったねとしゃがんで柔らかな灰色の毛を撫でたが、獣は眠ったままで起きる気配もない。

「寝るのが好きみたい」

「眠れる時に眠る。生き残るための本能だ」

「なるほど」

「ということで俺も城に行くまで少し寝る」

「はい――って、僕、じゃなくて私はどうすればいいですか？」

部屋を出て行きかけたフェイツランドを追い掛けると、男はぷっと小さく吹き出し、笑いながら額を指で押さえた。

「さっきから私と言ったり僕と言ったり忙しいな、

お前は。今更繕う必要はねえぞ。ここでは使い慣れない言葉を使う必要はない。することがないなら添い寝でもするか？」

「遠慮します」

エイプリルは慌ててぶんぶん頭を振った。

「後からマリスヴォスが来る。奴を案内につけたから敷地内を案内して貰え。ジャンニにも呼ばれていただろう？」

「あ、はい。そうでした。防具や馬具を合わせるからって」

「じゃあ今日はそれを片付けて終《しま》いだな。用が終わったら部屋に戻って来い」

「わかりました」

「くれぐれも他の奴らの挑発に乗るんじゃねえぞ。余計な揉め事を増やせばノーラヒルデが黙っちゃいない」

「わかりました。気をつけます。あの、ノーラヒルデさんにもお世話になったお礼を言いたいんですが、大丈夫でしょうか？」

「俺と一緒に城に出向くから今日は無理だ。明日以降で奴を見つけたら勝手に話し掛ければいい」

「いいんですか？　そんなに簡単に話し掛けても」

「お前、本当に王子らしくねぇな。本来ならお前の方が身分が高いんだから、話し掛けられた方が光栄に思う立場だろうが。ノーラヒルデがそれに該当するかどうかは別として、普通はそう考えるもんじゃないのか？」

「何度も言いますが、ルインは本当に小さな国なんです。僕らが家族揃って牧場の手伝いに行っても楽しく過ごせるくらいに」

「ルインはいい国なんだな」

「はい。小さいけど、贅沢は出来ないけどいい国です」

「だったら尚更だ。お前はそのルインを代表してここにいる。そんな気はなくても、エイプリル王子という人間を見てルインという国を見ている。だから、常に王子としての矜持《きょうじ》と気概だけは持ち続けろ。シャノセンも最初は苦労した。自己申告したようにまるで何にも出来ないどころか、一般常識すら欠けているところがあった。だが奴は学んだ。自分の信念や流儀を曲げることなく、この国と騎士団に馴染んだ。そして今では誰からも慕われる存在になった。お前はそれが出来るか？」

「——わかりません。でも、やりたいと思います。僕なりの騎士の姿を見つけたいと思います」

「それなら死ぬ気で頑張れ。卵でもお前はもう騎士だ」

「はい」

　頭に手を乗せられてくすぐったい気持ちになったエイプリルは、猫のように目を細めた。それを上から眺めるフェイツランドも同じように目を細め、マリスヴォスが迎えに来た時にはエイプリルの金髪はもじゃもじゃと乱れに乱れてしまっていた。


「で、実際のところどうなの」

「実際のところって？」

　ふうふう息を吹き掛けながら温かく甘い飲み物をちびちび飲んでいたエイプリルは、きょとんと顔を上げた。

　ここは騎士団敷地内の中庭の一画、通称「憩いの広場」と呼ばれる場所で、椅子やテーブルが置かれ、ちょっとした飲み食いが出来る場になっている。周囲には、休憩したり雑談に興じたりしている騎士もいて、名前を裏切らないのんびりと長閑な空気が流れている。

「団長とだよ。共同生活うまく行ってる？　オレさ、昨日まで南部に出張だったからその間のことは全然わかんないんだよね。ちぇっ、せっかくお守り役を勝ち取ったのに」

　頭の後ろで腕を組むマリスヴォスのつまらなそうな呟きに、エイプリルは「あはは」と笑った。

　騎士としての新しい生活が始まって数日間のエイプリルの仕事は、本当に団長の「世話」だったからだ。本人が宣言した通り、生活全般がまるでなっていないと知るのに二日もあれば十分だった。

まず寝穢《いぎたな》い。午前中のエイプリルの一番厄介な仕事はフェイツランドを起こすこと。まずこれに尽きる。初日から二日間、毎晩遅くまで帰宅を待っていたのだが、待っている間に帰って来ることは一度もなかった。その後も帰宅時刻はまちまちで、四日目にして待つのを諦めた。逆に夜が遅いせいなのか、起きる時刻は遅い。

早朝訓練に参加しているエイプリルが朝食を終えて戻ってもまだ寝ていることが多く、プリシラと名付けた一角兎に餌《えさ》をやり、部屋の前の庭で散歩をさせ、部屋の掃除を終えてようやく起こせるようになる。

実は、一度他の騎士たちが目覚める時刻に起こしに行ったことがあるのだが、そのままベッドの中に引き込まれてしまい抜け出すのに苦労してからは、早い時刻に起こすのは止めた。蹴ったり叩いたりして抵抗を試みても、起きる気配はまるでないのだから大した神経だ。

「それで昼になって起きて来て、稽古を見てくれるんだけど」

「剣を扱わせて貰えない、だろ？」

「そうなんです。お前にはまだ早いって」

頑丈さが取り柄のテーブルに頬杖をつきながらマリスヴォスは、うんうんと頷いた。

「新人は大体そんな感じだよ。基礎体力をつけなきゃ稽古についていけないからね。持久走に障害走、木登りに、俵《たわら》運び、壁越えでしょ」

マリスヴォスは指折り数える。

「真夏になったら川で泳がされるんだ。あれはオレも好きだなあ。坊やは泳げる？」

「泳ぐだけなら」

「なら平気だね。夏が楽しみだ。あ、ちなみに鎧《よろい》着たまま泳ぐこともあるからそのつもりで」

「鎧!?　泳げるんですか?!」

思わず食べていた菓子を吹き出しかけた。

「泳げるかじゃない、泳がなきゃいけないんだよ。新人のほとんどがこれで沈んで溺《おぼ》れるから、救護班が大活躍。坊やが溺れるなら今年は救護班に立候補しようかな。口移しで呼吸してやるから、安心して溺れなさい」

「いやです。絶対に溺れません」

「カワイクナイお返事だねえ。さては団長に毒されたな」

「どうだろ。毒されてはいないと思います。たぶん、達観しただけで」

ああと頷いた後、マリスヴォスは腹を抱えて笑い出した。髪を結っている二色の布がひらひらと跳ね、首飾りや腕飾りは体が揺れるたびに一緒に揺れて、シャラシャラと音を立てる。この男も長くフェイツランドと付き合いがあるのだ。怒りっぽいのもだらしないのも、気分屋なのも、構いたがりなのも全部知っているだろう。

「もうあの人、なんなんでしょう。自分が遅く起きるくせに僕が一人で食事をしたら怒るし、係の人が洗濯ものを取りに来るから早く脱いでくださいって言ったら、脱いだ服を僕の上に投げつけたんですよ。汗のついたのを」

「そりゃあご愁傷様」

最悪なのは寝相だ。自分のベッドで寝ているはずが、いつの間にかフェイツランドのベッドの上で目が覚めたことが幾度あったことか。ベッドを温めておくのも世話係の仕事だと極当然《ごく》の顔で言われた日には、目が点になった。

「それでサルタメルヤに聞いてみたんです。ベッドで添い寝したり、温めるために先に布団に入るものなのかって」

「で、王子様の従者はなんだって？」

「そういうことをする世話役もいないことはない、だそうです。だから間違ってはいないんだろうけど」

肘をついていたマリスヴォスは、再び笑い出したが、今度は大笑いというよりは笑ってはいけないと我慢するかのように手で顔の半分を覆ってだ。

「そりゃあまあ、そういうお世話をする人がいないことはないかもねえ。坊やの国は違うだろうけど、王族なんて多かれ少なかれそんなもんなんじゃないの？」

「そうなんでしょうか。世の中は本当に広いとしみじみ感じているところです。騎士の勉強以外に覚えなきゃいけないことが多すぎちゃって。お風呂に入るのも一人じゃ駄目だって煩《うるさ》いくせに、一緒に入ると少し離れろって言ったり、背中を流させたり。そうかと思うと世話係を身綺麗《みぎれい》にしておくのは雇主の役目だとか言って体を洗おうとするし。後で見てくれますか？　僕の背中、団長に擦られてたぶん赤くなってると思うんです」

「え？　団長と風呂に入ってるの？」

マリスヴォスは青緑の目を瞬かせた。

「時々。早く帰って来た時なんかに一緒に。マリスヴォスさんとは一緒になったことないですね、そう言えば」

「ああ、オレは他のところで入ることが多いから」

「団長がいない時にはジャンニさんやシャノセン王子が誘ってくれて一緒に入ってます。一度、一人で入ったって言ったらすごく叱られてお説教されて、シャノセン王子たちはたぶんそれを聞いて同情してくれたんだと思います」

この段階でマリスヴォスはもう声を出すのが辛くなるほど笑っていた。笑いすぎて秀麗な顔には涙が浮かんでいる。

「あー、笑った笑った。戻って来てすぐにこんな面白いこと聞けるとは思わなかった。向こうであんまり暴れられなかったから欲求不満だったんだけど、いやあ、坊やの話だけでお腹いっぱい胸いっぱい」

「そんなに笑うようなことじゃないと思うけど」

「大丈夫。しっかり笑えることだから」

マリスヴォスは片目を瞑《つむ》って親指をぐっと立てた。どうやら好奇心を満足させることに成功したらしい。意図したわけではないので、達成感も何もないのだが。

「遠征の方は？」

「うん、大した問題はなかったよ。うちの騎士団ってさ、結局騎士団て名前だけで、実際には傭兵集団みたいなもんだから、大義名分があればどこにでも顔出して暴れてやるって奴らがほとんどなんだ。だからみんな幹部やりたがらないんだよ、元の育ちはいいはずなのに、面倒起こす連中ばっかりいるんだから、後始末が大変だし」

「じゃあマリスヴォスさんも大変でしょう？　師団長だから」

「まあ。でもオレは優秀だから。坊やが団長のじゃなかったらオレのとこに入れるんだけどなあ。くれないかな、これ。一個師団に一人いたらいいと思うんだ」

「いや、僕は一人しかいないから」

「それが問題なんだよね。双子の弟妹がいたよね。もしかして坊やも双子ってことは」

「ありません」

「じゃあ、団長を失脚させてオレが団長になったらオレのになる？」

「なりません。それに僕は団長の世話係だけど、団長のものじゃないですから」

「でも、騎士団長のものだって言えって団長に言われてるでしょ」

「どうして知ってるんですか？」

「見てりゃ大体わかるよ。そうじゃなきゃ坊やみたいなのは、もっと前に潰れてるはずだからね」

にっこり笑うが、言っている内容はかなり物騒だ。心当たりがないわけもないだけに、実感が籠っている。

「――やっぱり僕はお荷物扱いされているんでしょうか」

小さな溜息がカップの中に零れ落ちた。

「オレにはそんなに大層な荷物には見えないけどね。坊やみたいな荷物だったら、さっきも言ったように一人でも二人でも軽いもんだ」

「喜んでいいのか悪いのか、判断に迷う台詞《せりふ》ですね」

騎士としてはお荷物と言われて喜べるはずもないが、大したことはないと言って貰えるのは確かに嬉しい。入団の時期こそ違え、同じ若い騎士とぎくしゃくしているから尚更そう思えるのかもしれない。

「なんかあった？」

「あったというか、なんなんでしょうね」

エイプリルはマリスヴォスが不在の間の出来事を思い返した。フェイツランドはぐうたらしている時もあるが、基本的に騎士団本部にいないことの方が多い。どこに行っているのかも知らされず、ただ頭に手を置いて、

「いい子で留守番してろよ」

と言われるだけだ。時々ノーラヒルデと話をしているのを見ると真面目な顔をしているので、遊びに出掛けているのではなさそうだ。

その間はマリスヴォスが一緒になって稽古を見てくれたりしていたわけだが、マリスヴォスが南部に遠征中は割合に一人になる機会が多かった。

そんな時は黙々と基礎体力向上訓練をするのだが、まだ若い騎士たちの態度が余所余所《よそよそ》しいのである。話し掛けても簡単な返事だけのことも多く、中堅以上の騎士たちが割と気さくなのに対し、彼等は極力関わり合いになりたくないという態度も露骨だ。

「別に意地悪されたり、何か悪意のあることをされるわけでもないんですけど。やっぱり受け入れられないのかな……」

「王子様だから。そう思った？」

「はい」

マリスヴォスは仕方ないなあというどこか柔らかい表情で笑った。

「別にそんなわけじゃないと思うけどな、オレは。だって王子様っていうならシャノセンの方がよっぽど王子様だったよ。三年以上前からいる奴らはみんな知ってる。だってシャノセンだからね。どこに行くにもサルタメルヤが一緒について回ってさ、あれぞまさしく世間知らずの王子様を地で行ってた」

マリスヴォスはここで目の前に誰かを思い浮かべたのか、楽しそうに笑った。

「坊やはまだうちの王様には会ってないんだよね？」

「はい。ちょうどすれ違いで、まだ帰国なさっていないので」

「じゃあ、王族の紹介をされたことはないんだね」

「はい」

「触りだけ教えると、シルヴェストロ国っていうの

は強いものが治めるのが代々の決まり事なわけ。で、王の血筋の中で一番強いのが王様になる。その辺は傭兵大国のクレアドールと一緒だね。まあ、あそこの王様もうちと親戚関係があるんだけどね。そんなわけで強さが基準なんだよ。つまりどういうことかっていうと、繊細さや儚さ、優雅さとは無縁だってこと。オレの知ってるシルヴェストロの王族はみんなそんな奴らばっかり。これは国民みんなが知っていることだから、外国から来た王子様には度肝《どぎも》を抜かれたことが多かった。物語の中の王子は作り話じゃなくて本当だったんだ……って」

「じゃあシャノセン王子が騎士団に入った時には注目がすごかったんじゃないですか？」

「もちろん。でもオレみたいに繊細な人間はきっと耐えられなかっただろうな。――あの、坊や、ここ笑うところだからね？　笑っていいんだよ」

　思っていた反応がなく、あれ？　と首を傾げたマリスヴォスに、エイプリルはわざとらしく溜息をついた。

「自分で言って悲しくなるくらいなら、わざわざ笑いを取ろうとしなくていいと思いますよ」

「……坊やさ、団長の影響より副長の影響の方が大きいんじゃないの？」

「そりゃあまあ、よく使い走りや伝令をさせられたりして会う機会も多くて、ノーラヒルデさんには団長のことで相談することも多いし、共感も出来ますから。それでシャノセン王子の話ですけど」

「ああ、そうだシャノセンの話だったね。で、みんなに好奇心たっぷりに見られているにも拘わらず、態度がまったく変わらなかった。いい意味でも悪い意味でも注目されるのが当然だって割り切ってたんだね。最初から最後までずっと王子様。今もそうだよ。他の騎士たちも国内の割といいとこの家から出てるのばっかりだけど、格が違うと思ったね。態度や言動、態度全部で負けなかったのが団長とノーラヒルデだけだったんだから、もう完敗」

「あれ？　マリスヴォスさんは違うんですか？」

「うん。オレは繊細だから」

「それはもういいです」

とにかく、王子という存在はシャノセンで耐性がついているということだ。確かに、騎士団に所属する騎士は貴族出身が多い。というよりも、ほとんどが貴族の子弟だ。彼らの動機は各々違うが、国のためというよりも自分が満足するために騎士になったという人が多かったように思う。

これは直接会話した中で聞き取った欠片《かけら》から想像しただけだが、崇高な目的を理由に挙げられるより、力を発散させる場が欲しかったからとあっけらかんと言われる方が納得もしやすい。

「そりゃあそうだろ。団長からしてそうなんだから。団長の異名、知ってるかい？」

「直接には聞いたことはないですけど、破壊王ですよね。ノーラヒルデさんが前に言っていたのを聞いたことがあります」

「当たり。でも他にもあるんだ。破壊王と対になってるのが」

「なんて言うんですか？」

「不動王」

「不動王……動かない王様？」

「そ。あの人見てたらわかると思うけど、普段は結構だらだらしてるでしょ。仕事は出来るんだけど、普段は今一つ手を抜いてるんだよね。だけど団長が動かないのは平和の証。だから俺たちは願望を込めて言うんだ。不動王を起こすなってね」

「もしも、起こしてしまったら？」

「知らない方が幸せだよ。副長が破壊王って言ってるのは、たぶん酒場で暴れたり、喧嘩の仲裁をやりすぎたりして壊すことを言ってるんだけど、本当の破壊王が降臨するのは町じゃあない」

エイプリルはごくりと喉を鳴らした。なぜなら、その時のマリスヴォスの青緑の瞳は獰猛《どうもう》な獣のように輝いていたからだ。

「戦場だよ、団長の真髄を見ることが出来るのは。それ見たさに騎士になった奴は多い。俺もその一人」

「……見たこと、あるんですか？」

「ある」

その一言だけで十分だった。それ以上はたぶん、本当にエイプリルは知らない方がいいのだろう。軽く聞こえたはずのマリスヴォスの言葉は、これ以上聞かない方がいいと止めるだけの響きを持っていた。

（僕がまだ騎士として未熟だから……？）

戦場に出ることがあれば、見ることは出来るのだろうか？

あの意地悪で我儘《わがまま》で、時々ほんの少しだけ優しくなるあの男が。

「ここにいたのか、坊主」

「あ、団長」

噂をすればというやつで、欠伸《あくび》をしながらゆったりとした足取りで歩いて来たフェイツランドは、どっかりとエイプリルの横に腰を下ろした。シャツの前ボタンは半分も留められておらず、金属的な光沢の銅の髪は結ばずに、無造作に垂らされている。

「久しぶりだな、マリスヴォス」

「ですね。あ、報告書は副長の方にあげておいたんで、後で確認してください」

「相変わらず仕事が早いな」

「出来る男ですからね、オレは。坊やも少しは尊敬した？」

「してますよ」

「だが当然一番尊敬しているのは俺だよな？」

「尊敬して欲しかったら、団長はもう少し身だしなみに気を遣ってください。もう、今朝起きてびっくりしたんだから。部屋の中は泥だらけで、泥棒が入ったのかと思って誰か呼びに行かなきゃって慌ててたんですよ」

泥の正体はフェイツランドが着ていた服についていたものだった。宿舎の中に入る時に落とさなかったため、乾いたそれが朝になって零れ落ちてしまったというわけだ。

「一度外ではたいて、洗濯係の人には頭を下げて、それから床を綺麗に拭き掃除した僕の苦労、知ってます？　知らないですよね？　だって団長、熟睡しててていくら揺すっても起きなかったんだから」

「そりゃあ悪かったな。起こし方が悪かったんだろ」

「あのね、坊や。もう少し起こし方を工夫したら、団長もぱっちり目を開けると思うよ。元気に起きすぎてその後が大変かもしれないけど」

「それは有り得る。毎日が忍耐との戦いだ。この年になってそんな苦行をしなきゃならねぇとは思わなかった」

真顔の返答に、マリスヴォスは目を見張った後、くすくすと笑いを零した。

「あー、なるほど。じゃあ、坊やには頑張って貰わないといけないな」

「おいおいだな。急ぎはしない。それより坊主」

「はい」

「お前、剣を持っていただろう？」

「はい。ここにあります」

入団して五日目、技量を見せて貰うと言われ、いきなり稽古場に連れて行かれ、騎士の一人に叩きのめされてから後、エイプリルは真剣を持って稽古することを禁じられていた。そのためもっぱら木剣を借りて練習していたのだが、祖父から譲られた剣は常に腰に着けている。平時でも常に武器を手元に置いておくのはもう、騎士の習い性のようなもので、他の騎士たち全員にも当て嵌《はま》る。

「見せてみろ」

黙って剣帯を外すと、エイプリルはそのまま男に手渡した。

「お前、ジャンニから武器を選ぶように言われただろう？　まだ決めてないのか？」

「選ぶというか、この剣を使うつもりでいるので」

「こいつか」

フェイツランドがスッと抜き払った鞘《さや》から出た剣身は、陽光にキラキラと輝いている。ルイン国王である祖父が若い頃に使っていた業物《わざもの》はその後は使われることはなかったが、手入れだけは怠らずにいたおかげで、こうして孫のエイプリルの手に渡ることになった。

「駄目ですか？　剣に適性がないということでしょうか？」

実は気にしていたのだ。剣を扱うなと言われてから、入団出来たものの騎士としては最低の資質しかないのではないかと。

初日にエイプリルに話し掛けたヤーゴという若い騎士が軽々と大剣を扱うのを、時々、ほんの時々だが羨ましく思っていたのだ。

「訓練さえすれば剣は誰でも使える。だが剣にも種類がある。大剣、小剣、短剣、長剣。曲刀もあれば円刃《えんじん》に近いものもある。お前にどれがいいかは扱ってみなけりゃわからねえが、こいつは向いてない」

「え」

「というよりも、お前には扱いが難しい。どうしてだという顔をしてるな。まあ、口で言われるより見た方が早いだろう。マリスヴォス、時間はあるのか？」

「遠征帰りなんで今日は休み。だけどいいよ。坊やのためになるなら」

「ならちょっと顔を貸せ。行くぞ」

「どこに？」

フェイツランドは呆れた顔で見下ろした。

「剣を扱うのは稽古場しかねェだろうが。こんなところで抜いてやり合ってでもみろ、目と鼻の先にいるノーラヒルデが怒鳴り込んで来るのは目に見えてる」

「それは遠慮したいなあ」

「ということで、道場だ。行くぞ」

剣を持ったまま歩き出す男とマリスヴォスの後をエイプリルは慌てて追い掛けた。皿の上に残った菓子パンを布巾《ふきん》に包んで懐に入れるのは、もちろん忘れない。

今から貸切だというフェイツランドの一声で、屋内稽古場にいた数名は外に追い出され、中にいるのは真ん中で剣を持って向かい合うマリスヴォスとエイプリルだけである。フェイツランドは少し離れた場所に腕組みして立っている。

「坊主、その剣を使ってマリスヴォスに切りかかれ」

「えっ、でもマリスヴォスさん、楯《たて》しか持ってないですよ」

　祖父の剣を持って構えるエイプリルに対し、マリスヴォスは腰の剣を抜くことなく、ただ渡された縦長の楯を片手に持っているだけだ。備品の中では一番重量のあるそれをマリスヴォスは軽々と片手で抱えている。

「剣を抜いたら駄目なんだよね？」

「抜いたらお前の負けだ」

「それはちょっと自尊心をくすぐられるなあ。ということで、坊や、手加減なしでどうぞ」

「いいんですか？　本当に」

「団長の命令だからね。けど、本当に大丈夫だから。力加減されると逆に怪我《けが》させちゃうかもしれないから、思い切りやってね。シャノセンなら力を加減してくれるだろうけど、オレは細かい調節は苦手だから」

「エイプリル」

「はいっ」

「お前の持つ全力で行け。楯だけだと侮るなよ。そいつが言ったように、手加減すると怪我するのはお前だからな」

「は、はい」

　そこまで念を押すのだから、本気で掛からなければ後で叱り飛ばされるのは自分だ。

（マリスヴォスさん、ごめんなさい）

　こんな無謀な条件での稽古に付き合って貰って。

　心の中で謝罪の言葉を呟いて、エイプリルは剣を構えた。自分の胸の下まである幅広の大きな剣を。


「――わかったか？」

「……はい」

　エイプリルは道場の冷たい石床の真ん中に寝転がっていた。見下ろすフェイツランドの顔は逆光でよく見えないが、笑っているような気がした。

　真横にはマリスヴォスが座って、寝転ぶエイプリルに手団扇《うちわ》で風を送っている。

「ごめんね、ぶつけちゃって。鼻、痛くない？　骨折れてないかな？　医者を呼んで来た方がいい？」

「大丈夫です。打っただけで折れてはいないから。それにマリスヴォスさんが謝ることないですよ。僕が未熟だっただけなんだから、当然の結果です」

まだ痺《しび》れている腕をゆるりと持ち上げて、エイプリルは手のひらを見つめた。

「僕に大きな剣は不向きなんですね」

持つことは出来た。振り抜くことも出来た。だが、長引けば長引くほど腕に重みが増し、剣柄《けんづか》を持つ手が徐々に下がって来ることに気がついた。

それに、小柄な自分は体全身を使って大振りするため、次にどこを攻撃するのか相手が簡単に予測出来てしまうのだ。すぐに防がれてしまうはずだ。

体重が軽いのもまた、悪かった。文字通り、楯に弾かれてしまったのだ、体が。大剣を振り下ろせば楯で遮られ、金属の重い楯に打ち込むたびに伝わる衝撃は、すぐにエイプリルの腕を疲弊させた。

最終的に、剣ごと弾き飛ばされる形で倒れて試合終了だ。

「小柄な体格でも大剣を振り回す奴はいる。俺の知り合いでも自分の背丈に近い大物を振り回すのがいる。だがそれは特殊な例であり、特殊な技能を持つものだけだ。腕力が馬鹿強ければ簡単に振り回せるだろう。筋力を鍛えれば、使えるようになるかもしれん。将来的に、お前がもっとでかくなれば条件も変わって来る。だが、今のお前には無理だ」

「そっか……。悔しいなあ。先生と稽古してた時には平気だったのに」

「稽古に使ったのはこの剣じゃないんだろ。だったら仕方ない。それに、ルイン国王はこれをお前に使わせるために譲ったんじゃないと思うぞ。考えてみろ。ルイン国王は戦場に出たことがあるんだろう？　だったら孫のお前が使いこなせないことくらい、最初からわかってたはずだ」

「じゃあ、おじい様は使えない剣を僕に渡したってことですか？」

フェイツランドは少し黙り、

「いや」

とエイプリルの想像を否定した。

「その逆だ。騎士になるお前の護りになるように、目標になるように渡したんだと思う。俺たちは騎士であると同時に剣士だ。わざわざ捨てようとして渡すはずがない。そんな奴がいたとすれば」

「そいつは剣士でも騎士でもない。ただのクズさ」

マリスヴォスはうっそりと微笑んだ。

「ジャンニならそいつのところに行って切り刻むくらいはするかもしれないね。あいつは武具がこの世の何より好きだと公言して憚《はばか》らないから」

「とにかくだ。自分の適正武器を見つけるまではいろいろな武器を触って確かめろ」

「いいんですか？　触っても」

「基礎訓練と並行してならな。剣を一通りやったら、斧や槍だ。弓は出来るのか？」

「むしろ弓の方が得意です」

エイプリルは寝転がったまま胸を張った。

「遠くの的に当てるのは僕がいつも一番でした。国で射的の大会があって、三年連続優勝者です」

フェイツランドの片眉がぐいっと上がった。

「初耳だぞ、それは。紹介状にも弓のことは書かれてなかったぞ」

「あのですね、ルインでは弓は使えて当たり前なんです。先生もわざわざ書くほどのものじゃないと思ったんじゃないかな」

「じゃあ実戦の経験はあるのか？　小さなのでもいい。戦いに出たことは」

エイプリルは困ったように小さく笑った。

「ありません。生まれてから一度も。今もルインは戦いとは無縁です。でも、逃げ回って動く的に矢を当てて点数を競う競技があるから、馬と同じくらいの速さの的なら外しません」

へぇという感心したような声はマリスヴォスのもので、フェイツランドは僅かに目を瞠《みは》った後、一人頷いた。

「弓を使えるなら、用意させるか。弓の形は同じだったか？」

「同じでした。この間、シャノセン王子が使っているのを見たから確認してます」

「それならいい。ジャンニに言えばお前にあったものを用意してくれるはずだ。後は剣だが」

「あの、どれに決まるかわかるまでこの剣を使っていてもいいですか？　もうずっと腰にあるからないと変な感じがして」

「外せ、と言いたいところだがそのままで構わん。錘《おもり》をつけて訓練していると思えばいいだろうしな。だが、抜くなよ。お前が戦に出るのはまだ当分先の話だが、万一喧嘩に巻き込まれたりして抜かなければならなくなったとしても、命の危機だと思うまでは抜くな」

「抜かないでどうするんですか？」

素朴な当たり前の疑問に、銅色の髪の騎士団長と赤毛の若者は、互いの肩に手を乗せて笑いながら同時に口にした。

「全力で逃げる」

「逃げるが勝ちって言うよね」

確かに、戦っても負けるなら逃げた方がまだ助かる確率は上がるだろう。

（でも本当に危なくなった時には……）

手のひらを見つめた。赤く擦れて剣柄の跡がきつく刻まれている。稽古だからこれで済んだが、本番で剣を手から落としてしまえばその時がエイプリルの最期だ。

ぎゅっと握り締めた拳の痛みと悔しさを絶対に忘れてはいけないと思った。


その日は全員が浮かれていた。なぜならば、月に一度全員の機嫌が最高によくなる稀有《けう》な日だからだ。

いいことがあるからとマリスヴォスに連れられてエイプリルが向かったのは、本部の一階にある事務所で、普段は他の部署に比べて閑散としているそこは多くの騎士がいて熱気に包まれていた。

「何かあるんですか？」

「いいこと」

「いいことって？」

「それは後のお楽しみ。もう少し待ってたらわかるから」

長身で派手な容姿のマリスヴォスは目立つ。普段なら、第二師団長の姿を見れば畏《かしこ》まったり、話し掛けたりする騎士が多いのだが、今日はマリスヴォスには会釈するだけで小走りに奥へ走ったり、奥から外へ駆けて行ったりする姿の方が多かった。しかも誰の顔も明るく、足は軽やかだ。

「何千人もいればやっぱり大変だよねえ」

「ねえ、だから何が」

袖を引っ張って尋ねた時、奥の部屋からシャノセン王子とサルタメルヤが姿を見せた。

「おや、エイプリル王子。久しぶりだね、元気だったかい？」

「はい。シャノセン王子もお帰りだったんですね」

マリスヴォスと入れ替わるようにしてシャノセンが西に向かったのは少し前。これは騎士団で生活するうちにわかって来たことだが、小さな集団ごとに仕事を割り振られ、シルヴェストロ国各地に騎士が派遣される。単なる町の警備のための場合もあれば、現地に行かなければ何をさせられるのかわからないことも多いという。訓練と任務という実用性を重視したノーラヒルデの采配《さいはい》は、本当にいつ突然降って来るかわからないため、割と気が抜けないとマリスヴォスなどはぼやいている。

無事に城に帰って来れただけでもいいと、エイプリルは思うのだが。

毎日小隊が幾つか城を出て、毎日数隊が帰って来る。行先はシルヴェストロ全土に渡るため、首都にいるのは騎士の総数の三分の一ほどしかないのだが、その騎士団本部が普段は見掛けない多くの騎士たちで占領されるのが、月に一度のこの日だった。

「君はまだ貰っていないんだろう？　今なら空いているから行っておいで」

「？　はい。あの、何が貰えるんですか？　何かの報酬なら僕はまだ何も役に立ててないから貰えないと思うんですが」

それを聞いたシャノセンは、淡灰色の目を見開き、それからにっこりと微笑んだ。

「みんなが私のことを王子様王子様と言う気持ちが、今頃になってわかってしまったよ。お前もそう思っただろう？」

常のようにシャノセン王子の半歩後ろに立つサルタメルヤは控え目な彼にしては珍しく、大きな動作で頷いた。

「可愛いなあ。ねえサルタメルヤ、私も十六の頃はこんなに初々しかったかな」

「初々しさで言えば、エイプリル王子の勝ちです。シャノセン様は幼い頃から今の今までほとんどお変わりありません」

それを聞いたシャノセンは、からからと軽やかな笑い声を上げた。

「なんだかふてぶてしい子供を想像してしまったよ、そうか、私は可愛げのない子供だったんだな」

「失礼を申し上げました」

「いいよ。お前はどうせ悪い意味だと思って言ったわけじゃないんだろうからね。エイプリル王子、私の口から教えるのは簡単なんだけれども、隣でたぶん君の驚く顔を見るのを楽しみにしているだろうマリスヴァォスさんの目が言うなと言っているから、口を噤むことにするよ」

「そんな……」

「知りたいなら早く行っておいで」

ほらほらと背中を押され、エイプリルはマリスヴァォスを振り返った。

「マリスヴァォスさん、行きましょう」

「はいはい。ねえシャノセン、中には誰がいた？」

「副長と団長、それに経理が。団長と副長はいつも通りですけど、経理は大変そうでしたよ。毎月のこととはいえ、本当にご苦労様です」

「ふふん、楽しみだな」

坊やの反応が。

心の中でこっそりと呟いたはずの言葉は、誰の日にもだだ漏れだったのは言うまでもない。

空いているといっても一番混雑していた時に比較しての話で、エイプリルとマリスヴァォスが中に入った時にもまだ二十人以上がひしめいていた。その代わり、経理を担当する者もその倍くらいはいて、奥と手前を行ったり来たり忙しそうに動いていた。

「来たのか、坊主」

「団長、今日はちゃんと一人で起きられたんですね！」

　壁際に立つフェイツランドの姿を認めると、エイプリルは軽い足取りで駆け寄った。

「何度呼びかけても起きないから困りましたよ」

　せっかく前の日の晩に早く起こせと命令されていても、何をやっても起きなかったのだ。後から叱られないために「叩いても起きなかったこと」を紙に書いて残しておいたため、起きなかったこと」を紙に書いて残しておいたため、怒ってはいないと思っていたが、怒るよりも呆れている色の方が強い表情だった。

「お前な、俺が起きないからって動物を顔に乗せるたあ、どういう了見だ」

「あ、ちゃんと起こしてくれたんだプリシラ」

　エイプリルは嬉しそうに顔を綻ばせたが、反対にフェイツランドは苦い表情だ。

「息が苦しくて目が覚めたぞ。窒息《ちっそく》させる気か、この野郎」

「プリシラは軽いから平気だと思ったんです。僕だって前に死ぬかと思うくらい息が出来なかったことがあったけど大丈夫だったから、団長なら平気かと思って」

「その認識は大いに間違っている。今度は改めろ。次に同じことをすれば、プリシラは捨てる」

「えっ！　それは駄目！　プリシラはもう僕の家族なんだから、勝手に捨てないでください。団長にも懐いてるし、それに団長だって可愛がってるじゃないですか。僕、見たんですからね。団長がプリシラに話し掛けているところを」

「おいこら坊主」

　首根っこを摑《つか》まえられたエイプリルが逃れようとじたばたしていると、くすりと笑い声が聞こえた。

　フェイツランドと一緒に、浮かれた騎士たちが暴れ出さないよう見張っていたノーラヒルデである。

「へえ、お前が動物に話し掛けるねえ。簡単には信じられない話だな。動物といえば、食料くらいにしか考えていない男だと思っていたのに」

「そのことは忘れろ。それと坊主、ノーラヒルデが言った食うってやつは冗談だ。食いやしねェからそんな泣きそうな顔で俺を見るな」

腕にしがみつくエイプリルの空色の目は、今にも雨が降りそうだ。

「本当に？　本当にプリシラを食べたりしないですか？」

「しないしない。肉は好きだが一般的な食用のやつしか食べねエよ。それより早く貰って来い。マリスヴォスはもう受け取ったみたいだぞ」

言われて振り返れば、混雑の最前線あたりからマリスヴォスの赤い髪と青い布が見える。振り返ったマリスヴォスは大きく手を振り、満面の笑みで混雑を逆に戻って来た。

「貰った貰った。今月の俺の給金」

「給金！」

エイプリルは目を丸くしてフェイツランドを見上げた。

「給金って」

「そうだ。今日は月に一度の支給日だ。連中の浮かれた顔を見てみろ」

普段は厳《いか》つい顔しか見たことのない騎士が、無表情な騎士が、顔を綻ばせ緩めている。彼らが手にしている袋の中には働きに見合うだけの硬貨が収められているのだ。

「お前も早く貰って来いよ」

笑いながら背中を押され、エイプリルは困惑して振り返った。

「僕も貰えるんですか？」

聞いたノーラヒルデとマリスヴォスが笑い、フェイツランドがぐしゃぐしゃと金髪をかき回した。

「お前はもう騎士だろう？　卵でも見習《い》でも世話役でも、騎士なら誰もが持っている正当な権利で報酬だ。要らねえなら俺が代わりに貰ってやってもいいぞ。酒代くらいにはなるだろうからな」

「それは有り得るよ。団長ってば飲み始めたら止まらないんだから、坊やの給金なんか一晩で飛んでいっちゃうね」

「同感だ。ほら、エイプリル。行っておいで。この男、本気で奪い取るぞ」

「あ、はい。行ってきます！」

エイプリルは駆け出した。

(給金！　給金！　初めて僕が稼いだお金！)

もうだいぶ人は少なくなり、大柄な男たちの間に揉まれながら会計の前に立つエイプリルの心臓は、ドキドキと早く脈打っている。

毎月のことなので慣れているのか、名前と所属を尋ねるだけで次々と手際よく処理していく老年の経理担当は、

「エイプリル・キサ＝ルインです、所属は——団長？」

名を伝えると、

「ああ！」

と破顔した。

「ルイン国の王子様だね。君のことは聞いてるよ」

そして部下に声を掛け、奥から一つの袋を持って来させた。

「これがエイプリル王子の分」

受け取った袋の重さがずしりと手にくる。

「これが僕の……ありがとうございます！」

「また来月もあるからね」

大きく頷いたエイプリルは、袋を両手で抱え駆け出した。向かう先はフェイツランドの元だ。

「団長！　貰って来ました！　僕の初めての給金です」

「おう、よかったな。おい、そんなに跳ねるな。プリシラみたいだぞ」

ぴょんぴょん跳ねるたび、金の髪がふわふわと揺れ、フェイツランドは笑った。

「はい！　入団したばっかりで何にも働いてないのに貰えるなんて思わなかったから、びっくりしました。それにこんなに重い」

「中はもう見たのか？」

「まだです。なんだか開けるのが勿体なくて」

「開けた方がいいぞ。もしかすると石ころを詰めて重さを誤魔化してるかもしれないからな」

「えッ」

エイプリルは慌てて袋の口を開いた。固く結ばれた紐がなかなか解けずにもたもたして、見兼ねたノーラヒルデが手を貸そうとしたが頑張って一人で開けた。

そして中をちらりと覗き、

「うわあ……」

空色の瞳が今まで見たことがないくらい大きく丸く開かれ、同じように口もぽかんと開いてしまった。傍《はた》から見れば間の抜けた表情だが、驚いたというエイプリルの心情をこれ以上なく表すものだった。

「すごくたくさん入ってる」

「おら、俺にも見せろ」

上から覗き込むフェイツランドに、エイプリルは笑顔のまま中が見えるよう袋の口を開いた。大きな銀貨と小さな銀貨、それに銅貨。数は少ないがキラリと輝く金貨も見える。

「こんなにたくさんのお金、初めて見ました」

白い頬を紅潮させ、嬉しさを全身で表しているエイプリルを見つめるフェイツランドやマリスヴォスたちの目はとても優しいものだった。

正直なところを言えば、この支給額は騎士の中では一番少ないものだ。入団したてで在籍期間が短いため、基礎金額だけしか与えられていないのだ。一般の騎士はこれに任務に応じた金額が加算される。大きな仕事、危険度の高い仕事ほど額は上がるため、在籍期間、危険度、貢献度、諸経費などを加味されるのだ。だから、同じ時に入団した同期でも、その月の勤務状況によって支給額は異なる。

そして、今エイプリルの周りにいるのは幹部ばかりだ。団長のフェイツランドは言わずもがな、副長のノーラヒルデ、第二師団長のマリスヴォス。基礎給付額が桁《けた》違いな上、仕事量に見合っただけの額が役職手当としてつけられる。遠征に出ていたマリスヴォスは、これに特別手当もつく。この額はエイプリルの初給金よりも高い。

しかし、彼等は無粋なことは口にしない。喜んでいる少年の顔に影を落とすようなことは言わない。普段はエイプリルをいじり倒し、からかっている口の悪いフェイツランドですら、小国からやって来た王子の喜ぶ姿に鋭い金色の目を細め、優しく声を掛ける。

今ではもうすっかり馴染みになった団長と王子の姿に、騎士たちも笑いながら見守るのが当たり前になっていた。

「すごいです。今まででこんな大金、見たことがない」

「小遣いは貰ってたんじゃないのか？」

「貰ってましたけど、額が違います。銀貨一枚が普通で、何かいいことがあった時だけ二枚に増えるんです」

銀貨一枚。ルインとシルヴェストロでは物価が異なるにしても、王子でそれは少なすぎはしないだろうか。

誰もが思った疑問で、ついもう一人の王子に目が向いてしまうのだが、エイプリルの様子が気になって廊下から中を覗いていた西国の王子は、緩く微笑を浮かべながら首を横に振っている。

曰《いわ》く、それは小遣いとは言いません、である。

シルヴェストロ国の場合には王族一人一人に対して国庫予算が組まれている。使っても使わなくても毎年計上され、蓄積されていく。死亡した場合には再び国に戻されるが、それまではずっと払い続けられるのだ。それは国王であっても例外ではない。そして、シルヴェストロ国で一番の高給取りは、実は国王ではないという事実を知るのは極一部の人々だけである。

「よかったねえ、いっぱい貰えて。初めてのお給金は何に使うつもり？」

エイプリルは袋の中に視線を落としたまま、ふるりと首を振った。

「使わないで貯金します」

「使わないって、全然使わないってこと？」

「はい。あ、でも少しは使うかも。プリシラの餌代もあるし。あ、団長」

「なんだ」

「前借りしていたプリシラの餌代、後で払いますね」

フェイツランドは呆れた顔でエイプリルを見下ろした。

「餌代って、お前、微々たるもんだぞ。ただの草に金なんか貰えるか」

「それは駄目です。貸し借りはきちんとしなさいとおじい様に言われています。特にお金の貸し借りは、小さなものでも後から大きな山になって圧し掛かってくることもあるから、きっちりけじめはつけなければならないと」

「堅いこと言うなよ。俺とお前の仲だろうが」

「親しい間柄なら余計に、とも言っていました。お金は簡単に人の縁を切ることが出来る鋭い武器になるって」

ヒューという口笛はマリスヴォスのものだ。

「堅実なおじい様だねえ。ルイン国王だっけ、坊やのおじいさんは」

「はい。ルイン国で一番長く王座にいる記録を更新中です」

「ルイン国王は確か御年六十五歳、在位期間は五十年だったな」

ノーラヒルデの言葉にエイプリルは頷いた。

「大体は三十年くらいで交代するみたいです。でも」

ルイン国王の二人の子供のうち下の息子は隣国の豪商に婿《むこ》入りし、跡取りの息子は子供四人を得た後に大病を患《わずら》い、継承権を返上している。

「じゃあお兄さんが次期国王？」

「はい。今は叔父上がいらっしゃる隣のソナジェ国に社会勉強で留学中です」

「今国に残っているのは、ルイン国王とお前の両親、それに双子だけか。なるほどな」

一人頷くフェイツランドに、エイプリルは首を傾げた。

「何か変ですか？」

「いや、別に変じゃない。ただどんな環境にいればお前みたいな庶民的な王子様が出来上がるのか知りたかっただけだ」

「だから何度も言ってるじゃないですか。僕の国は少し違うんだって。団長もいたことがあるんでしょう？」

「って言ってももう十年も前だからなあ」

「それなら、僕がいつか団長をルインに連れて行きます。そこで自分の目で見て確かめてください」

少し拗《す》ねた風に唇を尖《とが》らせたエイプリルに、フェイツランドははっと目を開き、それから「あははははは」と長い笑い声を響かせて笑った。

「ああ、そうさせて貰おう。そしてルイン国王に訊《き》いてやる。どうしたらこんな王子が出来上がるのかってな」

「失礼な！」

腹を立てたエイプリルは袋を大事に抱え、くるりと背を向けた。

「おいおい、どこに行くんだ」

「大事なものなので部屋に仕舞います」

ベッドの下に鍵付の箱がある。その中に仕舞って、貯《た》まったら国に送るのだ。

からかわれたことはもうすっかり忘れたエイプリルは、軽やかな足取りで本部を出て行った。後ろから呼び止める声にも気づかず、残された人々が「初々しくていいねえ」とルイン国の王子様の噂話に興じているのにも気づかずに。

「あ、餌代だけ団長に渡さなきゃ」


昼間の喧騒が嘘のように静まり返った深夜。

宿舎に帰って来たフェイツランドが見たのは、テーブルの上に置かれた一枚の銀貨と、自分の部屋のベッドの上で給金の入った袋を抱いてすやすやと幸せそうに眠るエイプリルの姿だった。

「――ったく、本当に世間知らずの王子様だな。鍵も掛けずに眠っちまって、せっかく貰った初給金を盗まれでもしたらどうするんだ。箱に入れて鍵掛けるって言ってたくせに忘れてやがる」

予想はつく。部屋に戻ったエイプリルは、袋から全部の硬貨を取り出して、目を輝かせながら一枚一枚数えたに違いない。明細は袋を貰う時に一緒に貰っているはずだが、紙切れに書かれた数値より、触った方が実感が湧く。

「その重みが騎士の命の重さだ。お前はどれだけ耐えられる？」

笑顔で眠る少年の額に掛かった前髪を指で払い、落ちていた硬貨を袋の中に戻してきっちりと紐を締める。

そうしてフェイツランドは戻って来たばかりの部屋を後にした。


翌朝、いつものように早起きをしたエイプリルは、最初にテーブルの上を確認し、銀貨がなくなっていることにほっとした。

「ちゃんと貰ってくれたんだ、団長」

それから一角兎を前庭に連れ出して散歩をさせた後、いつものように起きないフェイツランドを起こしに行き、珍しくもきちんと起きて寝惚《ねぼ》けたふりをして抱きついたフェイツランドを何とか振りほどき、食堂に追いやったエイプリルは、汚れ物が入った籠を抱えて廊下を洗濯場に向かって歩いていた。

途中、ゆっくりと連れだって歩く騎士たちを追い越しながら思ったのは、

「なんだか今日はみんな出足が遅いなあ」

である。

昨日は給金の支給日で騎士たちが浮かれていたのは知っている。訓練や稽古を早めに切り上げて、町に繰り出した男たちが多いのも知っている。

エイプリル自身は酒には興味はないが、日常とかけ離れた別の場所が必要なことは理解しているつもりなので、それについてとやかく言ったり非難したりするつもりはない。

だがこの緩さ加減はどうなのだろうか。

「団長が団長だから仕方がないのかな」

朝から全員を庭に集めて団長や副長の訓示から一

日を始めれば少しは変わるかなと思いついたが、肝心要《かなめ》の騎士団長が生活態度を改めない限りそれはないと思い直す。

「昨日の夜にみんなが暴れて、また店を壊してなければいいんだけど」

酒が入ると気が大きくなる人はいくらでもいるものだ。騎士同士が酒場で喧嘩を始めれば、止めるのは警備隊か同じ騎士になり、場合によっては収拾がつかなくなることもあるだろう。

「ノーラヒルデさんに叱られるのわかってると思うんだけどなあ」

自分よりも付き合いが長い騎士はそれがわからないのだろうか？

横を通り過ぎながら小耳に挟んだ騎士の話から想像するに、彼等が昨日羽目を外しに出掛けた場所は、酒場や賭場《とば》、それに妓楼《ぎろう》が多いようだ。妻帯者はそもそもが宿舎に住んでいないので、妓楼に通うのは成人男性にとって何も不思議なことではない。経験のないエイプリルにも、それくらいのことはわかる。

しかし、大きな声で昨日の女は具合がよかっただの、金を持っていると奉仕が積極的だの技がすごいだのという赤裸々な会話を堂々と朝からされると、聞くつもりはないのに聞こえてしまう身としては、恥ずかしくて仕方がない。

性知識はあっても書物の中の、それも身体的な特徴や成長に関わる文字だけの話で、具体的に「奉仕」が何を指すのか、どんなすごい「技」なのかも、まったくわからないのだ。それなのに、言葉の響きやにやけきった彼らの表情から卑猥《ひわい》な何かを感じてしまうのだから、曖昧な分、実に困ってしまう。

「早く持って行こう」

珍しくフェイツランドが手を煩わせることなく起きたというのに、洗濯係が籠を回収に来る前に汚れ物をまとめることが出来なかった。着替えずにそのまま眠ってしまっていたせいで、服や肌着を脱がすのが間に合わなかったからだ。

そのため、エイプリルが自分で洗濯場まで運んで行くことになったのだが――フェイツランドは自分もついて行くと言い張った――、後でそれを死ぬほど後悔する羽目になるとは、達成感と清々《すがすが》しい朝の空気に気分よく足を動かすエイプリルには、わかるはずもなかったのだ。

「あっ……うぅん、マリスヴォスさまぁ、もっとォ」

「淫乱《いんらん》だねえ、君は」

「だって、そうさせてるのはマリスヴォスさまですよぉ」

「そんなこと言って、ほら、君のここはこんなに卑猥な音を立ててるじゃないか」

「あ、や、あんまり強く擦らないでぇ」

「そう？　だったらこっちも擦らない方がいい？　ん？」

「あっあっ、そこはもっとっ、もっと突いて、もっとマリスヴォスさまの太いので突いてっ」

「ほら、やっぱり淫乱じゃないか。君のココはオレを咥《くわ》えて離さないんだもん。他の男のもこうやって咥え込んで楽しんでるんだろ？」

「そんなこと、ないですよぉ、マリスヴォスさまのが一番大きくて、すき。だからもっと奥まで突いて、僕の中をぐちゃぐちゃにかき回してぇっ」

「ふうん、そんなに欲しいんだ？　だったらもっとちゃんと口で言いなよ。オレの何をどこに欲しいのかって。ちゃんと言ったらこっちも可愛がってやるよ。乳首だって舐めてやるし、お前のコレだってもっと触ってやるよ」

「ほんとう？」

「ホント、ホント。だからほら、言ってごらん？」

「ん……入れて、マリスヴォス様の黒くて大きくて太いおちんちんを僕のお尻の中に入れて。いっぱいかき回して、中にマリスヴォスさまのあったかいのを注いでちょうだい」

「よく言えました」

「だってマリスヴォスさまが……あっあっ、ああっきもちイイッ」

――一体これは何なのだろうか？

エイプリルは籠を抱えたまま、呆然と目の前にある光景を眺めた。

男が二人、エイプリルの正面に座っていた。一人は洗濯場に備え付けられている古い木椅子に、もう一人は背を預ける形で男の膝の上に座っている。だが、座る体勢はともかく、何をしているかが問題だった。

何をしているか。

最初見た時、エイプリルには二人の行為の意味がわからなかった。

だが、瞳が捉えた光景に啞然《あぜん》としている間に、遅れて脳に届けられた音声が、彼等が何をしているのかをはっきりと教えてくれた。

それはエイプリルには未知の世界だった。

「あっ、あっ、もっと強くしてぇ」

「それはちょっと苦しいかも。この体勢じゃあ、これが限度じゃないかなあ」

膝の上に半分爪先立ちで座る男は大きく両足を広げている。片方の足首に溜まっているのはズボンと肌着で、つまり彼の下半身は露出されていた。シャツのボタンははだけ、乳首が二つとも見えている。

そのうちの一つを自分の指で摘《つ》まみ、うっとりとしている若い男。——男なのは間違いない。なぜならば、形や大きさは違えど、エイプリルの股《また》の間にぶら下がっているものと同じ男性器が、自己主張するようにしっかりと勃起《ぼっき》し、たらたらと濡れた先端を見せつけていたからだ。

そして、信じられないことに男の尻には何かが刺さっていた。

そう、エイプリルの感覚で言えば、まさに「刺さって」いたのである。

最初は蛇《へび》かと思った。赤黒く太く、血管が浮き出ているそれの頭の部分の嵩《かさ》が、蛇が威嚇《いかく》をする時の形によく似ていたからだ。

ぬちゃりぬちゃりと湿った音を立てて尻の間を出入りするそれが、やはり男性器だと気づいたのは、座って腰を上下に振る真正面の男が発した「おちんちん」という言葉を聞いたからだ。

（えッ！　あれが?!）

まさかの驚愕だった。

思わず自分の股間に視線を落としてしまうくらい驚いた。

あれは人の性器じゃない。

咄嗟《とっさ》にそう思ってしまったエイプリルを責められはしないだろう。ぬめりを帯びた男根は、エイプリルが初めて見た大人の男の勃起した性器だったのだ。彼の膝に座る男の性器など、それに比べればまだまだだ。——エイプリルのよりは立派だったが。

（でもあれ、どこに刺さってるの？）

尋ねるわけにもいかないエイプリルだったが、それは意図せぬ形で判明した。

「ちょっと脚上げて」

おもむろに前に座る男の膝裏に手を伸ばした背後の男——見たことのある赤毛だ——は、そのまま前の男を自分の膝の上に抱え上げた。

（……）

その瞬間の衝撃といったら！

大きく広げられた両足、太腿《ふともも》。股間にぶら下がる二つの袋は今も揺れている。乳首を摘まんでいない方の手は、自分自身に伸ばされて上下に擦り、そしてそれはエイプリルの目にもはっきりと見えてしまった。

いかなる腰の力なのか、膝の上に男を一人座り抱え込んでいるにも拘らず、ガンガンと激しく上下に突き動かす赤毛の男の男根が、尻の穴を貫いているのを。

思い切り目を見開いたエイプリルと、その時になってようやく人の気配に気づいて顔を正面に向けた赤毛の青緑の目が、カチリと合った。

あ、という形に開かれた唇。額に張り付いていた汗が一滴、ぽたりと冷たい灰色の床に落ちた。

その瞬間、エイプリルは洗濯場を駆け出していた。

走って走って走って、ようやく辿り着いた食堂で、いつものテーブルに巨軀を見つけて駆け寄った。

「団長！」

「どうした」

「あの、あのですね、あの……」

何を言えばいいのか。何を伝えればいいのか。

頭の中では先ほどの赤毛の男――マリスヴォスが行っていた濃い情事が繰り返し流れている。声と独特の匂いまで再生され、エイプリルは混乱していた。

「あの、僕、」

「わかった。わかったからまずは落ち着け。落ち着いて籠を置いて、それから座れ。話はそれからだ」

一つ空けたところに座っていたサルタメルヤが気を利かせて、洗濯籠を手から下ろし、フェイツランドがエイプリルの背中を押して無理矢理椅子に座らせる。

「水だ」

ジャンニが差し出したコップを震える手で握り、そうしてゆっくりと冷たい水を飲み、半分ほどを飲み干したところでようやく自失状態から立ち直ることが出来た。

「もういいみたいだな。坊主」

「――ありがとうございます。恥ずかしいところを見せてしまいました」

「それは別に、面白いものを見られたから構わねえんだが、一体何があったんだ？　取り乱し方が尋常じゃなかったぞ」

「籠も抱えたままだったし、何か不測の事態でも起きたのか？」

「だな。洗濯場で何かあったんじゃないか？　それか行く前に何かあったか。おい坊主、何があった？」

「あ、それは――」

そこでエイプリルははたと気づいた。

衝撃を受けたのは自分の経験不足によるもので、もしかすると大人には当然のことなのかもしれない。となると、悪いのは勝手に人知れぬ二人の逢引きを覗いてしまうことになってしまった自分で、洗濯場にいた二人には何も非がないのではないか、と。

冷静な頭で考えれば、いかに大人だろうといつ誰が来るともわからない公共の場で交合に耽《ふけ》る行為が非常識なことくらいわかったはずだ。だが今のエイプリルにはあまりにも衝撃が大きすぎて、まともな判断が出来なくなってしまっていた。

それに話すとなると、どうしてもさっきの光景が思い浮かんでしまい、冷静に話すことが出来るかも疑問だ。

「――もうちょっと待ってください。まだ心の整理が出来ていなくて」

「顔色もよくないですよ。大丈夫ですか、エイプリル王子」

「ありがとうございます、シャノセン王子。たぶん、少しすれば落ち着くと思います」

優しい王子の笑顔の中で、淡灰色の目が心配そうに様子を窺っている。

「それならいいんですが」

「飯を食ってる間に元気になるだろ。喜べエイプリル、運のいいことに今日はお前の好物だ。優しい俺がお前のために今朝はこれにしてくれと頼んでやったんだ」

そういえばと見れば、まだテーブルの上には水とパンと付け合わせの豆と野菜だけで、主食になるおかずの姿がない。

「もしかして、僕が来るのを待っててくれたんですか?」

「優しい俺に惚《ほ》れたか?」

「惚れませんよ。いつもこうならいいなあとは思いましたけど」

フェイツランドと話しているうちに、だんだんと調子が戻って来たエイプリルは、だから安心していた。まさか、続け様に思わぬ精神的打撃を受けることになるとは思いもせずに。

「お待たせしました」

「おう、いつも悪いなヤーゴ」

「いえ、たまたま居合わせただけなので気にしないでください」

ヤーゴの言葉にエイプリルははっと顔を上げた。会うたびに何かと睨みつける若い騎士は、今もフェイツランドを見ているふりをしながらエイプリルを上から冷たく見下ろしている。

（ヤーゴ君、やっぱり僕を嫌いなんだろうな）

何度か交流を試みはしてみたのだが、素っ気ない対応をされるばかりで進展は何もない。

（別に友情を育てようとか思ってるわけでもないんだけど、理由もわからないで嫌われるのはいやだなあ）

いっそないものとして無視して貰った方が気は楽だ。

ちらりと聞いた話では、ヤーゴは首都でも有名な剣術道場の跡取りということだ。跡取りがなぜ騎士団に入ったのかわからないが、平民からの入団が数えるほどしかいないことを考えれば、腕前には相当の自信があると思われる。実際に稽古を見物した限りでも、自分よりも大きな騎士と互角に打ち合っていた。骨格が細く、まだ筋力も十分についていないエイプリルには、羨ましい体格と素質だ。

（ヤーゴ君くらい大きかったらおじい様の大剣も使いこなせるかもしれないのに）

だが、それを言い出したら、自分以外の騎士全員が該当してしまう。所詮はないもの強請《ねだ》りにしか過ぎないのだろう。

「今度の屋外実習には期待してるぞ」

「期待に添えられるよう頑張ります」

団長と話をしている時には好青年なのに。

好物がおかずだと聞いて浮上していた気分が少し落ち込んだが、すぐに鼻をくすぐるよい香りがしてきて自然に頬が緩む。

そんなエイプリルの頭をフェイツランドは人差し指でチョンと軽く突いた。

「お前、本当に現金だな。食い意地が張りすぎなんじゃねえのか？」

「そ、そんなことないですよ。それにここの食事はすごく美味しくて、しかもたくさんあるから毎日幸せな気分になれます。残ったものがあったら国に送りたいくらいです」

「腐っちまうぞ」

「だから家族やルインの民の分まで僕が残さず食べるんです」

「その心意気はいいが、食いすぎて倒れるなよ。急激な体重の変化は馬も嫌うからな」

「はい」

浅めの皿から見える黄緑色の野菜とオレンジの人参《にんじん》。黄色いのはトウモロコシの粒だろう。

温野菜の下に隠れているのは一体何の肉だろうか。厚切りの豚肉か、それとも牛肉の角切りか。羊肉の塩漬けもうまかった。

くぅと小さく鳴った腹の音は周りの失笑を誘ったが、これくらいで食欲をなくすほど繊細ではない。

そして、エイプリルは絶句した。

「ほらよ、昨日はみんな浮かれてて初給金祝いをしてなかったからな。ささやかだが俺からの差し入れだ」

「特別に団長が農家まで出向いて作って貰って来たんだよ。エイプリル王子のために」

「シャノセン、そこは黙っているのが団長の男気を上げるところだぞ」

周囲の声は耳に入る余裕がなかった。


「これ……これが……今朝のおかず……？」

「ああ。出来るだけでっかいのを作ってくれた。あの農家は今度から贔屓《ひいき》にしてやる価値があるぞ。ほら、早く取らないか。それともあんまりでかすぎてびっくりしたのか？」

「でっかい……確かにそうですね、本当に大きいです……」

手が止まってしまったエイプリルの代わりに、機嫌のいいフェイツランドが手際よく皿に乗せたそれは、腸詰肉の燻製《くんせい》をまるごと野菜と一緒にスープで煮込んだものだった。

それが二本、エイプリルの皿の上に乗って湯気を立てている。肌色——肉の色は瑞々《みずみず》しく、茹《ゆ》でられたせいか仄《ほの》かに赤く変わっている。実に見事な腸詰肉だ。

「本当に大きいですね。食べごたえがありそうだ」

エイプリルよりも裕福な国で暮らしていて、様々な食材を使った料理に舌鼓を打ったこともあるシャノセン王子も感嘆するほどに。

「だろ？」

「ああ、確かにうまい。身も引き締まっている」

ぷちっと弾ける音は、ジャンニが腸詰肉に歯を立てた音だ。

無意識に目を向けたエイプリルは、すぐにさっと目を逸らした。

（腸詰肉……食べたい、でも僕には無理だ……）

確かに好物だ。腸詰肉は安価なのでルインの食卓にもよく上っていた食べ物である。だから食堂で初めてシルヴェストロの腸詰肉を食べた時、作る国によって大きさや味に違いがあることに大層驚いた。もちろん、好意的な意味で。

それからは腸詰肉は大好きな食べ物の上位になったし、周りも全員それを知っている。嬉しいことだ。自分のために、めんどくさがりなフェイツランドがわざわざ買いに行ってくれたのだから、ここは笑顔で食べるべきなのだ。

エイプリルはフォークを手に取った。そして腸詰肉に突き刺しかけ、

「うっ……」

口元を押さえて、椅子の下に蹲ってしまった。フォークがカランカランと床の上を撥《は》ねた音が聞こえたが、目で追いかける気力もない。

「エイプリル！」

すかさずフェイツランドが椅子から下り、エイプリルの横に屈《かが》んだ。

「大丈夫か？　お前、顔が真っ青だぞ。やっぱり具合が悪かったんじゃないのか？」

「蒼白《そうはく》ですね。サルタメルヤ、冷たい水と濡らした手拭いを持って来て」

「畏まりました」

「だ、大丈夫です」

「大丈夫なもんか。そんな青い顔をして」

「いえ、大丈夫なんです。ただちょっと……」

フェイツランドの手を借りてゆっくりと立ち上がったエイプリルは、皿の上で食べられるのを待っている腸詰肉を見て、やはり耐え切れずに目を背けた。

それに気づいたのは、やはり目敏《めざと》いフェイツランドだった。

「おい、これは好物じゃなかったのか？」

「好きですよ」

「けど今、目を背けたじゃねぇか」

「……だって」

「だってなんだ？」

　どうしようかと考え、フェイツランドにだけは理由を説明することにした。好意で買って来てくれたフェイツランドには、どうして直視することが出来ないのかの理由を知る権利がある。

「団長、ちょっと屈んでください」

　まだ足元が覚束《おぼつか》ないエイプリルの腰を片腕で抱くように支えたフェイツランドは、なんだと口元に耳を近づけた。

「あの、実は――」

　そうしてごにょごにょと話すこと少し、エイプリルはじっと男の顔を見上げた。

「お前、それホントか？」

「嘘じゃないです。嘘だったらどんなにいいか……。もしも見たものが本当じゃなかったらちゃんと食べることが出来たのに」

　自分が口にした内容が恥ずかしくて、エイプリルはもじもじと足元に視線を落とした。

「……あのな、坊主」

「団長、エイプリルはなんと言ったんですか？」

　サルタメルヤからコップと手拭いを受け取ったシヤノセンの心配げな問いに、フェイツランドはエイプリルの意向を窺うように眉を下げた。独断専行が多い男にしては珍しくも気を遣った態度である。

「おい、言ってもいいだろ」

「駄目」

「白状するまでこいつら引き下がらねぇぞ」

「だって……」

「よく考えろよ。恥ずかしいのはお前じゃなくて、そいつらだろうが」

「それからそれを想像してしまった自分が恥ずかしいんですよ！」

「いや、言われるまで気にしなかったがあれとそれは似てるし、直後なら仕方ないと思うぞ？　ほら、シャノセンもジャンニも心配しているし、料理人もこっち見てるぞ」

　はっと厨房に目を向ければ、固まって何やら揉めている風に見えるのか、料理人が数人こちらのテーブルを眺めている。

「このままだと料理に何か失敗があったんじゃないかって様子を聞きに来るぞ。ほら、運んで来たヤーゴまで気にしてこっちに来ている」

　それは余計に嫌だ。

　ただでさえ嫌われているのに、余計な手間掛けさせてと思われるのはもっと嫌だ。

「エイプリル、朝に遭遇した出来事が関係しているのか？」

　ジャンニの鋭い指摘にぎくりと固まりかけた時、

「まだ食べていたのか。早く食べて稽古に行け。町に行くものは、昨日暴れた酒場に行って片付けを手伝うのを忘れるな。名簿を作っているから、逃げても無駄なのを覚えておけ」

　ノーラヒルデのよく通る声が食堂内に響いた。

「食欲がないなら後で食べられるように包んで貰いましょうか？」

「それは結構です」

　気を利かせたシャノセンにも、間髪入れずきっちり否定したエイプリルに、ますます疑惑の目が集まる。なにせ、この少年が食べるのが大好きなのは周知の事実。そのエイプリル王子が残り物を要らないと言った。大事件だ。

「小王子が食べないなんて！」

「天変地異の前触れか！」

「食わないなら俺が代わりに食ってやるから寄越せ」

　とうとう周囲のテーブルに座っていた騎士たちにまで筒抜けになってしまった。

「ほら、坊主が強情だから余計に広がったじゃねえか」

「だって！」

　エイプリルはきっと涙を浮かべてフェイツランド

を睨みつけた。非がないのはわかっている。慰めてくれようとしたこともわかっている。だが、この理不尽な怒りはどこにぶつければいいのかわからない。

「だって！」

「フェイ、お前か？　エイプリルを苛めたのは」

すっと寄って来たノーラヒルデの片腕が優しくエイプリルの背中を撫でながら、友人に非難の目を向けた。

「ちょっと待て！　俺は無実だ」

「だが泣いてるじゃないか。言ったよな、私は。新入りを苛めたりいびったりするのは好かないと。可愛がるの反動だとしても、泣かせるのは言語道断だぞ」

「だから、俺じゃないって言ってるだろ」

「信じられるか。フェイ、お前はこの間エイプリルの髪を変な長さに切ってしまって一日中部屋の中に引き籠らせた張本人じゃないか」

「あれはたまたま刃《は》が滑っただけで他意はない」

「他にも聞いているぞ。風呂場で背中を擦りすぎて擦過傷《さっかしょう》を作ってしまったこともあるそうだな」

「あんなに肌が柔らかい――やわだとは思わなかったんだ」

「とにかく、何でもいいから謝れ」

「なんで俺が！」

怒鳴り合う二人の声を頭の上に聞きながら、エイプリルは「ごめんなさい」と頭を下げた。

「ごめんなさい！　団長は悪くないんです！　僕が悪いんです。僕が……腸詰肉を食べられなかったから、ただそれだけなんです」

「エイプリル、どうして腸詰肉を食べられないんだ？　確か好物だったはずだろう？」

フェイツランドの襟首を締め上げていたノーラヒルデの問い掛けに、結局行きつくところはそこなのだと、エイプリルは観念した。このままではフェイツランドに濡れ衣が着せられたままだし、他の人の好奇の目も痛い。

「――似てるんです」

「何が？」

「腸詰肉が——太くて、大きくて、色が赤くて」

そこで数名がアッと小さく声を上げた。

「さっき見たものに……さっき洗濯場で見たのにそっくりで」

おいおいと言うざわめきが広がり、エイプリルは覚悟を決めた。

「腸詰肉とお尻に入ってた男の人の性器がそっくりで、食べられなかったんです！」

大きな声で叫んだ瞬間、食堂の中は一気に静まり返った。

あーあ言っちまったと顔を覆うフェイツランド、そして真っ赤な顔のエイプリルを無表情に見下ろすノーラヒルデは、すっと左腕を上げた。途端に棒立ちになっていた騎士の中から数名が走り出す。行先は洗濯場なのだが、エイプリルは知らない。

騎士たちが自分の命令を遂行するために駆け出すのを確認したノーラヒルデは、一転して表情を和らげ、エイプリルの顔を覗き込むように優しく声を掛けた。

「エイプリル、それは災難だったな」

「はい……もう災難でした……」

「でもそれで腸詰肉を食べられないのはせっかく料理してくれた方に申し訳ないと思わないか？」

「わかってます。わかってるんです。腸詰肉は悪くないし、料理人も悪くない、団長だって僕のために買って来てくれたってわかってます。でも、駄目なんです。あんな……あんなのは見たことがないんだもの！」

まさか自分のも？

そんな疑問が全員の頭の中を過《よぎ》ったのは言うまでもない。口に出して尋ねるだけの勇気のある者がいなかったのもまた然《しか》り。確かに、まだ少年らしいエイプリルと某師団長——誰もが彼を想像した——との差は歴然だろうとは思うが。

同様に一瞬想像したのか口籠ったノーラヒルデは、すぐに首を振った。

「……それは他人のものを見たことがないという意味なのか？　だが風呂場には行くだろう？」

「毎日行ってます」

「それなのに見たことがない？」

「違います！　風呂場で見るのはちゃんと下を向いてるし、あんなに固くて大きくなんかなかった。この腸詰肉よりも大きかったんですよ！　信じられないです！」

　こーんなにと両手で輪を作ったエイプリルは悪気があるわけではない。ただ見たままを、自分が受けた衝撃を知って欲しかったのだ。

「ああ……」

「それはまあ……」

「持ち主は褒められたと考えていいんだろうな、たぶん」

　男として大きくて太いのは格のようなものだ。

　中には、

「あれなら俺の方がでかいな」

　そんなことを口にして、片腕の副長に脇腹を殴られた男もいたが。

「エイプリル」

「はい、副長」

「君の気持ちはわかるが、それではこの腸詰肉に失礼だと思う。食べられるために精魂込めて作られたものを、あんな卑猥で下劣なものと一緒にしては気の毒だぞ」

　エイプリルの肩に乗せられたノーラヒルデの腕にはこれ以上ないほどの力が籠っていた。

「場所も弁《わきま》えずにどんな場所だろうと盛《さか》り、入れる場所があればいつだろうと突っ込む博愛精神の見事さには感服するが、それは騎士に必要なものではない。君が気にする必要はどこにもない」

「副長……」

「今は食べられなくても後で腹が減るだろう。だから持って行きなさい。腹が減って食べたくなれば食べればいい」

「……わかりました」

　騒ぎの間にサルタメルヤがせっせと包んだ腸詰肉を受け取り、エイプリルはぺこりと頭を下げた。確かに食べ物に罪も恨みもない。恨みがあるとすれば、自分にあんなものを見せた男だ。

「みなさん、ごめんなさい。食事時に大騒ぎを起こしてしまって反省してます。もし何か手伝えることがあればお詫《わ》びに働きますので、声を掛けてください」

そう言うと「気にするな」「朝から笑いをありがとう」と気さくに声が返って来て、ほっとした。

「な、よかっただろ」

「はい。団長の言う通り、最初から伝えていればよかったです」

「いいんだよ、エイプリル王子はそのままで。あんなことを話せと言われたら、私でもきっと口籠ってしまう。それにしても」

くっとシャノセンは口元を押さえた。笑いを噛み殺しているのだ。

「君も気の毒だとは思うけど、相手も災難だったね」

「いやこの場合、朝から洗濯場で盛ってたのが悪い」

団長はフッと天井を仰いだ。

「やるなら部屋でやりゃあいいものを。そうすればノーラヒルデも何も言わなかっただろうさ。そんなところでやるのが燃えるのはわからなくもないけどな」

ジャンニが薄く笑った。

「ま、奴もこれで懲《こ》りるでしょう」

「――誰だか見当ついてるのか？」

「まあ、若干《じゃっかん》一名ですが」

「そうか、奇遇だな。俺も心当たりがあってな」

二人は顔を見合わせ、揃って苦笑した。

第二師団長マリスヴォス＝エシルシア率いる一軍が、国境近隣の町村を襲う魔獣駆除を命じられ首都シベリウスを離れたのは、その日の午後になってすぐのことだった。


エイプリルがシルヴェストロ国に来てひと月半が過ぎようとしていた。まだ春らしさは残るが、緑濃くなる木々は徐々に夏に近づいて来ていることを教えてくれる。故郷のルインより南にあるシルヴェストロの夏は、ずっと早く訪れるのだ。

最初のひと月を基礎鍛錬に費やした結果、他の騎士たちとの合同稽古にも付き合うだけの体力もつき、模擬剣を持っての立ち稽古も何度かこなせるようになった。もっとも、稽古とは言っても勝負は勝負、今のところ黒星ばかりが続くが、一生懸命に向かってくるエイプリルには騎士たちも何か触発されるものがあるようで、これまで明らかに手を抜いて鍛錬に参加していた騎士たちも、真面目に腕を磨くようになり、ノーラヒルデは戦力向上に喜んだ。

もちろん、フェイツランドとの同居生活は継続中で、使い走りをさせられたり、たまに稽古に付き合って貰ったりと相変わらずの生活を送っている。

エイプリルから見たフェイツランドは実に不思議な男だった。自ら稽古をしている姿を見たことが一度もないのは、その際たるものかもしれない。みなの稽古や敷地内での小規模な小隊ごとの演習には付き合うが、剣を持つこともなければ馬に乗ることもない。ほとんどが幹部や他の部下に手本を演じさせるか、口頭で指示を出すくらい。

エイプリルの稽古や訓練に付き合う時にも口ばかりで、たまに動く手は拳骨を落としたり、頭を撫でるのに使われるだけで、腰の剣が鞘から抜かれたことはない。

自分だけが見たことがないのかと最初は思っていたが、騎士たちと親しく話をするうちに、一部を除いても見たことがないという騎士が多かった。

その一部とは、エイプリルと同じように騎士団に入って日が浅く、まだ実践を経験していない若い騎士。それから戦争時に団長と別の隊に配属された騎士たちだ。

それなのに、騎士団長の強さを誰も疑わない。確かに力は強く、指導力、求心力、統率力といった上に立つ者に必要な資質はすべて兼ね備えている。いつも自分に対してももっと団長らしく――大人らしく振る舞って欲しいとは思っているが、それを差し引いても他人にはそう見えているのだ。

　マリスヴォスが教えてくれたように「不動王」が「破壊王」にならないように周囲が気を遣っているとも考えられるが、それにしても騎士として働かなすぎではなかろうか。

「それで俺にどうしろと」

「ええと、だから団長のお仕事をもっと真面目にしたらどうかと思って」

　とある長閑な午後、たまたま空いた時間が重なった二人は、一角兎のプリシラを広い芝生の上で遊ばせようと外に連れ出し、今は座ってのんびりと寛いでいるところだ。

「仕事なあ。俺の仕事の大半はノーラヒルデが取ってしまうからすることねぇんだよ」

「それは団長がしないからじゃないですか？」

「俺にさせると、正確にしないといけないものが雑にやられて、修正するのに二度手間が掛かるから手を出すなとは言われたことがある」

「……それって団長として失格じゃあないんですか？」

「そうか？」

「そうですよ」

　フェイツランドは膝の上に抱いたプリシラの灰色の毛をかき回しながら、首を傾げた。

「例えば、だ。騎士団が一番脅威を示し力を誇示するのは戦場だ。これは紛れもない事実だ。で、同じく団長の俺が一番力を発揮出来るのがその戦場だったとして、お前は戦が始まるのを歓迎するか？」

　エイプリルは激しく首を横に振った。

「しません。国が荒らされるのは――人が死ぬのは嫌です」

「俺もそうだ。見栄や欲を満足させるための戦ほど愚かなものはない。だが、もしもそんな戦があれば真っ先に出るのも俺たち騎士だ。働けというが、戦場という働き場がたくさんあって困るのは俺じゃなくて国民だ。俺がシルヴェストロ国にいて、首都から離れないでいられるのは平和な証拠だ。俺の姿を見て安心する連中がいる以上、俺はみんなに安心感を提供する義務がある」

「だから、だらだらして昼間からお酒飲んだり、プリシラと遊んだり昼寝したりするのが仕事だって言うんですか？」

「だな。坊主がうちに来る前まで、俺や幹部の何人かは首都を離れていたわけだが、それだけで問い合わせが何件も来たらしい。どこかで戦争をやっているのかと。実際に東側で少しばかり内紛状態になっちまったから、うちの領土に入って来るなって睨みを利かせるために兵を動かしただけなんだがな、それだけで戦が始まると大騒ぎになってしまった。シルヴェストロじゃない他の国の間で。あの男がまた国を壊しに来るぞってな」

「団長が一緒に行っただけで？」

「そう。昔うちにちょっかい掛けて来た隣国の城門を半分吹き飛ばしたのが誇張されて伝わってるんだ。大袈裟にもほどがある」

なあ？　と同意を求めるフェイツランドにエイプリルは眉を顰めた。

「いや、それは誇張じゃないですよ。普通の人はたぶんそんなことしないと思います」

「そうか？　門を壊した詫びにしばらく城内に留まって見張りの役をしてやったんだが、それもまずかったか？」

「たぶん……」

自分たちから仕掛けた戦にも拘らず、たぶん城内にいた隣国の人たちは生きた心地がしなかったに違いない。

「ノーラヒルデさんは破壊王って言ってましたよ」

「それも誇張だ。その方が、俺らしいだろ。もう一つ、寝ている竜を起こすなとも言われているな」

「竜？」

首を傾げたエイプリルに、フェイツランドは騎士団本部の屋根の上を指差した。一対の竜が向かい合っている金の縁取りのある白い旗がシルヴェストロの国旗で、もう一つ、深紅地に剣を抱く黄金色の翼竜の紋章が騎士団旗だ。

「シルヴェストロの黄金竜、俺のことらしい。大団旗があるところにフェイツランド＝ハーイトバルトありってな」

そう言って笑うフェイツランドだが、どれだけ信じてよいものかわからない。ただ、積極的に動きたくない理由はわかった。

「僕も戦は嫌です。話し合いで避けられるなら避けて欲しいです」

「そうだな」

「だから、やっぱり団長はいつまでもここでだらだらしていてください。だらだらして、ノーラヒルデさんや僕に叱られててください」

「いいのか？　面倒だろう？」

「団長の面倒くらい僕が見て差し上げますよ」

エイプリルは胸を張り、それを聞いたフェイツランドはぷっと吹き出した。

「真面目に言ってるのに」

「いや、お前が真面目なのはよくわかってる。ただ、なかなかいいなと思って。おら、こっちに来い。日頃の感謝を込めて抱っこしてやろう」

「嫌ですよ。子供じゃないんだから」

「そうだよな。子供じゃないから抱っこするんだ」

「？　わけがわからないです」

「なら、お前がまだ子供だってことだ。とにかく膝の上に座れ。プリシラと交代で毛繕いしてやる」

一角兎をひょいと膝の上に乗せられたエイプリルは、むぅと口を尖らせた。

「……膝の上は却下です」

洗濯場での光景が思い浮かんで。

その代わりにとフェイツランドの背中側に自分の背中をぴたりと合わせる形で座った。

「これでよし」

「一人で満足するんじゃねえ。顔が見えねえぞ。それにお前、軽すぎ。もっと食え。食って肉付きをよくしろ」

「たくさん食べてますよ。ここの料理、本当に美味しいから。ただ運動する量の方が多くって。でもですね、団長。ちょっと腕に筋肉がついたんですよ。前は水嚢《すいのう》を二ついっぺんに運べなかったのが運べるようになりました」

「それはよかったな。ちなみに俺は六つは楽に運べる」

「むっ……薪《たきぎ》の束も一人で束ねて背負えるようになりました」

「じゃあ今度は薪《まき》割り二百の特訓を追加だな」

「……ジャガイモの皮を剥くのを手伝ったらお駄賃貰いました」

「へえ。貯金は順調か？」

「ぼちぼちです。この間、ジャンニさんと話していたんですけど、いい武器ってすごく高いんですね。騎士団から支給される武器や防具もいいけど、自分だけの世界に一つしかないのがあってもいいなって思いました」

「それは理に適ってはいるな。自分の短所を補い、長所を伸ばすのが武器と防具だ。自分に合うのが一番いい。俺たちくらいになると、どの武器でも使いこなせるが、やっぱり自分用のが一番しっくり来るもんだ」

「ですよねえ。でも本当に高くって僕には一生かかっても手が出せそうにありません」

「俺が買ってやろうか？」

「出世払いでいいなら。あ、でも絶対払えそうにないからやっぱりいいです」

「遠慮すんなよ。俺とお前の仲じゃねぇか」

「どんな仲ですか」

「背中を預けられる相手」

今の二人の姿のことだろうが、騎士として互いに信頼できる相手と言われたようで、ちょっと嬉しくなったエイプリルは、フェイツランドに寄り掛かる背中に力を込めた。

「一生かけて払えばいいだろ」

「ええっ、僕、一生団長のお世話ですか？」

「さっきお前が自分で言っただろ。俺の面倒見るって」

「それはそうだけど。——もしもいいのが見つかったらお願いするかも」

個人の武器を持つことが出来るのは名の知れた剣士や騎士か、大金を積める一部裕福なものたちだけ

だ。

「それこそ運だな。一般品で十分満足することもあれば、これだと思う武器に巡り合うこともある」

「団長は巡り合えたんですか？」

「ああ、とびっきりの奴にな。いつか機会があれば見せてやる」

「はい、期待しています」

芝生の上でのんびりと会話をする二人の横を騎士たちが通り過ぎて行く。一角兎を膝に抱いた王子と、背中合わせに座るフェイツランドの顔には、笑みが浮かんでいた。


緑が一面に広がる草原を見たエイプリルは、故郷ルインの牧草地を思い出し、わあと歓声を上げた。

「シルヴェストロにもこんな場所があったんだ」

首都シベリウスに着いてからは一度も町から出ることのなかったエイプリルは、遮るものが何もない広く開けた場所に、大きく息を吸い込んだ。

（地面の匂いがする。それに空気が美味しい）

シベリウスは首都だけあり高層建築も多く、地面は石畳で舗装され、自然のままの地面や草木を見ることはなかなかない。城内に入ればそれなりに趣《おもむ》きや風情のある庭が広がっているのだが、やはり人工的な部分は否めず、エイプリルにとって本物の農村は、心身の疲れを取り払い、活力を得られる場所だった。

エイプリルだけでなく、一緒に馬に乗って駆けて来た若い騎士たちも、久しぶりにのびのびと出来る期待に、表情は明るい。

しかし、農村地帯にやって来たのは何も散歩や遊びのためではない。これもれっきとした騎士の訓練の一つなのだ。

「集まれ！」

大きな声で壮年の騎士が叫び、田園風景の醸《かも》し出す柔らかな雰囲気に浸っていたエイプリルたちは、

「はい！」

と、大きな声で返事をして慌てて引率を務める騎士の前に集まった。その数十四名。全員がここ三か月の間に入団した騎士である。

「今日はここで一日訓練を行う。乗って来た馬は逃げないなら放牧を許す。ただし、逃げられた場合は自分の足で帰って来ること。相乗りは許さん。それが無理だと思うなら、向こうに繋留《けいりゅう》用の柵があるから繋いでおけ」

「はい！」

エイプリルたちは早速《さっそく》準備に取り掛かった。引率騎士は逃げても責任は持たないと言っていたが、エイプリルと愛馬は長い旅を共にした相棒であり、故郷でもよく乗った馬だ。

「帰るまで自由にしてていいよ」

重い鞍《くら》を外して尻をぽんと叩くと、すぐに鬣《たてがみ》を靡《なび》かせて草原の中に駆け出した。同じように自由にされた馬たちも各々の場所に散って行く。

広い牧草地の周りには、農家がポツンポツンと見えるくらいで、他に大きな建物はない。辺りには農作業中の農民の姿も見られ、実に牧歌的な風景が広がっている。

（何をさせられるんだろう）

引率騎士の後ろをぞろぞろと行列を作って歩き、農家の屋根が見えない場所まで来た時、引率騎士は前方を指差した。

「ここがお前たちの今日の訓練の場所だ」

先ほどまでは緑に溢れていたが、今いる場所は剝き出しの地面があるだけで草は一本も生えていない。ところどころに石が転がっていることから、まだ人の手が入れられていない未開の農地らしい。

人の姿も牛馬の姿もない。その代わりに、エイプリルは見つけた。巨大な獣が数頭、群れてこちらをじっと見ているのを。固い鎧のような黒い皮膚で覆われ、尾と鼻の先に尖った角を持つ獣は、騎士たちの姿を認めると顔を上げ、オオーンッと長く響く声を上げた。そしてそのまま巨体を揺らし、ドスンドスンと音を立て近づいて来る。

エイプリルは慌てて剣を構えた。しかし、他の騎士は誰も剣を抜こうとしない。ただただ呆《ほう》けたように獣を眺めているだけだ。

「早く剣を抜いてくださいっ！　獣に襲われます！」

どうして自分一人だけしか剣を抜かないのか、引率騎士はなぜ落ち着き払っているのかという疑問は、徐々に距離を詰める巨大な獣を前にきれいさっぱり吹き飛んでしまっていた。

鋭い突起のある尾は一撃で骨を折るだろう。何より、巨体を守るあの皮膚は剣を通すのだろうか？

（それでも戦うしかない……）

正面に剣を構え、いざとなれば自分が切り込んで相手をしている間に全員を逃がさなければ――。

が、

「エイプリル、剣を下ろせ」

腕に引率騎士の手が乗り、剣を下ろすように言う。

「しかし、襲われたら無傷では済みません」

「お前の相手はあれではないぞ」

「えっ！　もしかして別の獣もいるんですか?!」

エイプリルは思わず辺りを見回した。


長閑な農村だとばかり思っていたが、こんなに民家に近い場所に獣が出没するようでは大変だ。

「そんな……。あの獣をやっつけるのが今日の訓練じゃないんですか？　あれよりすごいんですか？」

エイプリルも驚いたが、引率騎士の方も「は？」と目を見開いた後、しまったと自分の額を押さえた。

「そうだった、お前はルイン出身だったか。じゃあ、あの獣が何なのか知らないのも当然だな。私としたことがうっかりしていた」

引率騎士は、獣を指差した。

「あれは農作業用のトリルという獣だ。性質は温和、草食で、危害を与えられない限り自分から攻撃することはまずない」

「え?!　でも、あの角や棘《とげ》は」

「あの角は重い石を動かすのに役に立つ。尾の突起も同じく堅い岩を粉砕するのに使う。要するに、農作業をする上で欠かせない獣というわけだ」

牛や馬よりも力があるこの獣は、土地を開墾《かいこん》する時にその威力を発揮する。通常の牛馬に鋤《すき》を付けて引いてもなかなか地面を均《なら》すことは出来ないが、土を深く抉《えぐ》る重い鉄の鋤を引くことが出来るこの獣なら、短時間でただの荒れ地を畑へ変えてくれるのだ。

「今日のお前たちの仕事はこの獣と一緒にここを開墾することだ」

「開墾……」

「農作業だからって手を抜くんじゃないぞ。獣を使いこなす技量、それに足腰の鍛錬には持って来いなんだ。ついでに土地が開墾されれば収穫量も増える。お前たち、ここの区画すべてに鋤が入って耕されるまで終わりはないからな！　わかったらさっさと取り掛かれ。一班から順に獣の担当を回していく」

そこで引率騎士はエイプリルの方を見てニヤリと笑みを浮かべた。

「言い忘れていたが、この獣は借り物だ。怪我をさせるなよ。怪我なんかさせてみろ、お前たちなら半年はただ働き決定だ」

半年のただ働き、つまり給金半年分の価値のある獣だ。

（よかった……本当によかった……止めてくれてありがとうございます！）

エイプリルは冷や汗を垂らして引率騎士の背中に頭を下げた。

もしもあのまま獣に突っ込んで剣を振り上げて傷つけていれば、落ち込むどころではない未来が待っていた。

「先入観や思い込みは危険だって学習出来たことをいい方に考えよう」

剣を鞘に戻したエイプリルは、手袋を嵌め、鍬を拾い上げた。引率騎士の指示で、エイプリルたち三班は獣が鋤を入れた後の地面に鍬《くわ》を入れるという作業をしなければならない。

「重い……」

ずっしりとした重みに、抱えた瞬間足がふらつくのを何とか我慢しながら思ったのは、

（鍬ってこんなに重たかったかな？）

という何気ない疑問だった。

（シルヴェストロの鍬って重いんだな。ルインの鍬

はもうちょっと軽かった気がする）
耕す土の質が違うからかな——などと疑うことなく作業を始めたエイプリルが、鍬も籠も何もかもが騎士育成用に鉛を仕込んだ特別製だったことに気づくことはついぞなかった。
それは今現在もまだ進行形で続いている。

初めての実地訓練はそんな調子で終わり、城外での訓練を幾つか経たエイプリルに初めて騎士として本当の仕事が入ったのは、それから二回目の給金を受け取った翌日のことだった。同じように訓練を受けて来た新兵たちも同様で、少しずつ任務を与えながら適性を見て、最終的な配属部署や武器の決定をするのだと、命令書を渡された時にノーラヒルデが教えてくれた。

「どんな任務でもこなせるのが一番いいが、やはり適性は馬鹿に出来ない。喋るのが得意なものには情報収集を、寒さに強ければ北方の勤務を、暑さの場合はその逆、書類仕事が得意なら内勤を重視というように様々だ。所属部署を決める前に希望は聞くが、こちらが考える部署と大きく違うことは滅多にない。稀《まれ》に極端な内容の仕事を振ることもあるし、中には騎士の仕事に見えないものもあるが、それは気にしないでいてくれると有難い」

国王不在の中、城だけで回しきれない仕事が騎士団に回って来ているせいで本部はいつもバタバタと慌ただしい。

「城の中のものは城の中だけで片付けろ、こっちにまで回すな無能」

これは、城から運ばれて来た大量の書類を見た時、ノーラヒルデが役人に吐き捨てたと言われる台詞だ。

そんなノーラヒルデに一人で仕事をさせておくことはさすがに憚られたのか、最近ではフェイツランドが本部に詰めたり、城へ出向くことも多くなっていた。

「それこそ適材適所を考えて欲しいもんだ。俺に書類仕事を回すなんざ、城の連中も焼きが回ったとしか思えない」

「事実にしてもそこまで言わなくても。団長が椅子にじっと座ってるところなんて想像出来ないから、僕も同感ですけど。国王陛下はまだお戻りにならないんですか？」

「いや、近いうちに帰国するような報《しら》せが来ていた。さすがに三月《みつき》以上も城を留守にしておくことは出来ないだろう」

「国王陛下が帰国なさったら面会を申し込みたいんですが、大丈夫でしょうか？　前に団長に取り上げられた親書、ちゃんと国王陛下が読んでくださるでしょうか」

ルインの第二王子がシルヴェストロ国に行くという使者を送ったはずなのに、門番は知らなかった。また国王の前で門前払いされてしまったら――。そんな不安を抱いたエイプリルだが
「ああ、それは安心していい」

請け負うフェイツランドに内心驚いた。てっきり忘れてしまっているとばかり思っていたのだ。

「でも留守にしていた間の手紙や書類がたくさんあるんじゃ」

「それはそうだが、お前はルイン国からの正式な客人だ。しかもルイン国王からの親書も持っていた。お前以外で誰か他の国の王族が来たっていう話は聞かないから、帰国後にすぐに取り掛かる仕事として申し送りされているはずだ」

エイプリルはほっと胸を撫で下ろした。

「それならよかった。おじい様からくれぐれもよろしくって言われていたから、気になっていたんです」

「今度、外に仕事に出る予定だったな」

「はい。東側の国境沿いまで行ってきます。東で一番大きなエッサリアの町まで部隊で一緒に移動して、それから班に分かれて行動することになっています」

「東方面なら危険はないと思うが、気は抜くなよ」

「大丈夫ですよ。今回はシャノセン王子も一緒なんだそうです。仕事している姿を見たことがないから楽しみ。それより僕が心配なのは団長です」

「なんで俺」

「だって十日も僕が不在で、その間にちゃんと生活出来るかどうかが不安で不安で……。帰って来た時に部屋の中に足場がないのは困るから、ちゃんと掃除してでくださいね。掃除だけしてくれる人を雇ってでも。それから絶対にプリシラの餌を忘れないでくださいね。これは絶対に何よりも優先事項です」

「それはいいんだがな、エイプリル」

「なんですか？」

　風呂上がりで濡れた髪を拭いていたフェイツランドは、タオルの下でニヤリと笑みを浮かべた。

「お前に言ってなかったが、俺も同行するんだ、東方視察に」

「えぇーっっ?!」

「なんだその嫌そうな顔は」

「だって団長が一緒なんてそんな……そうしたら道中ずっとまた団長の世話をしなくちゃいけないってことじゃないですか！」

「俺の世話をするのはそんなに嫌なのか？」

「宿舎にいる時ならいくらでもしますよ。でも遠征だったら他の人に見られるでしょう？　僕は嫌ですよ。だらしない団長の姿がみんなの目に晒されてしまうのは。騎士団が幻滅されてしまいます」

「そこまでだらしなくねえだろうが」

「自覚のある人ならそんなことは言いません。それより団長も一緒だったらプリシラどうしたらいいですか？　誰か預かってくれる人はいるでしょうか」

「いるだろ。全員が出払うわけじゃないし、動物好きはいくらでもいる」

　男は思い出したように膝を叩いた。

「そういや入れ替わりであいつが戻って来るな」

「もしかしてマリスヴォスさん？」

「ああ。魔獣は全部追い払ったという報告だけは先に届いている。もう少しすれば戻って来るだろうから、奴に任せよう。マリスヴォスならプリシラのことはよく知ってるしな」

「大丈夫かな」

「そこは信用してやれ。あいつ、結構落ち込んでいたからな」

「それはだって仕方ないと思う」

マリスヴォスが悪いとすれば洗濯場で盛っていたことで、後はただエイプリルの側の問題だ。


三日後、エイプリルは、東側諸国を代表してシルヴェストロ国を訪問する使者の護衛の任についていた。

同道するのはエイプリルを含めて四人。シャノセン王子と従者のサルタメルヤ、それにヤーゴだった。

拠点となる東の主要都市エッサリアに到着し、任務が次々に与えられる中、やっと呼ばれた自分の名前に喜んだのも束の間《つかま》、

「エイプリル、シャノセン、ヤーゴ、お前たち三人が一組だ。サルタメルヤはそのままシャノセンの側にいてよし」

もはや二人で一組扱いのシャノセン王子とサルタメルヤは日頃から親しく言葉を交わしているからよいとして、苦手意識を持つヤーゴと一緒というのはさすがにエイプリルにも少々どうしたものかと思うところはあった。

その懸念は的中し、エッサリアを出て指示された国境沿いの町まで使者を迎えに行く間にも、ヤーゴは仕事以外では口を利かない徹底ぶりなのだ。

人数の関係上、どうしても二人一組になる場合がある。サルタメルヤはシャノセンから離れることはないので、必然的にエイプリルとヤーゴが組むことになるのだが、構えていた自分が馬鹿らしくなるくらいヤーゴは事務的な態度で徹底していた。そのくせ、やはりエイプリルの存在が気になるのか、時々視線を感じる。

(ちゃんと話をした方がいいのかも)

このままでは中途半端で、任務に支障が出てしまうのではないか。

そんなことをつらつら考えて馬を歩かせていると、

「あの馬車かな」

シャノセンが前を指差した。今エイプリルたちが歩いているのは、丘陵地を左手に、片側が緩く斜面になった川沿いの道で、やや緩く曲がった道の向こうにある森から小ぶりな馬車が走って来るのが見えた。

「ですがシャノセン様、予定ではあの森の向こうの町で落ち合うことになっていたんじゃなかったですか？」

「そうなんだよね。出る前に確認した時にも移動しながら合流するとは聞いていない」

今回は町という固定された場所が合流地として決められていたが、行軍の最中だったり、変則的な任務の場合には大まかな範囲として場所を指定することがある。今回のエイプリルたちの任務は、先に町について休んでいるはずの使者たちの馬車をエッサリアまで護衛するというもので、合流地で少しくらいは休めるかと内心思っていたところなのだ。

「急に町を出なきゃいけない何かがあったとか？」

まさかそんな大事になってはいないだろうと期待を込めてシャノセンを見ると、真っ直ぐに馬車を見つめる目は険しく眇《すが》められている。

同時に、「あッ！」とヤーゴが叫んだ。

「あの馬車、追われています！」

ハッと目を凝《こ》らせば、森の中から馬に乗った男たちが数人、先行する馬車を追い掛けるように馬に鞭《むち》を当てている。

馬車が速度を上げるが、どう見ても馬車よりは後方の方が速い。

この付近を縄張りにして旅人を襲う物盗《と》りか、それともあれが使者だと知って狙ってのことなのか。

「こんな予定はなかったんだけどな」

迷ったのは一瞬、シャノセンは命じた。

「サルタメルヤ、お前は後方に救援要請に走れ。反論は受け付けない。今は緊急事態だ。急げ」

一瞬何か言いたげに口を開きかけたサルタメルヤは、

「すぐに味方を連れて来ます」

馬の向きを変え、元来た道を全速で駆け出した。

エッサリアまで戻って味方を連れて来ると時間が掛かるが、幸い、町を拠点にして情報収集と視察目的で騎士たちが方々に散っている。運がよければすぐにでも、運が悪くてもいずれ誰か騎士に会うだろう。それまでエイプリルたちは使者を護らなければならない。

「ヤーゴ、武器は持ったな」

「はい」

「エイプリル王子」

「はい」

これが初陣になってしまう王子に一瞬痛ましそうに目を細めたシャノセンは、しかし今は自分の部下のエイプリルにも同じように命じた。

「追撃者を蹴散らし、馬車を護れ。行くぞ！」

「はいッ」

ヤーゴとエイプリルは、先に駆け出したシャノセンの後を追った。

「相手は六人、私とヤーゴで敵を減らす。エイプリル王子は馬車を護れ」

「はいっ」

走りながら指示を出すシャノセンの背中を見ながら、不安がふと過る。本当に馬車を護ることが出来るのだろうか。もしも自分が負けてしまったら……？

すでにシャノセンもヤーゴも剣を抜き、意識は戦闘へ集中している。

（僕は出来る……？）

覚悟も何もなく、いきなり始まった戦いに、不安と緊張で口から何かが出てきそうな気がして、エイプリルはそっと口元を押さえた。出ようとしたのは吐き気か、それとも叫び声か——。

そんな時だ。

「おい」

すっと下がって来た馬が隣に並んだ。

「ヤーゴ君」

避けられていると思っていたヤーゴに話し掛けられたエイプリルは目を見開いた。同様に、まさかの「ヤーゴ君」呼びにヤーゴの方も目を見開いたが、それも一瞬のことですぐに若い騎士は言った。

「敵は六人。倒せない数じゃない。シャノセン様は腕が立つ。四人相手でも必ず倒す。そして俺が一人と半分を受け持つ。だからお前は残りの一人をどうにかすることだけに集中してろ」

「ヤーゴ君、それじゃ数が合わない。全部で六人と半分だよ」

「馬鹿、お前の一人は俺が半分やっつけた残りだ」

「それでいいの？」

「お前なんか最初から当てになんかしてねえよ。お前は黙って馬車を護りながら、シャノセン様や俺がカッコよく戦う姿を指を咥えて見てろ」

決してエイプリルの方を見ようともしない。だが、いつもとは違ってそこには対話があった。

慰めているのでも励ましているのでもなく、役立たずは引っ込んでろという乱暴な物言いだった。だが、そこにエイプリルは安心した。

「ありがとう、ヤーゴ君」

礼を言ったエイプリルに「フン」と冷たい一瞥《いちべつ》をくれるとヤーゴは、また前に戻りシャノセンに並んだ。

馬車はすぐ目の前に迫っている。同時に襲撃者たちの持つ抜身の剣が視界に飛び込んで来た。

（あれと戦う……）

稽古でも模擬戦でもない。負ければそこでおしまいの戦いは、すぐそこだ。

エイプリルは震える手でぎゅっと手綱を握り締め、もう片方の手で祖父の大剣とは別に腰に差す小剣の柄に触れた。自分に合う武器を見つけるまではこっちを使えと言って、フェイツランドに渡されたものである。ごてごてとした飾りは一切なく、青い鞘に納められたその剣は、短剣よりは大きいものの通常使われる剣よりは一回り小さく、腕力に劣るエイプリルでも長い時間扱うことが出来るだろうと言っていた。

気休めに持って行けと笑ったフェイツランドの顔を思い出し、手に力を込める。

「大丈夫、僕は大丈夫」

もう馬車は目の前だ。この距離になれば、疾走する馬車を操る御者の必死の形相がはっきりと見える。負けなければ、馬車を無事に護り通せさえすればエイプリルたちの勝ちだ。

「エイプリル王子、馬車を頼んだ」

「はいッ」

声を掛けられた時にはシャノセンは馬の速度を上げ、馬車の横を駆け抜け、襲撃者の一団に飛び込んでいた。

キラリと何か光ったと思った瞬間にはもう敵の一人は腕を斬られ落馬していた。返す剣でもう一人に斬りかかる。

見通しのいい道だが、馬車に重なるように巧妙に馬を走らせたせいもあり、直前まで敵はエイプリルたちの存在に気づかなかったらしい。シャノセンに一人が倒され、慌てて敵は迎撃の体勢を取る。

そこにヤーゴが遅れて参戦し、人馬一体となっての乱戦に突入した。

それを見たエイプリルは馬の向きを変え、通り過ぎた馬車の後を追い、並走しながら御者と中にいる使者に大きな声で呼びかけた。

「シルヴェストロ国騎士団です。迎えに来ました。今、騎士が敵を撃退しています。そのまま馬の足を緩めないで走ってください」

必死に手綱を握る御者は返事をするよりも先に馬の速度を上げた。

「私たちは助かるのか？」

中から掛けられた声は落ち着いたもので、それがエイプリルを安心させた。こういう時に混乱して暴れ出されたり無茶な要求をされるより、ずっと護りやすい。

「大丈夫、必ず助けます」

自分に言い聞かせるようにエイプリルは頷きながら応えた。

後ろを振り返れば、馬車に追い縋ろうとする敵をシャノセンとヤーゴが何とか押し留めているのが見えた。距離はさほど離れてはいないが、敵の数は明らかに減っていた。残るのはシャノセンが相手をする二人だけ――。

「エイプリル！　右手！」

　その時だ。剣を交えていたはずのシャノセンから大きな声が飛び、はっとしたエイプリルはいきなり後方から飛び出して来た三人の男に目を大きく見開いた。

（敵ッ！）

　公路と並行する土手下の川沿いの道から、敵の別隊が駆け上がって来たのだ。

「エイプリルッ！」

　ヤーゴが叫ぶと同時にシャノセンの側を離れてこちらに駆けて来るのが見えた。

「走ってッ！」

　御者に指示を与えたエイプリルは、後方から迫る騎馬をこれ以上馬車に近づけまいと道の真ん中で立ち止まり、フェイツランドから借り受けた剣を鞘から引き抜いた。水面の輝きで波打つ剣身に、構えたエイプリル自身の空色の目が映る。

「ここから先には行かせないッ」

　砂煙を上げて近づいてくる敵がエイプリルに向かって剣を振り上げた。

　キンッという音は剣が剣を弾いた音だ。

「くっ……」

　手にずしりと響いた振動は紛れもなく自分が戦っていることを知らしめるものだった。おそらくはそれがよかったのだろう。これ以上ないところまで追いつめられている自分を自覚すれば、後は剣を振ることしか考えられなくなる。

　右、左、前と何度か撃ち込まれる剣戟《けんげき》を何とか防ぎながらエイプリルは、不思議な気分になっていた。

（思ったよりも軽い……？）

　相手は自分よりも体格に勝る男たちだ。当然、戦いの経験は競うまでもないだろう。なのに、彼等の剣を受けて思ったのは、耐えられるということだった。強く重いのは確かだ。だが一撃で腕が痺れて剣を落とすほどの衝撃はない。

（剣のせい……？）

　小剣のせいだろうかと思ったが、それはないだろうと考え直す。だとすれば、思いつくのは日々の生

活の中でフェイツランドやマリスヴォスたちが戯れに相手をしてくれた稽古のことだった。

フェイツランドが自分から剣を持つことはなかったが、思い切りやれだのなんだのとマリスヴォスたちに命じては、エイプリルが受け切れずにしゃがみ込んだり転がったりするのを見て笑っていた。

遊びの延長のようなものではあったが、あれは確かに稽古だった。

（マリスヴォスさんの剣より軽い）

よく相手をしてくれたマリスヴォスの剣はもっと重く、もっと速かった。ジャンニの剣はしつこく、後方で戦っているシャノセンも優しげな外見に反してかなり衝撃があったのを思い出す。

馬上という安定しない場所での戦いは初めてだが、最初の数撃を何とか交わすことが出来たエイプリルは、それで胆《きも》を据えた。

（負けない、絶対に）

ここで行かせてしまっては、任せてくれたシャノセンやヤーゴの気遣いが無駄になってしまう。

「こいつの相手は一人でいい、残りで馬車を追え！絶対にエッサリアに入れさせるな！」

指揮官の指示に、エイプリルの相手をしていた男二人が馬車の行方を確認し、追おうと背を向けた一瞬、

「行かせないッ！」

絶対に行かせてなるものかと夢中で剣を振り下ろしたエイプリルは、金属とは違う手応えを腕に感じ、

「え……」

動きを止めた。遅れて聞こえたのは、ドサッという重たいものが地面に落ちる音。斬られた男の背は赤く染まり、その赤はじわじわと広がっている。

「！」

相方が斬られたのを確認したもう一人は目を剝いたが、そのまま馬車に向かった。

「何をしてるんだ、エイプリル！　追え！」

仲間が斬られたことでエイプリルに剣を向けた別の男は、いつの間にか追いついていたヤーゴが相手をしていた。

「エイプリル！　お前はあいつを追え！　騎士だろッ！」

「っ、はいっ！」

騎士。

斬った感触はまだ手に残っている。だが呆然自失になっている暇はなかった。

あと一人、あと一人だけ退ければ使者を無事に救出することが出来る。

エイプリルは馬の腹を蹴った。

「行くよ！」

あの背中に追いついて、何としてでも止めなければ。

エイプリルの愛馬は速い。ルインの草原で毎日走り回って鍛えられた脚は、他の国のどんな名馬にも引けを取らない。

乗り手の意思を受けてぐんと脚を速めた馬は、すぐに前を行く背中に並んだ。

「絶対に行かせないッ」

並走し追い縋るエイプリルに、男は忌々《いまいま》しそうに目を眇め、剣を振り上げた。

ギン……ッという音を立て、二本の剣が馬上で交差する。ギリギリと音を立てて刃が擦れる嫌な音が響く。

（きつい……）

瞬間瞬間に打ち込まれる剣の重さには耐えられても、純粋な力勝負では分がないのは明らかだ。今も相手に押され、耐えるので精いっぱいだ。

（落ちる）

このままでは力負けして落馬してしまう。そうなれば相手はすぐに馬車を追うだろう。

（それだけは駄目だ。僕の役目は馬車を護ること）

この一人だけでも足止めすれば、後はシャノセンやヤーゴがきっと何とかしてくれる。

（だったら僕に出来るのは）

エイプリルはギュッと唇を嚙み締め、馬の腹を蹴った。祖国からずっと一緒だった愛馬は、それだけで意図を察し、それから思い切り相手の馬に体をぶつけた。

思わぬ反撃にウワッという短い驚きの声が上がり、男の体勢が崩れた一瞬、馬ごと体を寄せたエイプリルは男の腕を抱き込んで、そのまま馬から飛び降りた。

二人絡まり合うようにして斜面を転げ落ちたが、最初から意図して落ちたエイプリルの方は一瞬足に痛みが走りはしたもののすぐに立ち上がることが出来た。共に落ちた男の方は、下敷きになったせいでまだ地面に腹這いで蹲っている。落ちる時にボキッという音が聞こえたから、エイプリルに押さえ込まれていた腕が折れたか、落ちた時の衝撃で肩が外れてしまったのかもしれない。

それで安心していたわけでは決してないと思う。

だが、落馬した相手が怪我を負ったという事実は、相手がもう戦えないという先入観をエイプリルに植え付けた。例えばこれがシャノセンだったら、相手が意識を失くすか止《とど》めを刺すまでは気を抜くことはなかっただろう。

だがエイプリルは新米で、戦いに出たことがない。牧歌的な祖国ルインですら害獣を駆除する時に、常に言われていたことが人にも当て嵌ることを忘れていた。

手負いの獣には気をつけろ。最後の呼吸が止まるまで気を抜くな。

相手の馬は逃げてしまったのか上の道には見当たらず、エイプリルは自分の愛馬を呼び寄せるため指笛を吹こうと手を上げた。

直後、

「うッ……！」

首の後ろから回された腕に締め上げられ、そのまま地面に投げ飛ばされてしまった。

「……っ」

頭を打たないように咄嗟に両手で庇《かば》ったまではよかったが、その代わりに背中を激しく打ち、瞬間的に呼吸が止まってしまう。

ケホッケホッと咳《せき》をしながら何とか立ち上がったエイプリルの前には、片方の腕をだらりと下げた男が剣を下げて立っていた。

「よくも邪魔してくれたな」

忌々しそうな男の表情に馬車がうまく逃げたことを知る。

「それが仕事だから」

言った瞬間、衝撃が走り、声にならない悲鳴を上げて膝をつく。腹立ちを込めた男の蹴りが腹を狙ったのだ。

「俺たちの仕事は失敗だ。仲間もやられた」

(じゃあ僕の斬った人もきっと死んだんだ……)

何だか実感がない。まだ手にはあの時の肉を断つ感触が生温く残っているというのに。

その剣は落馬した時に手から離れ、草の中に埋もれてしまったのか見える範囲にはない。

「だがこのままでは帰れない。だからお前は死ね」

濁って淀《よど》んだ男の目が、暗くエイプリルを見下ろしている。

(嫌だ、まだ死にたくない)

自分はまだ何もしていない。騎士としての生活も始まったばかり。騎士としての暮らしは充実し、楽しく、これから先を期待させる。

それなのに、こんなところで死にたくない。

――頑張れ。

笑うフェイツランドの顔が目に浮かぶ。

(団長……。僕は死にたくない。まだ死ねない)

だってフェイツランドは言ったのだ。無事に初任務を終えて戻ったら祝いをしようと。東の町で珍しい食べ物を何でも食べていいと言った。新しい防具を買ってくれると言った。首都シベリウスに戻ったら一緒にプリシラのための水遊び場を作ってくれると言った。

そんな楽しい未来があるのに、ここで死ぬわけにはいかない。

それだけがエイプリルを動かした。

「死ね」

振りかぶった剣が頭上めがけて下ろされる。だが、剣に当たったのは金色の頭ではなく、鋼《はがね》の刃だった。ルイン国王から貰った大剣の腹を両手で押さえ、振り下ろされた敵の剣を防いだのだ。

まさか跳ね返されると思っていなかった男の腹めがけて、構えていた剣をそのまま水平に薙《な》ぎ払う。

咄嗟に後ずさった男だが、大剣の長さの方が勝って避《よ》け切れず、薄《うっす》らと服が裂けていた。

「貴様ッ」

自分の腹に手を当て、血が流れるのを見た男は目を剝いた。そして、今度こそ剣を振り上げた。

さっきの一手は気力を振り絞った最後の一振りだった。それが致命傷を与えられなかった今、なすすべはない。

気が狂ったように繰り出される男の剣を何とか防ぐので精いっぱいで、反撃の手を見つけることが出来ない。

そして、何度も防ぐうちに剣の方が耐え切れず折れてしまった。当たり所が悪かったのか、寿命が来たのか。どちらにしろ間が悪かった。

「あ」

キンッ……と甲高い音を立て、折れて弾け飛ぶ剣の先が、トサッと軽い音を立て緑の草の上に落ちたのが見えた。

（おじい様の剣が……！）

手負いを相手に何とか凌《しの》いで来れたのは、この幅広の剣があったから。だがもう身を護るものは何もない。

剣先が折れたのを見た敵は目を見開いた後、呆然とするエイプリルに近づくと襟首を掴み上げ、ニヤリと嗤《わら》った。

「死ね」

「――エイプリルッ！」

空から声が聞こえた。

「団長……？」

まさかいるはずのないフェイツランドの声が聞こえるなんてと、こんな時なのに笑みが零れる。

ドサリと地面に投げ出されたエイプリルの胸の上を真っ直ぐ狙う剣。

頭上に広がるのは爽《さわ》やかな青。

（シエロスタ・ルイン）

ルインの空よりももっと濃い青い空だ。

（死んだら空を飛べるかなあ）

最期にこの空を目に焼き付けるのもいい。

だから目は閉じないでいようと思った。願わくば、一瞬で終わらせてくれますようにと願いながら。

ごめんなさいという言葉と一緒に怒ったフェイツランドの顔が浮かんで来て、もう一度微笑んだ。

そうして敵が剣を持つ手に力を込めたのをじっと見ていた。

だから、その後のこともちゃんと覚えている。

嗤う敵兵の胸を貫いて飛び出した剣も、飛び散る赤い血も、

「大馬鹿野郎が！」

髪を振り乱したフェイツランドが怒鳴りながら敵を蹴飛ばし、転がしたのも。

荒い息を吐くフェイツランドは持っていた剣を放り投げると、転がるエイプリルを乱暴に引き起こし、そのままの勢いで頬を打った。

反動で首が横を向いてしまうほどの強さで打たれた頬は見る間に熱を持ち、腫《は》れ上がった。

「ボサッと寝転がったままでいる奴がいるか！　剣がなくても戦えるんだぞ。お前の足は逃げるためだけにあるのか？　蹴飛ばせ、噛みつけ、拳で殴れ。生きるためなら何でもしろ。何をしてもいいんだ」

「団長……？」

「死ぬかと思ったじゃねェか。お前は俺の息の根を止めるつもりか？」

「僕、生きてるんですか？」

「生きてるとも。ほら触ってみろ」

エイプリルの手を取ったフェイツランドはまず自分の手を握らせ、ざらついた髭の残る自分の顔に触れさせた。

「ちくちくする」

「んなこたァどうでもいいんだよ。お前がいなくなったら誰が俺の世話をするっていうんだ。誰もなりたがらねェぞ。だからお前はちゃんと生きて俺の横にいなきゃいけないんだ。俺が今決めた」

「我儘ですね」

「我儘で結構。俺にはそれが許されている。誰にも

邪魔はさせん」

　フェイツランドの手が頬に触れる。今度は優しく、そっと――文字通り、腫れ物に触るように。

「悪かったな、ぶっちまって。力の加減はしたつもりだが赤くなってる」

「団長」

「ん、どうした」

　エイプリルはフェイツランドの上着をぎゅっと握り締めた。

「敵は？　シャノセンさんやヤーゴ君は無事ですか？」

「あいつらは無事だ。使者もこっちで保護してる。襲って来た奴らは全員が死んだ。シャノセンもヤーゴも心配していたぞ。お前の姿が見えなくなったと血相を変えていた」

　道から外れて転げ落ちたせいで見えなかったのだろう。

「団長」

「おう」

「……僕、今日初めて人を斬りました。僕が斬ったその人も死んでしまったんですね」

「そうだな」

「――あんな……あんな風に簡単に死ぬなんて全然思わなかった……！」

　エイプリルは、どんっと勢いよく頭をフェイツランドの胸に押し当てた。

「無我夢中で、馬から落ちて、それでっ血が……血がいっぱい出てッ」

　大きな手が金色の頭を包み、さらに強く胸に押しつける。

「僕が……」

　僕が殺した。

　泣くまいと我慢しても、涙はとめどもなく流れ、止まらない。嗚咽《おえつ》を零しながら泣くエイプリルの頭を不器用な手つきで撫でるのはフェイツランドの手だ。

「あのな坊主、それは仕方がないことなんだ。命は一つしかない。自分が死にたくなければ相手を殺すしかない。諦めて逃げちまってくれれば楽なんだが、なんでだかこの世界には強情な奴が多すぎて、結局多くの命が地や空に還って行く。なあエイプリル、お前が本当に人を斬るのが嫌なら騎士にならなくったっていいんだぞ？　騎士になろうと思ったのは、じい様や先生に勧められたからだろう？　ちょっと給金がよくて、自分を強く出来ると思ったからだろう？」

違わない。

「それじゃあ半分なんだ。騎士になるための資格のうち半分でしかない。残りの半分は命を賭ける覚悟。命を活《い》かすために命を散らす覚悟だ。だからって簡単に死んでいいってわけじゃない。死ぬというのは最後の最後の手段で、その前に生き残るために足掻《あが》かなけりゃあならない。そうだな、身近な例で言えばノーラヒルデがいるか。あいつが片腕なのはお前も知ってるな？」

「……はい」

「あいつは剣ごと自分の右腕を敵の親玉の護衛獣の口の中に突っ込んで、食われながらも腹に剣を刺し、喉を裂いて殺した。そして残った左腕で敵の親玉の目を潰し、魔獣を率いて攻めて来た軍勢を撤退させた。たった一人で、だ」

「ノーラヒルデさんが……？」

思わず顔を上げたエイプリルが見たのは、労《いたわ》りに満ちたフェイツランドの顔だった。そのフェイツランドの指が、目尻に溜まる涙を拭き取るのを黙って享受する。

「信じられないって顔をしてるな。だが事実だ。本人に聞いたら控え目な話しかしてくれないだろうから、聞くなら古参の兵にするんだな。身振りを交えて徹夜で語ってくれるぜ。で、俺が何を言いたいかっていうと、そんな状況でもノーラヒルデは死ぬことは砂粒ほども考えなかったって言うんだ。生きて帰るつもりだったから右腕ごとくれてやったのだと。本人に言わせれば、相手の首を取れなかったのが残念でたまらないらしいんだが、最強の魔獣と言われた馬鹿でかい獣と差しで勝負して、右腕一本で済んだことの方がすごい」

「ノーラヒルデさん、両手が使えたんですか？」

「ああ。片手だけでも馬鹿強いのに、両手だった時にはそれはもう、な。あんな優しげな風貌をしているが、奴は今も前線で戦うことを好んでいる。俺のことを破壊王だのなんだの言うが、俺に言わせりゃあいつの方が破壊王だ。隻腕の魔王、まさに体《たい》を表すだな。あいつと俺が出て行かなければならない戦は、出来ればない方が望ましい」

「……」

「お前たちが使者を守り切ってなければ、もしかしたら大きな戦が起こっていたかもしれない。襲撃者がいたということは、それだけキナ臭いことがあるってことだ」

「戦争が始まるんですか？」

「かもしれないし、そうならないかもしれない。それは帰国するうちの王様の判断次第だ」

「戦争が……」

「そうなったら俺たちも駆り出される。お前はその時どうする？　俺たちと一緒に戦場に出るか？　それとも城に残って帰りを待つか？」

エイプリルは答えることが出来なかった。男も答えを期待してはいなかったらしく、一度ぎゅっと抱き締めた後、エイプリルを抱いて立ち上がった。

「歩けます」

「無理だな。体が震えている。こういう時には黙って身を任せるのが淑女《しゅくじょ》だぞ」

「僕は淑女じゃないです」

「じゃあこう考えろ。日頃俺の世話ばかりしている借りを返して貰っていると思えばいい。これくらいしてくれて当然だ、ってな」

ゆっくりと草が茂る斜面を上る男の後ろに、物言わぬ男の姿が見える。

あれが——人の死だ。

すぐ近くで声が聞こえた。

「エイプリル！　無事なのか?!」

これはヤーゴ。心配してくれるのが嬉しい。

「怪我はないかい？　もう心臓が凍るかと思ったよ」

これはシャノセンの声。

エイプリルは自分の手を見つめた。

初任務を成功させた日、エイプリルは初めて騎士として戦い、剣を血に濡らした。


エイプリルはそのまま東の町エッサリア内に常設する騎士団支部で二日の間寝込むことになった。初めての戦いで熱が出たのと、馬から落ちた時に捻った足の怪我が悪化したからだ。そして二日後には首都シベリウスに帰還する一隊と共に馬車で戻り、宿舎での安静を言い渡されてしまった。

いつもならもう平気だと反発するところだが、今回はまだ人を斬ったことが後を引いていて気力に劣り、

「まだだ。剣を持って戦おうと思えるまでは部屋にいろ」

そう団長に言われるまま、ベッドの住人になっている。

部屋の中で一角兎のプリシラに話し掛けたり、腕の筋力だけは鍛えようと錘を持って運動したりもしたが、意外とすぐに飽きてしまう。

そんな日々がしばらく続き、顔見知りの騎士たちが順繰りに宿舎に顔を出す中、エイプリルは思いがけない人物の来訪を受けた。

「まだ悪いのか？」

土産だと籠に入った果物を抱えて来たのはヤーゴで、入っていいよと言ったにも拘らずおずおずと室内に足を踏み入れた若い騎士は、包帯を巻かれたままの足を見て、眉を寄せた。

「あ、これはもうほとんど平気なんですよ。ただ団長が大袈裟《おおげさ》にしてるだけなんです。きつくぐるぐる巻きにしてたら僕が動かないだろうって思ってるみたいで」

「団長も心配なんだ。それくらいは甘んじて受けろ。団長を心配させた罰だ」

そんな理不尽なとは思うのだが、ヤーゴに言われ

るまでもなく、見舞いに来たシャノセンやサルタメルヤの話を聞けば、言う通りに大人しくしていた方がいいと思ったのは確かだ。

「初めて見たよ、団長のあんな必死な顔」

最初に収容されたエッサリアの医務室で、自身も怪我の手当のために訪れたシャノセンは、エイプリルが助けられた時のことをそう語った。

「エイプリルはどこだって叫びながら馬から飛び下りたと思ったら、すぐに土手を駆け下りただろう？　野生の勘だねってヤーゴやサルタメルヤと話していたんだよ。サルタメルヤなんか、団長に引きずられて連れて来られて息も絶え絶えだったけど、そのおかげでエイプリル王子が助かったんならよかったってことだよね」

救援を求めて町に戻ろうとしていたサルタメルヤが団長率いる一隊に出会えたのは、まさに幸運だった。エイプリルたちよりも一日早く町を出て、近隣の哨戒《しょうかい》に出掛けていたフェイツランドは怪しい風体の男たちがたむろしているとの噂を得て、エイプリルたちが行くはずだった村に向かって馬の足を向けたところだったのだ。

そこに駆け込んで来たサルタメルヤの話から使者が襲われていること、三人が救援に入ったことを知るや否や、フェイツランドの形相が変わり、すぐに駆け出したのだという。

「団長が間に合わなかったらお前も今頃暢気《のんき》に兎と遊んでなんかいられないんだからな。感謝しろよ、団長に」

「うん。団長には本当に感謝してるよ。それにヤーゴ君にも」

「俺にもか？」

「うん。だってあの時、一生懸命僕を助けようとしてくれたでしょう？　嫌われているとばかり思ってたからすごく嬉しかった」

「あー」

ヤーゴはバツが悪そうに天井を見上げ、何度か短い髪をもしゃもしゃとかき回した後、いきなり膝の上に手をつき、体を折り曲げるように頭を下げた。

「すまなかった。嫌われていると思わせてしまったことを弁解するつもりはない。確かに俺はお前のことを騎士と認めていなかった。見習いですらおこがましいと思ったし、そんな奴が団長の世話役を仰せつかったのは正直面白くなかったし、許せなかった。だからきついことも言ったし、態度も露骨だったと思う。言い訳はしない。男らしくないだけでなく、本当に卑劣で思い上がった態度だった」

「でも、僕がヤーゴ君の立場でもきっとそう思うと思うよ。それに世話係を命じられたのは、騎士よりそっちの方が向いてるから遠回しに伝えてるんじゃないかって思ってたし。団長のお世話は大変だけどね。ヤーゴ君も代わってみますか？」

「それが出来るなら一日くらいは代わってみたい。でもきっと団長が許さないぜ。もしも本当に世話係が必要なら、団長なら今までだっていくらでも命じることは出来たはずなのに、お前が来るまで誰も世話係なんて役目を貰った奴はいないんだ。古い連中にも聞いたから、これは確実な話だ」

「そうなんだ。じゃあ一人で生活出来ないこともないんだ。僕がいなくても生活出来るってことだもんね」

「あ、いや、別に世話係が不要ってわけじゃなくて、側に置いてもいいと思えるほどの人間がいなかったってことじゃないか？　俺も団長には憧れてるし、いつかは一緒に戦えたらと思うけど、なかなか気難しいところもあるしな」

「それはあるね。ちょっとしたことで不機嫌になることもあるし、気分屋だと思う」

「そうだな。でもその団長がお前を必死に助ける姿を見て、思ったんだ。お前は考えていたような軟弱で甘えた奴じゃなくて、団長が気にかけてやりたくなるくらいいい奴なんじゃないかって」

ヤーゴは、ふうと溜息をついた。

「俺は羨ましかった。団長だけじゃなく、副長や第二師団長に可愛がられて親しく話をするお前が羨ましくて、憎らしかった。王子っていうだけで騎士団に入団出来たんだって思うと、もっと妬《ねた》ましくなった。でも、お前は違ったんだよな、俺が考えていたような軟弱な男じゃなかった」

ぬくぬくと城の中で育った少年は、特訓や訓練に耐え切れずすぐに逃げ出すと思っていた。そうして弱音を吐いて逃げ出すのを見ながら、「それ見たことか」と笑うつもりだった。そう、ヤーゴは打ち明けた。

「俺はシベリウスの町道場の息子なんだ」

「剣術の道場だそうですね」

「剣術と体術が半々くらいかな。知ってるか？　騎士団の騎士のほとんどは貴族や金持ちの家の出身で、平民はほとんどいないんだ」

そんな中で町道場で鍛えられていたヤーゴは騎士になるために家を出た。

「悔しかったのさ。うちの道場にも貴族のご子息様が習いに来たりしてたんだが、どうにも鼻持ちならない連中ばかりで、平民を馬鹿にして。そんな連中でも自尊心は高くて、稽古で負かされるたびに苦情が入るんだ。もっと手加減してくれ、怪我をしたらどうするんだってな。はっ、馬鹿にしてるだろう？　怪我するつもりがないなら道場なんか来るなってんだ。奴らは端《はな》から真面目にやる気はないのさ。ただ武術をかじったっていう既成事実が欲しかっただけで、本気で強くなりたいわけじゃない。そりゃあ中には本気で取り組んでた奴らもいた。そしてそいつらは騎士を目指して、実現させた。だから、俺は思ったんだ。腕前一つで入ることが出来るなら、町道場の子が騎士になってもいいじゃないかって」

ヤーゴにとって幸いだったのは、シルヴェストロ国の騎士団が建前ではなく本気で強さが指標だったことだ。知識と教養、それに立ち居振る舞いは後からでも身に着けられる。それよりも強さを騎士になろうとするものたちに求めた。才能の片鱗《へんりん》を少しでも見せれば騎士に取り立て、才能を伸ばすべく努力させた。

努力の過程で挫折するものも多かったが、それでも少なくはない平民が騎士という身分を得てここにいる。

「入って俺が思ったのは、貴族は嫌な奴ばかりじゃないってことだ。気のいい貴族もいることを知った」

そう言って、ヤーゴは自嘲の笑みを浮かべた。

「なのに俺は、俺の嫌いな貴族と同じことをお前にしていたんだな。見た目で判断して、出来ない奴だと思って、王子だから苦労も何もしたことがない甘ったれたガキだと思って、馬鹿にして蔑《さげす》んでいた。馬鹿なことをしたと反省している」

知らないままでいた方がよかったことまで赤裸々に告白しなくてもと、当事者のエイプリルは思うのだが、元来潔癖なところのある若い騎士は自分の汚れた部分が許せなかったようだ。

「任務で一緒の班になった時、お前の初任務に付き合わされて迷惑だと思ったのは事実だ。使者を迎えに行くなんて簡単な仕事を割り振られて、面白くなかった」

同期の若い騎士たちは盗賊討伐や国境巡回など危険と隣合わせの任務なのに、どうして自分は新人の付き添いのような仕事をしなければならないのだろうと。

「態度が悪かったのは謝る。あの時まで、俺は本気でお前が根性なしの弱虫で、すぐに逃げ出すと思ってたんだ。でもお前は逃げなかった。お前のところに敵が向かってしまったのは、俺の注意不足が原因だ。もしも俺がもっと周りに注意して目端を利かせていたら、追い掛けて来る馬の足音も聞こえたはずだ。そうすれば、もっと楽に任務は完了したはずなんだ」

三人対六人でも、それに三人が新たに加わって三人対九人になったとしても、シャノセンは強く、そしてヤーゴも同期の中では幹部に名を覚えて貰えるくらいに腕は立つ。

「シャノセン様が簡単に敵を倒すのを見て、安心しきっていたんだろう。それに、俺もシャノセン様にいいところを見せたいと思っていた。手を抜いたつもりはないが、結果的にそうなってしまった。だからお前の怪我の原因の一端は俺にもある」

エイプリルは慌てて手と首を横に振った。

「そんなことはないですよ。あの時、僕もシャノセン王子も、誰も下の道のことには気づかなかったでしょう？　怪我したのも、簡単に取り押さえることが出来なかったのも、僕の腕がまだ追いついてなかったからだし、シャノセン王子に任されたのに最後まで馬車に付き従えなかったのも僕の落ち度です」

「そんなことはない。お前はよく戦った」

「そうでしょうか？」

「俺はそう感じたんだ。お前は確かに弱いし、団長たちに守られているように見えるけど、ちゃんと自分の足で立って考えているんだと気がついた」

「……なんだかくすぐったいです。ヤーゴ君にそんな風に言って貰えるなんて思わなかったから」

「別に褒めたわけじゃないからな。騎士として認めたってだけだからな」

「はい」

「これからも同じ騎士として、団長に忠誠を尽くすぞ」

「そこは国や国王陛下って言うべきなんじゃないかと思うけど」

「いいんだよ。俺の一番の目標は団長なんだから」

ヤーゴは照れ臭そうに笑った。エイプリルも笑った。笑いながら涙が流れて止まらなかった。

「お、おい、どうしたんだ？　やっぱりどこか悪いのか？」

腰を浮かせるヤーゴの慌てた様子がおかしくて、エイプリルはさらに笑った。

「ううん、違う……違うんです。なんだかすごく安心しちゃって……ヤーゴ君に一緒に頑張ろうって言って貰えて、すごく嬉しくて……」

団長やマリスヴォスやシャノセンは、よくやっていると言ってくれ嬉しく思ってはいたが、反面、心の奥のどこか深いところでは半信半疑でもあったのだ。彼らは大人で懐《ふところ》も広い。お世辞を言う人たちではないとわかっているが、騎士になりたてのエイプリルへの懐が広すぎるのではないか、と。もっと客観的に、もっと同じ目線で見た時に、自分はどんな風に映っているのだろうか、と。

ヤーゴの話を聞いて、納得した部分は多い。エイプリル自身というよりも、団長のおまけ、団長や幹部連中が可愛がっているから存在を認めるといった人たちも、確かに多かったはずだ。

騎士として未熟で、人を斬ることもまだ恐ろしく怖い臆病な自分。等身大の自分を、果たしてどれだけの人が認めてくれるのか不安だった。

エイプリルは寝巻の袖でこしこしと涙を拭った。

「ヤーゴ君は正直でいいと思います。だからそんなヤーゴ君に聞きたい。僕は騎士としてこれからもここにいていいですか？　シルヴェストロ国の騎士団の一員として認めて貰えるでしょうか」

ヤーゴは真面目な顔で、頷いた。

「お前は最初から騎士団の一員だ。その事実は変わらない。俺は強くなるために騎士になった。お前はこれからの自分を見つけるために騎士になってもいいと思う。騎士になることで見つけられる何かもあるんじゃないか？　これは俺の勝手な想像だから、参考にはならないと思うが。何より、団長が認めたんだ。これが絶対だ」

「ヤーゴ君は本当に団長のことが好きなんですね」

「当たり前だろ。騎士団に入った人間で団長の強さに憧れない奴はいない」

あ、そこは団長の人柄じゃなくて強さなんだ。

ヤーゴ本人は気づいていないシルヴェストロ国民らしい微妙な言い回しに気づいたエイプリルは、手のひらで口元を隠すように笑った。

「団長の言うことは絶対だ。俺は団長を信じている。だからお前も認める。エイプリル、お前も団長を信じろ。団長が認めた自分に自信を持て。騎士団を辞めるなんて許さないからな。お前が辞めたら団長の目が曇《くも》ってたってことになってしまう。それは俺が許さないからな」

自分勝手な、団長至上主義のヤーゴの言い分は、だがその分すとんとエイプリルの中に落ちて来た。

「——うん、そうだね」

「一緒にやって行くだろう？」

「うん。ありがとう、ヤーゴ君」

「だから泣くなと言っている！　まるで俺が泣かしたみたいじゃないか。こんなところを団長や副長に見つかりでもしたら、弱いものイジメをしているって誤解されてしまう」

　きょろきょろと部屋の中を見回して、椅子の背に大きな手拭いが掛かっているのを見つけたヤーゴは、それでエイプリルの顔をごしごし拭いた。

「いいか、何か聞かれても俺のせいで泣いたなんて言うんじゃないぞ」

「言わないよ。ヤーゴ君には慰められて嬉しかったっては言うけど」

「それも別に言わなくていい」

「どうして？」

「自分を売り込みに来たみたいに思われるのが嫌なんだよ」

　意味が分からずきょとんと首を傾げたエイプリルだが、すぐにヤーゴの言わんとしていることに気づいた。エイプリルは団長の世話係だ。しかも手元に置いてかなり構われている自覚はある。その世話係に接触するということは、団長に取り入ろうとしているのではと勘繰られ、それこそヤーゴが要らぬ中傷を受ける可能性もあるのだ。

　騎士団の中でそんなことはないと思いたいが、人の心は他人の目で測れるものではない。

「そうか、そうですね。でもヤーゴ君がお見舞いに来てくれたことは本当に嬉しいから、団長にも話すつもりです。ヤーゴ君が一緒の任務についてたのはみんな知ってるから、大丈夫ですよ」

「そうか？　それならいいんだが」

「ヤーゴ君さえよければ、これからも話をしてください」

「気が向いたらな」

「はい。それで結構です」

「それでな、さっきからすごく気になってたんだが、膝の上のそれってコノレプスだろ？」

「プリシラっていうんですよ。可愛いでしょう。ふわふわで一緒に寝ると気持ちいいんです」

「プリシラ……」

ヤーゴは何かを思い出すように、ゆっくりと一角兎の名を反芻した。

「あのなあ、これは単なる噂話として聞いてくれると有難いんだが、団長が雑貨屋でプリシラのための何かを買っているって話が出ててな、もしかしてイイ女が出来たんじゃないかって騎士の間でちょっとした噂になってるんだ」

「ああそれ、たぶん人間じゃないですよ。この子、この兎のプリシラだと思います。最初は面倒見るのをめんどくさがってたのに、毛並の良さに気づいてからは僕よりも一緒に遊んでることが多いみたいで。ほら、団長って暇でしょう？　小動物用の餌やお菓子をたまに買ってきてくれるから、そのせいじゃないかと。ね、プリシラ」

眠っている一角兎は当たり前だが返事をしない。

「愛玩《あいがん》動物なんだな、こいつは」

「寝てることの方が多いんです。本気で走ればかなり早いけど、普段はぴょんぴょん跳ねるか、のたのた歩くだけ。でもそこが可愛いんですけどね」

「なるほど。プリシラは兎か。いいことを聞いた。もしも誰かに団長のイイ女のことを聞かれたら、言ってやろう。灰色の毛の、目のぱっちりした可愛い子だって」

「あ、それ楽しいです」

「嘘は言ってないからな」

最初の遠慮はどこへ行ってしまったのか、遠征後の休暇ということもあって長居したヤーゴは、いつもより格段に早く帰って来たフェイツランドの出現に大いに慌て、なぜか睨まれながら退出するという羽目になってしまった。

それでも憧れの団長の部屋に入り、勤務以外で顔を見ることの出来たヤーゴには幸せな出来事だったようだ。


「団長、僕、まだ頑張れそうです。答えはまだ見つからないけど、見つかるまでは団長の隣で騎士でいていいですか？」

「見つかるまでか？　それならいっそ見つからないでもいいな」

「何か言いました？」

「いや、別に。そうだ、お前のじい様の剣が折れてしまっただろう？　あの剣なんだが、大剣のまま使うんじゃなく、打ち直して使うのはどうだ？」

　まさかの提案に、エイプリルは目を大きく見開いた。

「そんなこと、出来るんですか？」

「出来る。一度溶かして鍛え直すことになるが、それならじい様の剣を使ってお前が使い易《やす》いものを作れるんじゃないかってジャンニがな。確かに盲点だった」

「もしも本当に出来るなら是非お願いします」

　エイプリルは深く頭を下げた。祖父が大切に使っていた剣なのだ。未熟な自分のせいで折れたことを気にしていたエイプリルには、願ってもない話だ。

（剣がもう一度生まれ変わる……）

　今度は自分の剣として。


「俺が貸した剣があったよな。あれの使い心地はどうだった？」

「軽くて扱い易かったです。ありがとうございました」

「ならあれを基準にして、後はお前の大きさに合わせて調節させよう。それから弓の見本が届いたと武器庫の担当が言ってたぞ。弓を頼んだのか？」

「はい。エッサリアに行く前に届けば使おうと思ってたんですけど、間に合わなくて」

　出来合いの弓でも持っていたのなら、あの戦闘はまた違った結果になっただろうが、エッサリアを出た時点では誰も襲撃を予想していなかったのだから、運としかいいようがない。悔やむより、常に使える武器を携帯しておくことの重要性を学んだ貴重な経験だと割り切るべきだろう。

「頼んだのはどんな弓だ？」

「一般的な楡《にれ》の木で出来た軽いものです。軽い分威力は劣りますが、その分乱射がし易いし、矢筒にもたくさん入れられるので、僕には扱い易いかなって思って」

　加えて安価だというのが大きい。ただ、安いとはいっても騎士団に支給される武器だ。同じ楡材の弓矢でも市販のものよりは遥かに強く、飛距離も出るように出来ている。実用性重視のため装飾は皆無だが、一般に普及して多く使われていることからもわかるように楡の弓は変な癖もなく、初心者から熟練者まで使い勝手のよい武器の一つでもある。

「なるほどな。じゃあとりあえず弓は一式揃うとして、剣の入手を何とかしよう」

「はい。明日武器庫に行った後にジャンニさんのところに寄って、話を聞いて来ます」

「俺も一緒に行きたいんだがな、ちょっとばかり外せない用が出来ちまって。悪いな」

「大丈夫ですよ。自分の剣だから、自分で決めます。ええとその、団長のご厚意は嬉しいんですけど、用事の方を優先してください」

「そこは一緒に行ってくれなきゃ泣くと言えば可愛いげがあるものを」

「剣を作ろうと思う男が簡単に泣くわけありません。団長は団長にしか出来ない仕事をしてください」

　それから少し考え、フェイツランドの顔を見上げた。

「剣が出来たら、一番に見せますね。もしかしたらジャンニさんが一番を横取りするかもしれないけど、僕の中では一番は団長にって決めてるので」

「お？　可愛いこと言ってくれるじゃねェか」

　金色の瞳が楽しげに細められた。

「団長には日頃からお世話になっていますから。あ、でも僕、部屋の外に出てもいいんですか？」

　包帯が巻かれた足に視線を落としながら尋ねると、フェイツランドは深く頷いた。

「いい子にしていたみたいだから、もういいだろう。痛くなったらすぐに医者に診《み》せるのが条件だ」

「大丈夫ですよ」

「坊主の大丈夫はあんまり当てにならないからなあ」

「失礼な。それよりも、足が治って動けるようになったらしたいことがあったから、本当に嬉しいです」

「何をしたいんだ？」

楽しいことなら俺も参加するぞと言うフェイツランドに、エイプリルはにっこりと笑い掛けた。

「部屋の掃除ですよ。僕が動けないからって、あの散らかし具合はあんまりです。お見舞いに来た人はみんな出来た方ばかりだから見て見ぬふりをしてくれたと思うんだけど。ねえ団長、どうしてあんなに散らかしっぱなしに出来るんでしょうね？　ベッドの下にシーツが丸めて置いてあったのを見つけた時には、泣きそうになりました」

「あァ？　お前、俺の部屋に勝手に入ったのか」

「何を今更……。毎朝起こしに行くのは僕じゃないですか。ベッドの下を見たのは、プリシラが遊んでた玉が奥に転がっていったからで、わざわざ覗こうと思って覗いたわけじゃないです」

「ちなみにそのシーツはどうした？」

「洗濯籠に入れて外に置いておいたから、もう持って行ったと思います。でもシーツを丸めて隠すなんて、変なの」

「……それは大人の男の事情ってやつだ。察しろ」

「別にいいですけど。綺麗にしててくれるなら。だから、明日は大掃除するつもりなので、団長も早起きしてくださいね。掃除して武器庫に行ってジャンニさんのところにも行って、することたくさん」

外出の許可を得てすっかり機嫌のよくなったエイプリルの横には、眉間に皺を寄せ、

「子供か？　本当に子供のままなのか？」

ルイン国第二王子十六歳の発育具合について真剣に悩む男の姿があった。


考えることは多々あるし、騎士の自覚があるのかさえ自分ではわからないものの、騎士団に在籍している以上、任務を果たす義務がある。

「ありがとうございました」

義務を果たすには武器が必要で、武器庫の受付けで弓具一式を受け取ったエイプリルは、そのまま武器庫の奥の部屋にいるはずのジャンニを訪ねた。武

具全般が好きなジャンニは、訓練に当てる以外の一日の大半をこの部屋で過ごしているのだ。

「ジャンニさん、エイプリルです」

分厚い鉄の扉を開けて中に入ったエイプリルは、

（いつ見ても圧倒されるなあ）

床だけでなく、四方の壁一面まで埋め尽くす武器の数々に、幾度目になるかもわからない感嘆の溜息を零した。

表の武器庫に置かれているのは普通の武器だが、ここにあるのは普通とは言い難い特殊な性質を持つものばかりだ。弓一つにしても矢尻が螺旋《らせん》状に細工され抜けにくくなっているものや、毒が塗布されたた剣、使い手を選ぶ円刃に、三つ又の巨大な鉾《ほこ》など、殺傷能力を強化されたものばかりだ。

その部屋の真ん中に置かれた椅子に座り、テーブルの上で本を読んでいたジャンニは、弓を抱えたエイプリルに眉を上げた。

「矢は何本頼んだんだ？」

「最低基準の百で頼みました。足りなくってても在庫があるからすぐに補充できると聞いています」

「不足する前に補充する習慣をつけておけ。非常時はいつ来るかわからない。弓はあっても矢がなければただの役立たずになってしまうからな。そうなりたくなければ、定期的に申請して矢の在庫を自分で抱えておくのが望ましい」

「そんなことしてもいいんですか？」

エイプリルは驚いた。資源に乏しく、日々節制に務めながらやり繰りするルインでは到底考えられないような内容だからだ。

「暗黙の了解だ。足りないと喚《わめ》かれるより、最初から自分で溜め込んでいて貰った方が連中も楽だからな。五百や千本くらい、個人で所持していても問題はないぞ」

ジャンニは軽く言うが、それはまた大層な数である。それだけシルヴェストロ国の物資が潤沢だという証拠ではあるのだが、贅沢に慣れていないエイプリルにはとんでもない数だ。

しかし、言い換えればそれだけの数を必要とする場面があるかもしれないということでもあり、エイプリルは神妙に頷いた。

「参考にしておきます」

「それで剣のことなんだが、団長から話を聞いたか？」

「はい。鍛冶師《かじ》に打ち直して貰えると。ジャンニさん、本当に出来るんですか？」

「出来るぞ。というか、鍛冶師の仕事には新しいものを作るだけじゃなく、古いものに新しい命を吹き込むことも含まれるから特に問題はない。それよりも、お前自身がどんな剣を欲しいか、どんな剣に作って欲しいかを具体的に伝える方が重要だ。せっかく打ち直しても気に入らなければ意味がないだろう？　自分で考えているものはあるのか？」

「一応。ただそれが一番いいかどうかはわからないので、鍛冶師にはもう少し待って貰っていいいですか？」

「俺の方はいつでも構わない。ルイン国王が使っていた剣なんだろう？　よく考えて最善だと思う武器を選び取ればそれでいい」

「はい」

宿舎には、折れた剣と剣先が仕舞われたままになっている。あの時、放置したままにしてしまって焦ったのだが、借りていた剣共々フェイツランドがきちんと回収してくれていたのだ。手元に戻って来た時には、返り血を拭き取るだけでなく、磨いたり拭ったりの手入れを施されていたようで、汚れは一つもなかった。打ち直すにも不純物は一切入らないはずだった。

「それでだな、エイプリル。実はもう一つ用事があるんだが」

そうジャンニが言い掛けた時、カンカンと音がして、振り返れば扉の前にノーラヒルデが布で包まれた荷物を持って立っていた。

「もう終わったか？」

「ええ。ちょうど」

「副長？」

「元気に歩いてるみたいじゃないか。よかったな。

軽い怪我で済んで」

「はい。御心配お掛けしました。もうすっかり平気です」

「フェイが大袈裟にしたせいだな」

エイプリルは苦笑した。まさにノーラヒルデの言う通りで、反論の余地がなかったからだ。

「副長も武器を貰いに来たんですか？」

「いや、貰いに来たんじゃない。渡しに来たんだ、これを」

ノーラヒルデは薄い水色の布で幾重にも巻かれた包みをテーブルに乗せた。

「これを君に使って貰いたい」

言いながら捲《めく》られた布の下から出て来たのは、白く輝く弓矢だった。本体は艶のある象牙《ぞうげ》としなやかさで定評のあるコプランという樹木で、持ち手の部分には薄水色に染められた革が滑り止めとして巻かれている。短弓と長弓のちょうど中間くらいの大きさだ。

「綺麗ですね」

うっかり見入ってしまったエイプリルは掠《かす》れた声を出した。これまでに多くの弓を見て来たが、今目の前にある弓のように、象牙を材料に作られたものを見るのは初めてだ。

「これは私が以前使っていたものだ。だが知っての通り、もう弓を引くことは出来なくなってしまった。使えない武具は騎士には無用の長物にしかならない。だったら使えるものに使って貰った方がいい」

「でもこんな立派なのに」

困惑するエイプリルに、ノーラヒルデは笑って首を振った。

「立派でも高価でも使わなければ物置きで埃を被っているだけだ。弓にとっても迷惑だろう。使えないものが持つのと、いつか使うかもしれないものが持つのとでは、同じ使わないでも意味が違う。軽くて使い易いぞ。壊れそうでいて結構丈夫だ。雨風をものともしないし、放り投げても罅《ひび》一つ入らない。乱暴に扱った張本人が言うのだから間違いない」

怖くて訊けないが、きっと銘のある弓なのだろう。

その弓が使われることなく仕舞われたままなのは、弓を得意とする者として、勿体ないと思う。しかし、だからと言ってエイプリル自身が使うかどうかはまた別だ。

　悩み揺れ動く心を見透かすように、ジャンニは笑った。

「遠慮することはないぞ、エイプリル。副長の言うように見た目の繊細さに反して、かなり酷い扱われ方をして来たのは俺も知っている。新品というわけでもあるまいし、気後れする理由はないはずだ」

「でも分不相応じゃないですか？」

　ただのお下がりではない。騎士団副長が使っていた弓なのだ。譲り受けたいと望むものは大勢いるはずだ。

「弓を扱えないものが持っているだけなら分不相応と言われても仕方ないかもしれないが、得意なものが使って文句は出まい。文句があるなら私に直接言いに来いと言えばいい。今のこれはただの飾り物にしか過ぎない。値段なんてあってないのと同じだ」

「エイプリル、何か言われたらこう言い返しゃあいいんだ。僕は王子ですってな。弓を使える王子様がいい武器を持っていて分不相応なんて言わせやしない。それくらいの気構えを持った方がいいぞ」

　ジャンニの意見にノーラヒルデも同意する。

「ジャンニの言う通りだ。身分なんか本当は関係ないんだがな。それに、うちの騎士たちは使えるものは何でも使う主義の奴らが多い。惚れ込んだ武器を買うために借金しながらあくせく働いている連中だって十人以上は軽くいる。所詮騎士は騎士だ。武器には目がない奴らが多い。割り切るのも早いだろう。使う使わないは君の自由だ。ただ持っていて貰うだけでも今はいい」

「替えの弓はあった方がいい。性能がいい奴は役に立つぞ」

「それにエイプリル、君の目は正直だ。この弓を欲しいと言っている。この弓を持って矢を射る自分の姿を想像したんじゃないか？」

　二人に畳み掛けるように勧められ、エイプリルは赤くなりながらも小さく頷いた。最初に見た時にこんな綺麗な弓は見たことがないと感動し、それからこれを使ってみたいという欲求が湧き出て止まらないのだ。

「――本当にいいんですか？」

「どうぞ」

「それなら」

エイプリルは大きく息を吸い込み、ノーラヒルデの透き通った琥珀色の瞳を見つめ、言った。

「有難く使わせていただきます」

ノーラヒルデとジャンニは顔を見合わせ、笑みを浮かべて頷いた。

「ついでだ。今ここで弦《げん》を張り替えていけばいい。強度の種類もいろいろあるぞ」

巨大鯰《なまず》の髭、戦闘魚の腱《けん》、一角馬の尾などの名をジャンニは挙げたが、それらは高価なことでも有名で、エイプリルは「とんでもない」と慌てて首を横に振った。

「普通の麻の弦でいいです」

「そうか？　だが、弓に引き負けるぞ」

「……負けないように精進します」

「弦もだが、腕力を鍛えるのも忘れないようにな。今の君にはまだ強すぎるかもしれない」

言われて元から張られていた弦を引いてみようと試みたエイプリルは、

「っ……！　きついッ」

数回構えただけで肩と腕が悲鳴を上げ、手を離さなければならなかった。繊細で美麗な外見だが、単なるお飾りではないことを弓自身が証明してくれたのだ。

「やっぱりな」

ジャンニは予想通りだと笑い、ノーラヒルデは苦笑を浮かべた。

「エイプリル、使いこなせるようになるまで特訓が必要だぞ」

「でも副長、これすごく力が要りますよ。矢をつがえたらもっときついかも」

「だから鍛えるんだ。毎日引く練習をすればすぐに慣れる。言っておくが、この弓は私の手持ちの中でも軽い方だぞ」

ノーラヒルデは簡単に言ってくれるが、これまで以上に特訓を重ねなければ楽々と扱うまでにはかなり時間がかかってしまうだろう。

「よかったなエイプリル、目標が出来て」

「それを扱えるようになったらまた別のをやろう。頑張れ」

「……精進します……」

夜、外出先から帰って来たフェイツランドにノーラヒルデから弓を貰ったことを告げると、「そうか」と笑いながら頭を撫でられた。そうして目の前で軽々と弓を引いて見せたフェイツランドの、筋肉が盛り上がる腕と自分の細い腕を比べながら、エイプリルは誓った。

「負けません。絶対に僕も使いこなせるようになります」

「俺がよぼよぼのじいさんになっちまわないうちに頼むぜ」

「そこまで待たせませんよ！」


そんな会話をした数日後、エイプリルがこの国に来て二か月半ほど経った頃にようやく国王帰国の報が告げられた。

そして、

「ルイン国第二王子エイプリルです」

「おう、話は聞いてる。ルイン国王からの親書にも目を通した。騎士団に入ったんだってな。悪かったな、長いこと留守にしていて。来るってのはわかってたんだが、下にまで伝わってなかったようだ。本当にすまなかった。これからもよろしくな」

待ちに待った国王との謁見《えっけん》で交わした会話は、ったそれだけの実に慌ただしく軽いものだった。しかも、謁見の間ではなく執務室という、ある意味、他国の王子を入室させてよいのだろうかと心配したくなる場所だ。そこで会った国王ジュレッドは想像していたよりも若く、エイプリルよりも年上だがヤーゴと同じくらい、シルヴェストロ国民らしい逞しい体を窮屈そうに椅子に押し込めていた。

そして机の上に積まれた書類と格闘しながら、眉間に皺を寄せ、全身から「うんざりだ」という感情を隠そうともしないのだから、それ以上の話をするのが悪く思えてしまい、エイプリルの方から早々と退室の挨拶を述べたくらいだ。

他国の王子に対するおざなりな態度は、普通であれば十分抗議の対象になるものだが、忙しい国王の姿を実際に目にしてしまえば、仕方ないかという気分になる。

それに、これが普通の国であれば、歓迎会に食事会、茶会への招待など、社交界での付き合いが避けられないところで、そういうものが苦手なエイプリルは、手の類の誘いをたとえ社交辞令であっても口にされなかったことの方が有難かった。

国王は小さな格下の国の王子だからと、エイプリルを蔑んでいたわけではない。むしろ、帰国してすぐの忙しい中わざわざエイプリルのために時間を割いたのだと、国王の前まで案内してくれた副長が教えてくれたくらいなのだ。

「悪いな。もう少しまとまった時間が取れたらその時には一緒に飯でも食おう」

失礼しますと退室の声を掛けたエイプリルに顔を上げた国王は、赤が強い金髪をかき回しながら、その時だけはフェイツランドと同じ金色の目を緩め、すまなそうに苦笑していたが、退室する時すれ違い様に役人が運んで来た書類の山を見る限り、当分は機会が来ないだろう。


国王が帰国したことで城の中が円滑に機能すると思いきや、実際には国王が城に戻ったことで増えた仕事も多かった。というのも、騎士団の任務が格段に増えたからだ。武装を整えて頻繁に城門を出て行く部隊の姿に、どことなく落ち着かない。城内に駐在する騎士の数が減ったせいか、稽古場や食堂が静かに感じられることも多くなった。

それに拍車を掛けたのが、騎士団長の不在だ。

「明日からまた遠出する」

城から戻るなりそう言われ、エイプリルは慣れた手つきで鞄に着替えや細々としたものを詰め込みながら、溜息をついた。

「またお出掛けなんですね」

「国王陛下直々にお願いされちゃあ行かなきゃならねえだろうな」

「でもこの間も国境まで出掛けてましたよね」

「まあな、東側諸国がちょっと揉めてんだ。うちと同盟を結んでる国が多いから、何かあった時にすぐに介入出来るように軍を派遣して睨みを利かせてるってのはある」

「余計に刺激になりませんか?」

「だから国境警備や見回りの形を取って、ちまちま移動させてるんだよ。ただ中には血気に逸《はや》る馬鹿もいれば、挑発しようとする馬鹿もいる。おい、その疑いの目はなんだ。騎士団の連中じゃないぞ。俺に逆らう騎士はうちにはいないからな」


自慢げに胸を反らすフェイツランドを「はいはいすごいですね、団長は」と軽く流す術《すべ》をエイプリルは学習している。尊敬の眼差しを期待していたフェイツランドはがっかりしたように肩を竦めたが、話は続けることにしたらしい。

「騒ぐのは地元の連中だ。町や村で作っている自警団の若い奴らが多い。気持ちはわからなくはないんだが、こっちから付け入る隙を与えるなんざあ、馬鹿のすることだ。部隊長たちに任せちゃあいるが、時々は団長の俺が直接行って睨みを利かせておく必要があるんだ」

え、と靴下をくるくる丸めて鞄の隅に詰め込んでいた手が止まる。

「睨みを利かせるって……相手じゃなくて自分の部下の方だったんですか!」

「当たり前だろ。誰がうちに喧嘩売るってんだ。シルヴェストロの騎士団がどういうもんなのか東側の連中はよく知ってるはずだ」

絶対にそんなことは有り得ないと自信たっぷりの

台詞に、エイプリルは眉根を寄せた。

「その口調。団長、何かしたんですか？」

「もう八年になるか。即位したばかりの若造が無謀にもうちの領土を欲しがったからよ、やらねえよってわからせてやっただけだ。何を考えたのか知らねえが、勢いよく乗り込んで来たから、全員に即座にお帰り願っただけだ。俺は親切だからな、ちゃんと城まで送り届けてやったぞ」

「それって、前に聞いたお城の門を壊したって国とは別の話ですか？」

「まあな。昔は敵が多かったんだよ、うちの国は」

「だから徹底的に叩き潰したってわけですね」

エイプリルは肩を竦めた。まったくもって呆れた話である。

「先手必勝。それ以来、向こうの王の腰の低いこと。いい下僕が出来たぜ」

「下僕って……。仮にも一国の王様をそんな風に言っちゃ駄目ですよ」

「自分から進んで下僕になるって言って来たんだ。最近は来てないが、割と城にも来てるぞ。暑苦しい上に騒々しい奴だから来ればすぐにわかる。期待してろ」

「そんな期待はしたくないなあ。でも、だったら余計に国境で騒ぐのはおかしくないですか？」

「そこが問題だ。頭がいくら押さえても、末端まで目が行き届かないことはある。これはどの組織でも同じで、一番頭が痛い問題でもある。どこかの誰かがシルヴェストロを煽ってるんじゃないかってうちの国王陛下は言うんだが、本当のところはどうなんだか……」

「じゃあこれからもここを離れていることが多くなるんですか？」

フェイツランドは「お？」と目を輝かせ、エイプリルの前にしゃがみ込んだ。

「寂しいのか、俺がいなくて」

「そんなわけじゃないけど……。やっぱりそうなんでしょうか。団長がいないと部屋も綺麗なままだし、朝の時間もゆっくり出来るし、プリシラを独り占め出来るし、いいことだらけなんだけど」

「おい」

「でも、夜になって一人でいるとちょっとくらいは煩い方がいいかなっても思うんです。いびきの音がないと部屋が静かすぎて落ち着かないのは変でしょうか。あれ？　どうしたんですか、団長。額を押さえて。頭が痛いなら冷やすものを持って来ますよ。もうお年なんだから、無理しない方が」

「誰が年寄りだ。俺はまだ三十六だ。そうじゃなくてだな、お前の中に占める俺の存在意義について頭の中で会議してたんだよ」

「存在意義って、団長は団長でしょう？」

きょとんと首を傾げたエイプリルに金色の目がすっと細められた。

「……前々から思ってたんだが、お前、俺の名前を知ってるのか？」

「し、知ってますよ、それくらい。最初に自己紹介してもらったし。それに、団長の名前を知らない騎士はいません」

「だったら言ってみろよ。俺はお前の口から一度も俺の名前が出たのを聞いたことがない」

「だって団長は団長だし、団長で通じるんだからいいじゃないですか。他の人達だって団長って呼んでるでしょう」

「俺はなあエイプリル」

フェイツランドはにっと口の端を上げた。

「命令してるんだ。さあ言え」

「名前一つ言うのに命令するなんて大人げない……」

「命令ってのは大体が理不尽なものなんだ。で、俺の名前は？」

「ハーイトバルトさん」

「こら殴るぞ」

「フェイツランド＝ハーイトバルト。これでいいですか？」

「ああ」

なぜか嬉しそうに破顔する男の顔を直視出来ず、エイプリルは横を向いた。

「なあ、いつもそう呼べよ。お前なら特別にフェイツランドって呼ばせてやる」

「何その恩着せがましい言い方。言いませんよ。言う機会もないし」

「いつも言やあいいじゃねェか」

暢気な発言にエイプリルは眉を跳ね上げた。

「人の前で？　団長を尊敬する人たちばかりが集まってる騎士の中で？　そんなに僕を苛めたいんですか？」

「ノーラヒルデや他の連中も呼んでるだろ」

「フェイさんって呼ばれてるのは知ってますけど、それだって僕には敷居が高いです。図々しいと思われたくない」

「俺が許す」

「団長が許しても、他の人に白い目で見られるのは嫌です」

「なら俺の前だけならどうだ？　それなら誰もお前を非難しないだろ」

「……」

「ほらほら、言ってみろよ。なあ、エイプリル」

「フェイツランドさん」

「それじゃあ親密度が足りねェなあ。呼び捨て呼び捨て」

後ろからおぶさるように抱きつかれ、エイプリルはふらふらと足をよろめかせた。

「重い……」

「言わねぇともっと重くするぞ」

本当に大人げない。

「フェイツランド！　今日はもうおしまい！　ほらさっさと寝てください。明日も早いんでしょう。団長が遅刻するなんて恥ずかしいことはさせませんからね！　世話係の僕が恥をかくことになるんだから、ちゃんとしてください」

「いい考えがある。お前が俺と一緒に寝て、起きた時に一緒に起こせばいい。そうしよう。決定だ」

言うなりフェイツランドはエイプリルを抱え上げた。

「え？　あ、ちょっと団長！　下ろして！　僕は自分のベッドで寝ます！」

そもそも、毎朝起こしに行くのに起きない男が何を言っているのだか、である。

結局、抵抗むなしく、エイプリルはフェイツランドのベッドの上に下ろされてしまった。

「遠慮すんな。ほうら腕枕してやる」

「そんなごつい腕枕は要りません！　やあっ……どこ触ってるんですか」

「柔らかいなあお前の腹」

「やだって……んんっ！　くすぐったいっ」

「ずっと俺の側にいろよ、エイプリル。——俺のものになっちまえ」

「——団長、何か言いました？」

「いんや。単なる独り言」

「そうですか？　あ、だからそんなところ触っちゃ駄目だって……やっ……ぁ……」

初任務以降、以前に輪を掛けて構ったり体に触れることが多くなって来た団長の不在は、口にした以上の寂しさを感じさせるに十分だった。

「なんでかなあ、いたら仕事の邪魔することもあるし、朝は忙しくなるし、自分の嫌いな食べ物は僕に押し付けるし、体を洗う時にはもっと力を入れろって煩いし、濡れた頭で歩き回るから床掃除しなきゃいけないし」

いいことはあまりないように思われるのに、時々思い出したように触れる手や、時々笑いかけてくる顔がないと、自分の毎日の生活の中で欠けたものがあるみたいで落ち着かない。坊主とかエイプリルとか呼ぶ声は、もうすっかり耳に馴染んでいて、呼ばれないと物寂しい。

「それは恋だね」

マリスヴォスは元気に断言した。

しばらく魔獣駆除に駆り出され、国境を行ったり来たりしていたマリスヴォスとは、久しぶりの再会だ。

二人は城下町を歩いていた。

つい昨日、給金を貰ったばかりのエイプリルは、貯まって来た金を故国に送るついでに何か一緒に土産でもと思い立ち、街中の店に詳しいマリスヴォスに同行をお願いした。シベリウス出身のヤーゴに頼もうかとも思ったのだが、生憎《あいにく》彼はその日がちょうど町の警備に当たっており、誘うことが出来なかったのだ。ただ、見掛けたら声を掛けろよと言われたことは、見舞いに来た日によろしくと言ったヤーゴの言葉が建前ではなかったことを実感して嬉しかった。

「すみませんマリスヴォスさん、せっかくのお休みのところを買い物に付き合って貰っちゃって」

「いいんだよ、それくらい。オレも久しぶりにシベリウスに帰って来れて嬉しいし。むさ苦しい野郎どもの顔を見てるのも飽き飽きしてたところだから、坊やに誘って貰えて嬉しかった」

社交辞令じゃないのは、エイプリルよりも青年の方が買い物に熱心だったのを見ればわかるというものだ。あそこの店の看板娘が変わっているだの、値上がりしてしまっただの、確かに心から楽しんでいる。

そんな明るいマリスヴォスと並んで歩くエイプリルは、団長不在で感じていた寂しさも、紛わせることが出来た。

「でもよかった。坊やから誘ってくれてさ」

「どうしてですか？」

「だってオレ、てっきり坊やに嫌われてるとばかり思ってたから。たまに本部に戻っては来てたんだけど、顔を出しづらくて」

気まずげに顔を逸らすマリスヴォスに、エイプリルは「ああ」と頷いた。

「あのことならもう気にしちゃいないですから、その、僕の方こそ謝らなきゃいけないって思ってたんです」

「なんでまた」

思いがけない言葉に、マリスヴォスは青緑の目を瞬かせた。

「だって、あの時、せっかく恋人と仲良くしてたのに、二人だけの時間を邪魔したみたいになったから」

「いや別にそれはいいんだけどね、オレもウブな男じゃないし、それなりのことは一通り経験してるから。見られるのが嫌ならそもそもあんな場所でヤリはしないよ。だからそのことは別にいいんだけど、一つだけ言わせて」

マリスヴォスはガシッとエイプリルの肩を摑んだ。

「あの時の子は恋人じゃないから。ていうか、オレに恋人はいないから」

「恋人じゃないんですか!?」

「そう、恋人じゃない。あの時はまあ、酒を飲んで意気投合して、オレと気持ちいいことしたい、抱いてってせがまれて抱いただけで、名前も知らないよ」

エイプリルには衝撃だった。

王族教育の中で性教育についても知識だけは学んでいるエイプリルにとって、見知らぬ他人と肌を交えるというのは信じられないことだったからだ。

「だって、そういうことするのは結婚してからだって」

「結婚する前にもするよ。オレの場合はさておいて、自分の好きな相手がいたら触りたいと思うだろうし、はっきり言うと抱きたいし抱かれたいって思うもんじゃないのか?」

「触りたいし、抱きたい?」

「抱いて欲しいっていうのもありかもね。女は大抵そんなもんだろうし、男は——どうだろうな、オレは抱いてばかりだからわからないけど、抱いて欲しいって頼まれることは多いよ」

「それって……抱いて欲しいとか抱くとかどうやって決めるんですか？　あの一応僕も知ってます。男の人がどんな風にするのかは」

「あー、まあオレが見学させちゃったしねー。ま、そういうことなんだけどね、突っ込みたいのか突っ込まれたいのかってことだろ、坊やが聞きたいのは」

「はい」

「抱かれる側はやっぱり一度抱かれて男を知ってからじゃないと気づかないものなのかもしれないけど、でも、触って欲しいとか思ったら一度やってみるのもいいんじゃないかな。あくまでもオレの考えだから、参考にはならないかもしれないよ。てか、こんなこと喋ったって知られたら団長に半殺しにされてしまうかも……」

怯《おび》えたように自分の体に腕を回すマリスヴォスは、本当に恐れているのか体が小刻みに震えている。

「大丈夫ですよ。団長はしばらく留守で、明後日にならないと帰って来ないそうです」

「そっか、それなら安心……ってわけじゃないな。いいかい、坊や。オレがいろいろと説明したってことは団長には内緒にして」

「人に吹聴して回ることでもないから言いませんよ。団長だって、別に他の人のそんなことに興味はないと思います」

「うん、オレもそうは思うんだけどね、ただ坊やに限ってはこうもっと衝動的というか、雄《オス》の本能が勝っているというか……」

隣でぶつぶつ呟くマリスヴォスに肩を竦めながら、エイプリルは先ほどのマリスヴォスの言葉を思い出していた。

(触れたいと思ったら、好きってことなのかな。それとも好きだって自覚してから触りたいって思うのかな)

触れて貰えないと寂しいという気持ちは、好意――好きという感情と同じなのだろうか。

(でも)

触れられるのも怖い。もしも、もしもあの男の手が触れるなら、火傷《やけど》だけでは決して済まない予感がある。

そんな予感を持つこと自体、すでに心が囚《とら》われているとは考えることが出来ないままエイプリルは、気を取り直したマリスヴォスと共に幾つかの雑貨屋を回り、双子の弟妹のために人形を象《かたど》った飴《あめ》、祖父のために膝掛け、剣の先生には手袋、両親には湯に入れると薬湯の効能があるという浴剤を買った。それで銀貨二枚に収まったのは、顔見知りの店主にまけてもらったり、売り子の少年少女をうまい具合にタラシ込んだマリスヴォスの手腕である。

「ありがとうございました。マリスヴォスさんのおかげでいいものを安く買うことが出来ました」

「役に立ててよかったよ」

「お礼に食事をご一緒したいと思うんですけど、どうですか？　もちろん、僕のおごりで。もし用事があるならこのままお城に戻りますけど」

マリスヴォスはドンと自分の胸を叩いた。

「大丈夫、暇だから！　坊やとの食事、喜んでご相《しょう》伴《ばん》させて貰います。で、どこに行く？　オレ、好き嫌いないからなんでも食べられるよ」

「それなら僕の知ってるお店に案内しますね。というよりも、そこしか食べる店を知らないんだけど」

「いいよ、どこでも。ふふん、坊やから誘われたって今度みんなに自慢してやろう」

「別に自慢するようなことじゃないと思うけど」

「いいからいいから。どっち？　右？　それとも左？」

腕を引っ張られて歩きながらエイプリルは、こののんびりとした生活が変わらずにずっと続くと信じていた。

それが一変したのは、店に入って食事をしている時だった。

「よかったな、無事に騎士団に入れて貰えて」

「はい。あの時に僕を店に入れてくれたおじさんのおかげです。もしも店で手伝いをしていなかったら、ノーラヒルデさんに会うこともなかったし、そうしたらお城の中に入れないままで、国王陛下が帰国されるまでどこかで働きながら暮らしていたはずだから。本当にありがとうございました」

「よせやい。元はと言えば、うちの壊れた荷車のせいだ」

「ジャガイモが結んだ縁ですね」

エイプリルは笑った。

マリスヴォスを連れて来たのは、首都に来たその日に世話になった小さな食堂だった。あの日の礼と近況報告を兼ねて挨拶に行こう行こうと思いながら、環境の変化と忙しさにかまけて延び延びになったまま、三か月近くも経ってしまった。

「いいってことよ。こうしてたまにでも顔を出してくれればそれでいい」

「はい。もう大分《だいぶ》落ち着いたから、これからは時々寄らせて貰いますね」

今日の食堂は前の時のように混雑はしていなかったが、昼時ということもあり、テーブルはほとんどが客で埋まっていた。

「なんだ、坊やの知ってる店ってここだったんだ」

「マリスヴォスさんは知ってたんですか？」

「知ってるよ。だって近くの食堂が壊れて使えない時には食べさせて貰ってるし」

「……どれだけ暴れてるんですか、騎士のみなさんは」

マリスヴォスはにこっと笑って、エイプリルの額をつついた。

「坊やもお仲間。これからは同じ騎士ってことで白い目で見られるかもねえ」

「……ノーラヒルデさんが怒る本当の理由が今、わかりました」

暴れて物を壊す騎士の後始末や謝罪が面倒なのではない。それに付随する「騎士ってやつは……」という目で見られるのが嫌なのだ。自分は真面目に尻拭いをしているのに、騎士というだけで一緒くたにされる。真面目なノーラヒルデには我慢出来なくて当然だ。

「まあまあ、堅いことは言わずに」

「あ、あのマリスヴォス様、お酒はどれを召し上がりますか？」

「んーじゃあ、リベリス産の十五年ものを頼もうかな」

「はい！　すぐにお持ちします」

店の少女が頬を染めてマリスヴォスに注文を取り、そそくさと奥に駆け込んだ。少女が憧れているのはノーラヒルデだと思っていたが、この様子を見れば有名な騎士全員を好きらしい。

それはともかく、

「駄目ですよ、マリスヴォスさん。昼間からお酒飲んだら」

「いいのいいの、だってオレは今日は休みだから。坊やは駄目でもオレは何をしてもいいんだよ」

確かにその通りではあるのだが、

(団長といいマリスヴォスさんといい、どうしてこうもお酒が好きなんだろうな)

せめて夜だけにすればいいのにと、自分の前に置かれた皿に手をつけたエイプリルが、好物の魚と空豆の炒《いた》め物を口に運ぼうとした時、その話が耳に飛び込んで来た。

「本当か？　戦が始まるって」

戦という言葉に、手酌《てじゃく》で酒を注《つ》ぎかけていたマリスヴォスの手も止まる。二人が座っているのは店の奥で、赤毛が目立つマリスヴォスを隠す目的でこの場所を選んだのだが、後から入って来た三人連れの男は気がつかなかったらしい。もしも気がついていたら、騎士のいる前で不確かな戦の話を口にすることはなかっただろう。

「ああ、先だってうちに荷物を届けに来た商人が言っていた。北の方では軍隊が国境に向けて進軍を開始するそうだ」

「へえ、そりゃあ大事だな」

「何せ三国が同盟を結んでの大規模な侵攻だ。いくらソナジェの軍隊が強くても、ひと月も持たないだろうってもっぱらの噂」

ソナジェ――。

エイプリルははっと顔を上げた。それはルインの南東にある同盟国で、兄が留学し、叔父が住んでいる国の名だ。エイプリルはそこを通ってシルヴェストロ国にやって来た。

(まさか……まさかそんな……)

まさかと思いながらも、頭の中は冷静に地図を描き、最悪の予想を組み立てる。

そして、

「進軍途中にあるルインなんかひとたまりもないだろうな」

予想に違《たが》わない言葉が男たちの口から発せられた時、エイプリルは駆け出していた。

「坊やッ！」

後ろでマリスヴォスが叫ぶ声が聞こえたが、そんなものに構っている暇はない。

（まさか……まさかルインが攻められるなんて……！）

誰か嘘だと言ってくれ。

叫びたい気持ちを胸に抱え、エイプリルは走った。

「あ、おい、エイプリル。急いでどこに行くんだ？」

途中でヤーゴの声が聞こえたが、振り返る暇はない。馬を借りればよかったと思ったのは、必死で走り続けた足が城門を抜け、騎士団本部の執務室の扉を開けてからだ。

「訊きたいことがあります！」

その時、室内にいたのはノーラヒルデだけで、隻腕の副長は額に汗を流しながら飛び込んで来たエイプリルの姿に眉を寄せた。

「どうしたんだ、エイプリル。何かあったのか？　まさかフェイがまた何か迷惑を掛けたんじゃないだろうな」

エイプリルはふるふると首を横に振った。

「ち、違います。団長の、ことじゃ、ありません」

息が切れ、言葉は途切れがちだが、これだけははっきりさせなければならなかった。

「僕の国が、ルインが戦争になると聞きました。それは事実でしょうか」

ノーラヒルデの整った細い眉がピクリと上がった。それだけで、町で聞いた噂が事実だったと知る。

そして、商人から聞いたという町の人間が知るよりも早く、ノーラヒルデは——騎士団はその事実を知っていたということだ。

「どうして……どうしてですか！　どうしてルインが攻められているって教えてくれなかったんですか！」

エイプリルは大きな声で力いっぱい叫んだ。

「知ってたなら、教えてくれてもいいじゃないですか！　僕の、僕の国なのに……僕の家族がいるんです！　おじい様が、年を取ったルイン国王が治める僕の国なんです」

両親に双子、それに気さくに話し掛けてくれた民。

長閑な牧草と羊の鳴き声に馬の嘶《いなな》き。

「ルインは……何もない国です。あんな小さな国を攻めても何にも残らない。残るのは……」

残るのは無残に踏み散らされた大地と国民の屍《しかばね》だけだ。

ポタポタと足元を濡らすのは堪《こら》えようとしても堪え切れず、瞳から零れ落ちる涙だ。悲しくて、悔しくて、次から次へと零れ出す。

「どうして……どうして教えてくれなかったんですか……。僕がただの新米騎士だからですか？秘密にしなきゃいけないようなことなんですか？それとも、それとも、ルインが戦場になってもこの国には関係ないからなんですか?!」

話して貰えなかったのが悔しい。

話して貰えないくらいちっぽけな存在だった自分が悔しい。

真正面からノーラヒルデを睨むエイプリルの顔は涙にまみれ、ぐしゃぐしゃだった。それでも、何かを叫んで怒りをぶつけなければ胸が壊れて破裂してしまう。


「僕が――」

「そこまでだ、坊主」

ふと目の前が暗くなり、嗅ぎ慣れた体臭が自分を包んだのがわかった。暗くなったのは固く厚い手のひらで覆われたからで、背中が温かいのは後ろから支える巨軀があるからだ。

「フェイ……」

どこか安堵したようなノーラヒルデの声が聞こえる。

「戻ってたのか」

「ああ。今しがた帰ったばかりだ」

「よかった。お前が来てくれて」

「外でマリスヴォスに会って経緯は聞いた」

「そうか。正直お前がいてくれてこんなに安心したことはない」

「そりゃあよかったな。存在意義を示すことが出来て俺も嬉しいぜ」

エイプリルの様子を知っているはずのフェイツランドの口調はいつもと変わらず、普段ならそれが心を落ち着かせてくれるのだが、今は駄目だった。

今は、落ち着いた声さえも自分を苛立《いらだ》たせるものでしかない。

エイプリルは顔を覆う手を力任せに振り払った。

「団長も知ってたんですか?!　ルインが戦争になることを」

「知っていた」

「フェイ、それは」

「いいから黙ってろ、ノーラヒルデ。こいつにはちゃんと話をしなきゃならん」

「だが」

「ああ、わかっている」

「——それなら私は外にいる」

「ありがとな」

気遣わしげに振り返りながらも、友人に任せることにしたノーラヒルデが出て行き、執務室の扉が静かに閉められた。書類が山積みされた机、たくさんの書物が並ぶ書棚、大きな地図が貼られた壁。エイプリルがたびたび足を運んだ場所でもある。

窓の外には青い空が広がり、稽古をする騎士たちの声が遠くに聞こえる。穏やかで静かな日常は、これまでエイプリルが繰り返して来たものとまるで同じだ。

違うのは、エイプリルがルインの今を知ってしまったことだけだ。

「それで何が知りたい。俺の知っていることは全部話そう」

「——秘密じゃないんですか？」

「秘密じゃない。だが事が国政に絡んでいる以上、情報を知るものの数を絞ったのは確かだ」

「——ルインが攻められているというのは本当なんですか？」

「本当だ。あと十日以内にはルインの北側の三国が進軍を開始するだろうと予測されている」

エイプリルの体にカッと血が上った。

「それを知っていながらッ、僕に黙っていたのはどうしてなんですか！」

「今も言ったが」

フェイツランドの声は平坦で、それが何も感じていないのだと思われて、悲しい。

「今も言ったが情報が漏れないように少数にしか知らせるつもりはなかった。それから、お前に知らせなかったのは」

そこでフェイツランドは言葉を切ると、大きく息を吸い込み、真っ直ぐにエイプリルの目を見ながら告げた。

「ルイン国王から頼まれたからだ。孫に、第二王子エイプリルにはすべてが終わるまで知らせてくれるなと」

セレスティナ・ラ・ルイン。青く染まっていた瞳が大きく見開かれ、一番濃い色に変わった。喉の奥に飲み込まれたのは悲鳴か、それとも泣き声なのか。

たった今聞かされた言葉の意味を考えることを頭が拒否する。心は受け取ることを拒んだ。

「嘘、だ……おじい様がそんなことを言うはず、ない……」

かなり長い間を開けて、やっとのことで乾いた唇が搾《しぼ》り出した言葉に、フェイツランドは眉を上げ、黙って滅多に使わない自分の書卓に回ると、一番下の引き出しの中から金庫を取り出し、エイプリルの前で鍵を開けた。

そこから取り出されたのは、エイプリルが初日に食堂で渡した紹介状だ。あの時は、孫が騎士になりたいから入れてくれ、下っ端として存分にこき使ってくれと書かれていたと言っていた。

その紹介状を、フェイツランドはエイプリルの鼻先に突きつけた。

「読め」

「——嫌です」

「それでも読む義務がお前にはある」

「いやですッ。何が書いてあるかなんて知らなくていいッ！　おじい様は僕が騎士になりたがっていたのを知っているから、だから騎士団に入れてくださいって書いたに決まってるッ！　役立たずだけど役に立つこともあるかもしれないから、下っ端でもいいから入れてやってくれって……そう書かれてあるってあなたが言ったッ」

「そう伝えてくれって書いてあったんだよ。いいから読め。読んで自分の目で確かめろ」

「やだ……読みたくない」

「いいから読めッ！」

「いやだッ！」

押し付けられた手紙を退けようと振り払った手は、そのまま男の手に当たり、

「あ」

ハラハラと紙が床に散らばった。

それを見ていたフェイツランドは黙って膝をついて拾うと、動けなくなったエイプリルの手に握らせ、重ねた手でぎゅっと握り締めた。

「――読むんだ、エイプリル。お前のじい様が何を思ってこんなものを書いたのか、知らなきゃいけない。それが読めないうちは、何も知る権利はない。読めばわかる。孫のお前ならきっとな」

どうしてこの男はこんなに優しい声で話し掛けるのだろう。

あんなに酷いことを言ったのに。

「おじい様は」

「ん？」

「おじい様は僕を逃がした？」

「それもその紙の中に全部書いてある」

手を動かすとカサリと音を立てて白い紙が揺れた。

ゆっくりと手を開き、深呼吸をして、立ったまま懐かしい祖父の字を目で追う。

男の言った通りのことがそこには書かれていた。

豊かな鉱山を抱えるソナジェをルインの周辺三国が攻める準備をしていること、無抵抗で公路を通過させるのならルインは通過するだけに留めると提案されたが到底信じることが出来ないので拒絶したこと、ソナジェは長く友好を築いて来た国であり孫や子がいる国で看過し得ないことなど、ルインを取り巻く現状が箇条書きでわかりやすく綴《つづ》られていた。

そして、ルインが戦になるのは避けられず、それは議会も承知している。抵抗はするが、一番いい条件でも祖父の首は三国に差し出さなければならない

だろうこと。次期ルイン国王の第一王子はソナジェにおり、息子夫婦と双子は静養を口実にエイプリルがルインを出てすぐに、ルイン国王の亡き妻の祖国にある温泉地に送り出したこと。

「だから私は心置きなく戦うことが出来る。国民には折を見て逃げ出すよう伝えた。戦が始まる頃には、家畜を連れて皆避難しているはずだ。私と運命を共にすると言ってくれた兵たちには大変申し訳ないと思うが、決して我が国を助けようとしないで欲しい。それをするならソナジェや孫を助けて欲しい。ルインが戦場になることをエイプリルには決して伝えないでくれ。伝えるとすれば、ルインが負け、私が死んだその後にしてくれると有難い。エイプリルは優しい子だ。もしも私が死ぬとわかればきっと国に戻るだろう。せっかく国から出したのに、戻って来られては迷惑だ。私は死ぬつもりで臨むのに、孫がいれば生きたいと欲が出てしまう。だからお願いだ、シルヴェストロの王よ、黄金竜よ。孫を頼む。孫を護ってくれ。愚かで自分勝手な老人の頼み、是非とも叶えてくれ。貴殿にはそれが出来ると信じている」

エイプリルは泣いていた。

先ほどまでの激しい憤りに任せてのものではなく、祖父の自分を気遣う気持ちが嬉しくて、悲しくて――。

「おじい……さ、ま……」

「わかったか、お前のじい様が何を思ってこの文をしたためたのか。すべてはお前のためだ。お前を思ってのことだ」

「わかりました……でも、おじい様は勝手だ。僕だって……僕だっておじい様に死んでほしくなんかないのにっ」

もう間に合わないのだろうか？

今から戻れば間に合うだろうか――？

エイプリルは顔を上げた。

「――団長」

「なんだ」

「僕、騎士を辞めます。除隊します」

それまで様子を見守っていたフェイツランドの眉

がぐっと寄せられた。

「――辞めてどうする」

「国に帰ります。そしておじい様と一緒に、ルインの軍と一緒に戦に出ます」

「お前、じい様の手紙を読んだだろう。それでまだそんなことを言うのか？」

涙に濡れた顔でエイプリルは男に向かって叫んだ。

「だって！　そんなこと許せるはずがない！　おじい様は勝手だ。勝手に僕を遠くに追いやって、それで今度は勝手に死んでしまおうとしている！　そんなの……嫌に決まってるじゃないですか！」

手紙を手に立ち上がったエイプリルは、ふらりと男に背を向けた。

「どこに行く」

「国に帰ります」

「除隊は認めていない」

「だったら勝手に帰ります」

「エイプリル、行くな。これは命令だ」

「聞けません」

「団長命令だぞ」

静かな怒りがフェイツランドの体全体から感じられたが、エイプリルは無視した。

「――」

「そうか。団長命令に逆らうか。それなら俺も勝手にさせて貰う」

ほんの一歩で背後に迫ったフェイツランドは、そのままエイプリルの体を肩に抱え上げた。

「――ッ！　離して！　下ろしてくださいッ」

「聞けんな。お前が俺に逆らったんだ。俺が同じことをしても文句は言わせない」

暴れるエイプリルを両腕で抱えているフェイツランドは、扉を開けるのにわざわざ片手を空けるような無駄なことはしなかった。手が使えないのなら、足を使えばいい。

ガンッというのは蹴った音で、ガタンッというのは蹴り飛ばされた扉の蝶番《ちょうつがい》が外れ、向かいの壁に激突した音だ。

「フェイ、何があった！」

「団長、坊やは」

廊下で待機していたノーラヒルデとマリスヴォスは破壊音を聞きつけて駆けつけたが、フェイツランドがエイプリルを肩に担いでいるのを見ると二人揃って表情を険しくした。

「フェイ、話をしていたんじゃないのか？　まさか乱暴な真似をしたわけじゃないだろうな」

「話し合いは決裂した」

離せ離せと喚き、背中を叩くエイプリルを肩に乗せたまま、フェイツランドは凄味のある笑みを浮かべ、今から自分が行うことを宣言した。

「乱暴結構。こいつをルインに行かせないためなら何でもやってやる」

そう言って早足で歩き去る男を見送ったノーラヒルデはハッとした。

「フェイッ！　フェイツランド！　お前まさか」

「たぶんそのまさかだ。いいじゃねェか。今までずっと我慢してたんだ。おいマリスヴォス。一棟宿舎は今日は立ち入り禁止だ。該当者全員に絶対に中に入るなと言っておけ」

「え、それってそういうこと？　え？　副長、団長が……」

「参ったな」

ノーラヒルデは心底嫌そうに前髪をかき上げた。

「奴は本気だ。――壊されなければいいんだが」

遠くなる背中を見つめていたマリスヴォスは、男の台詞を頭の中で反芻し、こうしちゃいられないと走り出した。


宿舎に連れて行かれたエイプリルは、そのままフェイツランドのベッドの上に放り投げられた。

背後でバタンと閉められた扉にガチャリと鍵が掛けられる。

何事かと起き上がりかけたエイプリルだが、

「誰が逃がすか」

上から圧し掛かる強い力でそのまま寝台に縫いとめられてしまう。

「団長……？」

両腕を押さえ、上から覗き込むフェイツランドの金色の目は真っ直ぐにエイプリルを見下ろしているが、その中に自嘲と憐れむような光が混じっているように見えたのは気のせいだったのか。

「エイプリル、さっきの言葉を撤回する気は？」

「さっきの言葉？」

「ルイン」

「——撤回する気はない。僕はルインに帰る」

「そうか。なら、手加減無用だな」

「何を……ッ！」

問うために開かれた唇は、上から覆い被さって来た唇で覆われた。

「んんっ！　う……っんんッ！」

呼吸まで吸い取られてしまうと錯覚するほど強く吸われ、早々にエイプリルの抵抗は止んだ。熱く湿った男の舌が口腔《こうこう》を蹂躙《じゅうりん》し、言葉を奪おうと何度も舌を絡め、吸い上げる。

抵抗しようにも両手は寝台に縫い付けられたままで、体は巨軀によって身動きも出来なくなっていた。

クチュクチュと湿った音が息継ぎの合間に漏れ、それだけで息が上がってしまったエイプリルは、いつの間にか自分の腕が自由にされていることに気づかなかった。

フェイツランドの手がズボンに掛かり、下着と一緒に脱がそうとする。

（何をするっ？）

疑問に思うも、口は塞がれたままで視線を下に向けることも出来ない。

思い切り目を瞠ったエイプリルに気づいたフェイツランドは、ようやく唇を離すと、濡れた自分の唇を指で拭いながら「悪いな」と小さく呟いた。

何が悪いのか、何か悪いことが起こるのか。

戸惑うばかりのエイプリルは思考や行動のすべてが後手に回っていた。経験豊富な男の手際がよかったせいもあるが、自分の身に何が起こるのかを正確に把握出来ていなかったのだ。

息も絶え絶えのエイプリルの着ているものは、フェイツランドの手によって次々と取り除かれて行った。嫌だと抵抗をすれば口を塞ぎ、まとめた腕を片手で器用に押さえ込み、もう片方の手で肌を暴いていく。そのどれにも反応をし、そのどれに対しても抵抗することがエイプリルには出来ないでいた。力で負け、技巧で翻弄され、思考がうまく働かない。

「エイプリル、お前はここにいればいい。ずっとずっと俺の側にいればいいんだ」

　合間に呟かれる言葉はエイプリルに言っているようで、自分に言い聞かせているようにも聞こえる。いつもと違うフェイツランドの余裕のない顔と行動は、だからどんな反応をしてよいのかもわからない。

「あっ、いや、そこは触らないでッ」

　乳首を舐められ、腹を甘嚙みされ、自分以外の大きな手で摑まれた性器は、いつの間にか固く形を変えつつあった。

「感じろよ、エイプリル。俺だけを感じろ。他に何も考えないでいいくらい、俺だけを思い、俺だけを感じろ」

　嫌だと身を捩っても、性器はエイプリルの意思に反して反応してしまう。いや、エイプリルの意思に忠実に反応しているのか。

　片手でエイプリルの性器を扱《しご》きながら、フェイツランドは自分の服を脱ぎ捨てた。本部に姿を見せた時にはもう薄いシャツ一枚だったからそれを脱げばすぐ素肌だ。剣帯など、部屋に入ってすぐ床の上に投げ置かれている。

「いけ」

　軽く上半身を愛撫されただけで、熱い男の手がもたらす快感にエイプリルの性器は簡単に欲を吐き出した。ビュッと飛んだ白い液体が温く肌の上を犯す。

「いい眺めだ」

　指についた精液を舌でチロと舐めたフェイツランドは、寝台の上に立ち上がるとズボンの腰に手を掛け、射精後の朦朧《もうろう》とした意識のまま顔を上げたエイプリルの前で——むしろ見せつけるようにして前を寛《くつろ》げ、ズボンを脱ぎ、全裸になった。

　ぼんやりとフェイツランドが脱ぐのを眺めていた

エイプリルは、やがてそこに焦点が合うと、大きく目を見開いた。

「いやだ……怖い……」

豊かに繁る赤茶色の陰毛、そこから聳《そび》え立つ黒々とした大人の男の性器は、以前に見たマリスヴォスのものよりも大きく、腹につくほど勢いよく反り返っていた。

シルヴェストロ国に来る前のエイプリルなら驚いただけで終わったかもしれない。だが今はもう知っている。あの逸物がどうして筋を浮かべて勃《た》ち上がっているのか、あの凶器が――エイプリルにとっては凶器以外の何ものでもないそれが、何を求めているのかを。

「いやだ……」

押さえつけられながら何とか寝台の上の方にずり上がろうともがくエイプリルだが、フェイツランドの目も手もそれを許してはくれない。

「逃がさないと言った」

エイプリルの腹の横に手をつき、四つん這いで被さる体の重みに、ギシと音を立てて布団が沈む。

フェイツランドの手が足に掛かり、グイッと力を込めて開かれる。

「嫌だ……止めて」

必死に首を振り止めてくれとの懇願を伝えるも、フェイツランドは一瞥すらすることなくエイプリルの足の間に体を割り込ませ、膝裏を抱え上げた。

「いやだッ、止めてッ、お願いだからしないでッ」

何度も叫び、何度も男の腕や胸を叩くが、震えている手には力が入らず、抵抗らしい抵抗にはならず、行為を妨げる助けにはならない。

それでもこれからしようとすることの邪魔にはなるのか、

「ちっ、このままじゃやりづらいか」

ぼそりと呟いたフェイツランドは、一旦脇に体を退《ど》かすとエイプリルを持ち上げ、くるりと反転させた。

「うっ」

予備動作なく俯《うつぶ》せにされたエイプリルは、なんとか起き上がろうと肘をつくが、それよりフェイツランドの腕が腰に回る方が早く、上半身を布団に押し付けたまま下半身だけを抱え上げられてしまう。

自分がどんな格好をさせられているのかは、見ないでもわかる。俯伏せになり、尻を高く上げ、誰にも見せたことのない場所を晒しているのである。

開かれた脚を何とか閉じようと暴れるが、体勢が体勢だけに簡単に起き上がることも出来ず、左腕を体の下にして捻ってはみたものの、出来たのはそこまでだった。それ以上動かせなかったのもあるが、信じられない場所に指が触れるのを感じたからだ。

「ヤダッ……止めて止めてッ！　そんなところ触らないで」

止めろと言われて止めるくらいなら最初からこんなことはしやしない。

一旦穴から離れた指はすぐにぬめりを伴って、今度は中に入るためぐっと穴に押し込まれた。

「んっ、痛い……痛いよっ」

知りたくないのに、異物が中に入ろうとするのがわかる。指は少しも躊躇《ちゅうちょ》することなく、そのまま一気にエイプリルの穴の中に押し込まれた。

「……ッ！」

感じたことのない痛みに、涙がぶわっと溢れ出る。

指一本といえども、そんなものを中に入れたことのないエイプリルには衝撃に変わりなく、それなのに何度か中を探るように動かした男はすぐに次の指も入れ込んだのだ。

穴の入り口がミシミシと音を立てているような錯覚、そしてグイグイと中を押し広げようとする指の動きに、エイプリルは気持ち悪さで何度もイヤだと首を振った。中で動く指が気持ち悪くて、早く出して欲しくて、フェイツランドに向かって懇願する。

だが、

「これで終わりじゃない。これからが本番だ」

エイプリルにとって残酷な宣言がなされ、そしてそれはすぐに実行された。

「――――ッ！」

その時、一体どんな声を上げたのか。

散々穴の中を弄《いじ》り回した指が抜かれて安堵したのも束の間、腰を抱えられ、さらに高く上げさせられた尻の穴に、猛《たけ》った逸物が突き入れられたのだ。

ほっと息を抜いた瞬間だった。その熱い痛みが全身を走ったのは。

ビリッと何かが破れた音が聞こえたのは気のせいだったのだろうか、それとも本当に穴の入り口を守る襞《ひだ》が裂けてしまった音だったのか。

貫かれた箇所から頭の先までまるで針が刺さったような鋭くも鈍い痛みと衝撃が伝わり、エイプリルの呼吸はそこで一度止まった。

気がついた時には下半身を貫いた凶器が激しく抜き差しを繰り返していた。

「エイプリル」

クチュとでもヌチャとでも表現すればいいのか、フェイツランドのものが出たり入ったりを繰り返すたび、湿った音がする。大きく広げられた穴の入り口は、赤く充血し、最初に貫通した時に裂けて流れる血で汚れていたが、エイプリル自身が見ることは出来ない。

「あっ、あっ……」

ぐいぐいと中を押す太い陰茎が動き、奥を突くたびに臓腑が口から飛び出てしまいそうになる。見えないのに、どんな風に中に入り、どんな風に動いているのかがわかってしまうのは本当に不思議だった。

力強いフェイツランドの腰は激しく抽挿を繰り返し、パンパンという肌がぶつかる音が室内に響く。

「エイプリル……」

背中に置かれた両の手のひらが熱い。荒い息に混じって聞こえる自分の名。熱が籠り、上擦っているのは男が感じているからか。

騎士として、男として完璧な体を誇る男が、自分に欲情しているのが、たった一つの言葉だけでわかるのだ。

「あっ……あっ……」

耐えようと思っても、激しい突き上げに自然に声は漏れてしまう。

「あぁ……っ……」

動きに激しさが増したのは、我慢していた声が耐え切れずに口から出た瞬間で、同時により一層大きく中を穿《うが》つ性器が膨らんだのが感じられた。

「団長……」

もう嫌だと思う一方で、何か別の感情が芽生えたような気がして、未知の感覚と体験にエイプリルの肉体も精神も限界が近かった。

「団長……っ、なんか、変……っ」

小さな声を拾うためなのか、ゆっくりと前傾した男の汗に濡れた胸が背中に触れ、エイプリルは小さく身震いした。腰の動きは止まったが、そのせいで余計に中にあるものの存在感が増す。意識した途端にきゅっと窄《すぼ》まった穴に、男の小さな呻き声が聞こえた。

「お前は、本当に俺を翻弄するのが得意だな」

それは小さな囁きであり、この場で初めて発せられた睦言《むつごと》だったが、混乱しているエイプリルが気づくことはなかった。元より、フェイツランドも会話を楽しむために嫌がるエイプリルを抱いたわけではない。

「お前のためだ、許せ」

許せと言いながら、許されなければならないようなことをしているという気持ちはなく、お前のためと言いながら、自分自身のため、自分がそうしたかったから行為を始めた自覚はある。

フェイツランドはエイプリルの項《うなじ》に口づけた。

「お前も守る。そのために今、お前を抱いて、抱き潰す」

エイプリルの顔は枕に埋もれ、フェイツランドから見ることは叶わない。だが、泣き叫ぶ声と拒絶の言葉は、涙を流していると教えてくれる。

「エイプリル、エイプリル」

もう一度口づけたフェイツランドは、再び腰を摑み、自分のものを思い切り打ちつけた。何度も何度も中に出し入れし、欲望の印を中に放った後は、抜かないまま仰向けにして動き出した。

「やめてっ、助けて……っ」

「エイプリル、お前が助けて欲しいのはなんだ？

俺に抱かれてみっともなく泣き叫ぶ自分か？　それとももっと他のものか？」

　エイプリルは涙で濡れた目で男を見上げた。

「痛い、痛いのは嫌だ……。もう抜いて……ッ」

「痛いか。そうだろうな。だが痛くても止めてやる気はない」

「じゃあ助けて、おじい様を、ルインを助けて……！」

「ああいいぜ。満足するまで抱いたらな」

　開いた脚の間に割り込ませ、ぴったりと隙間なく体を重ね、涙を流すエイプリルを知りながら、フェイツランドは激しく深く抱いた。抵抗らしい抵抗は、もうなかった。

　目覚めは、最悪な時を過ごした割にはさほど悪いものではなかった。

「――朝？」

　高く上った太陽の光が窓から差し込み、眩しさに目を開けたエイプリルは、自分の身に何が起きたかを覚えていた。すぐに起き上がらなかったのは、気力が削《そ》がれていたというよりも、動かそうと持ち上げかけた腕が上がらない事実に打ちのめされていたからだ。

「体が重い……」

　寝ている時には感じなかったが、意識し始めると体全体が倦怠《けんたい》感に覆われていることに気づく。怠《だる》い、痛い、重い。エイプリルが経験した中では、逃げた羊を追い掛けて山の中に入り、崖から滑り落ちて迷子になり、高熱を発して五日間寝込んだ小さな頃の症状に近い。もちろん、近いというだけでまったくの別物なのは、他ならぬエイプリル自身がよくわかっている。

　腰が重い。そして痛い。足の付け根は動かせばギシギシ音を立てそうで、それ以上に少し力を入れただけで走るチクリとした肛門《こうもん》の痛み。中にはまだ何かが挟まっているような妙な感覚が残っている。

「くそう……っ」

起き上がることもままならない体がもどかしく、こうしてしまった男への怒りに拳を握り締める。

「団長……」

いっそ忘れてしまえたらいいのにと願っても、あんな強烈な出来事を忘れるなど心も体も出来るわけがない。

「なんで、なんであんなこと……」

今までの生活の中でも触れ合うことは多かった。軽く触られたり、首を舐められたりするのはいつものことで、そのくらいなら怒ったりしないだけの慣れが出来ている。せいぜい「もう……」と溜息をつくくらいだ。

フェイツランドの手は乱暴に髪をかき回したり、背中を叩いたり、時々くすぐったりしたが、決して越えてはいけない線は越えなかった。

その線が意思一つで簡単に越えられてしまうものだとは、想像を絶することが自分の体の上に起きるまで考えたこともなかった。二人の間にはあったのだ。団長と世話係というだけでは説明出来ない、二人だけにしかわからない絆のようなものが。

「でもそれも切れてしまった」

それとも切ってしまったのか。切ったとすれば、断絶の刃を振り下ろしたのは、エイプリルの方だったのか、それともフェイツランドの方だったのか――。

「――話さなきゃ」

思ったのはただその一点だけ。

酷いと思ったし、止めてというのに無理に事を進めた男に腹は立つ。男として悔しいし、情けないし、怖くもある。それでも、だ。なぜかエイプリルの中に、フェイツランドを詰《なじ》り、嫌いになるという考えは爪の先ほどもなかったのだ。

そもそも嫌いになると思わなければ嫌いになれない点で、負の感情を抱いてはいないことになる。

抗議はするし、文句も言いたい。謝罪だって要求する。

それでも――。

「……変なの……」

まるで嵐の中に揺れる小舟のように翻弄されたひと時だった。エイプリルの意識は完全に男に飲み込まれ、手のひらの上で弄ばれた。なのに、乱暴なだけではなかったと思ってしまうのは、どうしてなのか。

——エイプリル。

最中には耳に入って来なかった苦しげな声を、無意識のうちに記憶は留めていた。気のせいではない——と思うのは、これも願望なのだろうか。

そもそもどうしてあんなことをしたのか理由がわからない。騎士団を除隊してルインに帰るという話をしただけで、あそこまで怒った理由が——。

思考に耽《ふけ》っていたエイプリルは、はっと目を大きく開けた。

「ルイン……！　おじい様……」

痛む体を押し、なんとかベッドの上に起き上がる。座るだけで腰に痛みが走り、体の節々は悲鳴を上げているが、歯を食いしばって耐えた。

「こんなところで寝てる場合じゃないっ。ルインに帰らなくちゃ……」

床に足をつけた瞬間、支えきれずに膝をつく。立ちくらみで頭が傾ぎ、顔の半分を手のひらで押さえるように大きく息を吐いた時だ。

「坊や！」

大きな声がして慌ただしく駆けて来る足音が聞こえた。誰何《すいか》するまでもなく、この声はマリスヴォスだ。

「大丈夫？　どこか痛む？　痛いなら医者を呼んで来るよ。あ、そうだ。目が覚めたら読んでくれって言われてたんだ」

エイプリルの隣にしゃがみ込み、顔を覗き込むマリスヴォスの心配そうな顔に、エイプリルは大丈夫とゆっくり告げた。

「大丈夫です。ちょっと足が言うこと聞かなかっただけで、具合は悪くありません」

「そう？　でも顔はまだ青いよ。寝てた方がいい」

「いいえ、起きます。体がちょっと怠くて力が入らないだけなので、すぐによくなります」

心配しないでもいいと伝えたつもりのエイプリルだったのだが、

「怠くて当然だよ。だって坊やは二日間寝たきりだったんだから」

安堵と呆れの混じった大きな溜息と共に落とされた発言に、

「え」

膝をついたまま固まった。

「マリスヴォスさん、今なんて言いましたか？　二日って……二日も寝てたってことですか？」

今度はマリスヴォスが気づいていなかったのかと目を見開いた。青緑の瞳には、しまったという表情がありありと浮かんでいる。

「マリスヴォスさん、答えて。二日、僕は二日も寝たままだったんですか？」

常にない強い口調で詰問され、マリスヴォスは頷いた。

「……そうだよ。坊やは二日間、ずっと眠りっぱなしだった」

そこでフゥと嘆息したマリスヴォスは、エイプリルを立ち上がらせるととりあえずと言って寝台に座らせ、自分も隣に腰を下ろした。

「あの日のことは覚えてる？　ああー、ええと団長のしたこと」

「覚えてます。忘れられるわけがない」

「そうだよね。まあ、そうなんだけど。――団長が坊やを解放したのはもう夜になってからで、オレが団長に言われて部屋に行ったら坊やが寝ていたんだ。いや、あれは寝ていたんじゃなくて、もう死にかけていたようなものだと思う。顔からは血の気がなくなって、体には痣《あざ》がたくさんあって。――オレはさ、団長が坊やを抱いてるとばかり思ってたから、驚いたよ。状態だけ見たら死んだようにしか見えなかったんだから、強姦《ごうかん》の最中に殺してしまったのかって本気で思った。結局、驚いている間に副長が来て、坊やが生きているのを確認してくれたんだ。医者も連れて来てたから、急いで診て貰って。そうして医者の先生の話を聞いて、やっと安心した。坊やにしてみたら安心していいもんじゃないって怒るだろうけど、死んでなかったってだけですごく安心したんだよ、オレは。それで、団長に坊やの世話を頼まれて今に至るってわけ」

　騎士団宿舎第一棟は立ち入り禁止の命令が出されていたが、理由を知らない騎士たちは夜になっても中に入れないことを訝しんでいた。勤務が終わって自室に戻るために中に入ろうとしても、マリスヴォスが入り口を封鎖しているのだから何事かと思うのは当然だ。

　夜になって戻って来た騎士はシンと静まり返った建物しか知らないが、昼間に側を通りかかったものは悲鳴と大きな音を聞いている。もっと言えば、騎士団本部での揉め事を聞き、団長がエイプリルを担いで歩いていたのも見ている。

　そこから推察される事態は二つしかない。

ルインの王子が殺されるか、犯されるか。

　前者は言わずもがな、後者にしても合意ではない以上、辛《つら》いことに変わりはない。

　エイプリルがどうなったのかというのは、事情を薄らと察している騎士たちの今一番の気掛かりだ。

「一応この部屋の周りには誰も近づいちゃいけないって、副長が命令を出してくれたから坊やは何も気にしないでゆっくり休むといい。お腹空いた？　何か食べるなら持って来るよ。それとも飲み物の方がいいかな？」

「マリスヴォスさん」

　話はわかった。自分が置かれている状況も、マリスヴォスやノーラヒルデの厚意で自分がそこまで酷い後遺症を残していないこともわかった。

　だがマリスヴォスの話では一番肝心のことがわからないままだ。

「あの人はどこですか？」

「あの人って？」

「すっとぼけないでください。今僕があの人っていうのは一人しかいないってわかってるでしょう？」

「オレ、飲み物取って来るね」

　逃げようと腰を浮かせたマリスヴォスの腕を、エイプリルはガシッと抱き込むように摑んだ。こうしないと力が入らないのだ。それでもマリスヴォスの力なら簡単に振りほどくことは出来たのだろうが、申し訳なさそうに眉を下げただけでまた座り直してくれた。

「団長はどこですか？」

「……坊やを犯した男のことなんて気にしないでいいのに」

「冗談でしょう。それに犯されたことはどうでもいいんです。どうでもよくはないいし、後からきっちり話はつけるけど、そうじゃない」

身の上に起こったことは多すぎて、どれもが無視出来ない重要な事柄だが、あえてそれに順番を付けた。ルイン――エイプリルの祖国の危機。エイプリルにとっての一番はそれしかない。

「僕はルインに帰らなきゃいけない。除隊届を受け取って貰えないなら、勝手に帰るだけです」

「脱走は罰の対象って知ってる？」

「知ってます。理由の如何《いかん》を問わず騎士団を許可なく脱退することがあれば禁錮一年の刑に処せられる。逃亡した場合、それを捕らえ連れ戻す際に生死は問わないという補足もあります」

「そう。団長や副長、直接の上司が認めない場合はすべて今坊やが言った罰則が適用されることになる」

「団長にも副長にも駄目だと言われました。除隊どころか、ここから出ては行けないと。戦になるのは僕の国なのに……」

エイプリルはぎゅっと瞼を閉じた。緑と水と空の美しい故郷。そこが踏みにじられるのを黙って指を咥えて見ていることは、絶対に出来ない。

「もしも坊やがオレの所属だったらオレが届を受理すればいいいんだけどね」

「でもマリスヴォスさんは僕の直属上司じゃない」

そして未だに所属が定まっていないエイプリルの直属上司は他ならぬ団長だ。

「それで団長は？」

「坊やを引き受けてから見てないよ。また出てったんじゃないかな。元々帰って来るのはまだ先だったし」

そこでマリスヴォスは「あれ？」と首を傾げた。

「え？　ちょっと待って。団長は受理してくれないんでしょう？　だったら団長がいるかいないかは関係なくない？」

エイプリルはにっこりと笑った。ただし目は笑っていない。

「マリスヴォスさん、ありがとうございます。団長が城内に――首都にいないって教えてくれて」

あぁーっと長く小さな悲鳴を上げて、マリスヴォスは額に手を当てて天井を仰いだ。

「やってしまった……」

エイプリルは立ち上がった。起きて時間が経ったおかげか、もう立ちくらみはせず、足に力は入らないが動けないことはない。体の節々は動かすたびに悲鳴を上げているが、祖国で祖父や民が感じている痛みや悲しみに比べれば軽いものだ。

エイプリルは来ていた寝巻を脱いで、ルインから着て来た服に着替えた。騎士団から支給された服は、脱走すると決めたからには着て行くことは出来ない。

ただ、剣だけはフェイツランドから借りたものとノーラヒルデから貰った弓具を持ち出すことにした。ジャンニの知り合いの鍛冶師に預けた剣は、まだ打ち上がってはいないのだ。残して去るのは心残りだが、ジャンニなら大事に保管してくれるだろうから、数年先でもいい、自分が生きていれば取りに来ることも出来るだろう。

「本当に行く気？」

「行きますよ」

「死ぬかもしれないのに？」

「行きます。――マリスヴォスさんには本当にお世話になりました。ありがとうございます。何もお返し出来ないのは心苦しいんですけど」

ぺこりと頭を下げると、マリスヴォスは眉を下げて苦笑した。

「そんなことは別にいいんだよ。オレだって坊やと一緒にいられて楽しかったから。あのさ、本当に出て行く？」

「はい」

「もしも、もしもだよ？　坊やが出て行くのを黙って見逃したって知られたら、オレが団長に怒られるんだよね。たぶん、殴られると思うんだけど」

「すみません。先に謝っておきます」

「謝るくらいなら行かないで欲しいなあって思うんだけど」

「大丈夫ですよ、マリスヴォスさんなら。丈夫だから」

「何の根拠もなくそんなこと言わないで！」

小さく叫んだマリスヴォスは懇願した。

「絶対殺される……破壊王に殺される……」

「マリスヴォスさんなら逃げられると僕は信じてます」

「だから！　坊やはあの人を甘く見すぎてるんだって！　しつこいしねちっこいし、すぐ力に訴えるし横暴だし、傍若無人……いや暴虐武人、うんこれがぴったりだ。いや、そうじゃなくて！　行かないで、せめて団長が戻って来るまで待って」

「そしてまた話し合いにならなくて無理矢理されてしまうんですか、僕は」

「あー……悪い」

冷えたエイプリルの声に、しまったと顔を顰めたマリスヴォスはすぐに頭を下げた。

「坊やは会いたくないよね、団長に」

「別に。ただ、顔を合せても話し合いにはならないと思うし、無駄です」

「無駄ってことはないと思うよ、たぶん」

「団長はいつ帰って来るんですか？」

不在が知られた今、隠す必要もないと判断したのか、マリスヴォスはすんなりと「わからない」と答えた。

「元々、遠征してたからそっちに戻ったんじゃないかな。なんか国王直々の命令で部隊を動かしてたみたいだから、放置しちゃったのがまずかったのかも」

それでは男はまだ当分は首都に戻ってくることはない。

（ルインに帰るなら今しかない）

男に見つかれば、また同じことが繰り返されるのは目に見えている。あれだけ酷く扱ったのだ。まだ当分動けないと思っている間に何としてでも出なくては。

幸い、二人の間に揉め事があったのを知っている騎士は多くても、原因まで知るものは幹部やその他数名。エイプリルが城外に出ても怪しまれることはない。そう、エイプリルが目覚めたのを知るマリスヴォス以外には。

エイプリルはふらりと体を倒し、ベッドに手をついた。

「坊や？　大丈夫？」

「すみません、マリスヴォスさん……体はその、よくはないけど大丈夫です。ただお腹が空いて……」

具合が悪いのではないと安心したマリスヴォスは、ああと破顔した。

「二日も眠ったままだったんだから仕方ないよ。じゃあ何か食べる？　それとも飲む？　あ、水はあるんだった」

枕元にはいつ目覚めてもいいように水差しとコップが置かれている。コポコポと水を注いだマリスヴォスからコップを渡されたエイプリルは、ゆっくりと飲み込んだ。飲まず食わずだったせいもあるが、叫び泣いた喉は潤いを求め、すぐに飲み干してしまう。そうして二杯の水を飲んだエイプリルは、すっと腹に手を当てた。

「水を飲んだらなんだかお腹も刺激されたみたい。自覚したら余計に力が入らなくなっちゃいました」

「わかった。何か作って貰ってくる。坊やはそこに寝てて。すぐに戻って来るからね！」

これは大変だと赤毛を揺らして駆け出したマリスヴォスの後ろ姿に、エイプリルはゆっくりと頭を下げた。

「ごめんなさいマリスヴォスさん。お腹は空いてるけど、それ以上に胸が痛くて食べられそうにないんです」

エイプリルはもう一度立ち上がり、そっと寝室を出た。部屋の中では一角兎のプリシラがいつものように暢気に眠っている。餌箱には新鮮な飼葉が入っていて、眠っていた間にも世話をして貰えていたことに安心した。

「ごめんね、プリシラ。僕は行くよ。君は連れて行けないけど、マリスヴォスさんや団長が可愛がってくれるから安心してね」

ふわふわの耳に触れると鼻がピクと動き、相変わらずの可愛さに笑みが零れる。

「さよなら」

マリスヴォスがいない今しかない。戻って来る前にとエイプリルは部屋を抜け出し、宿舎を出た。足を一歩動かすたびに痛みが走るが、誰か騎士に具合の悪さを見咎《みとが》められてしまっては宿舎へ連れ戻されてしまう。

そのため顰め面になりそうなのを必死で堪え、ゆっくりと歩いた。幸いと言ってはなんだが、厩舎に着くまでにすれ違った騎士たちは誰もエイプリルを不審に思うことはなかった。普段から団長の遣いで騎士団内を駆け回っていたのが、よい具合に誤魔化しに繋がったらしい。

のんびりと桶《おけ》から飼葉を食《は》んでいた愛馬は、エイプリルに気づくと小さく嘶いた。

「ちょっと静かにしててくれるかな。今から外に出してあげるから」

他に誰も騎士がいないのを確認し、エイプリルは馬の背に鞍を乗せた。

「ちょっと遠出になるから頑張って走ってね。途中で水も餌も上げるけど、それまで」

首都を出て郊外に向かい、そこで農家に立ち寄って食料と水を分けて貰って、ルインを目指す。それがエイプリルの描いていたこれからの行動だ。

馬に乗りさえすれば――。

「行くよ」

手綱を握り、鐙《あぶみ》に足を掛け、そして背に跨ろうとぐっと手と足に力を入れた瞬間、

「――ッ！」

背骨の中心から脳天まで、全身を突き抜けるように走った痛みに、エイプリルはずるずると下に蹲る

ように倒れ込んでしまった。

「なんで……ッ、なんで……！」

二日間の昏睡《こんすい》と男から受けた容赦のない性行為によって奪われた体力は、エイプリルが馬に乗ることすら許さなかったのである。

崩れ落ちたままのエイプリルに、乗らないのかというように馬が鼻先を押し当てる。それは動けない自分をより現実的にさせ、青く変わった瞳にじわりと涙が滲《にじ》んだ。

「どうして……どうして！　僕はルインに行かなくちゃいけないのに！」

垂れ下がる手綱を握り、なんとか立ち上がろうとするが、一度膝をついてしまった足は容易に立ってくれない。

「乗せて、僕を乗せて！　乗せて走って……」

しかし馬は立ったまま、ただ心配そうにエイプリルを見下ろすだけだ。

「坊や！」

「エイプリル！」

馬に寄り掛かり自分の無力と情けなさに泣いていたエイプリルは、厩舎に駆け込んで来た二人を見て、また涙を溢れさせた。

「マリスヴォスさん、ノーラヒルデさん、どうしよう……僕、馬に乗れない。帰りたいのに帰れないんです……」

「無茶だよ！　まだ動けないんだから」

慌てて駆け寄ったマリスヴォスが自分の腕の中にエイプリルを抱き止める。

「ルインに行こうと思ったのか？」

静かなノーラヒルデの問いに、頷いた。

「僕は帰らなきゃいけないんです。一人で戦っているおじい様を助けたい」

ノーラヒルデの琥珀色の瞳が「やれやれ」というように細められた。

「頑固だな、君は」

「ここで頑張らなきゃどこで頑張るんですか。……でも、頑張っても動けない」

「とにかく、どちらにしても今は駄目だ。マリスヴォス、エイプリル王子を連れて来い」

「了解」

荷物ごとひょいとエイプリルを抱え上げたマリスヴォスは、先を歩くノーラヒルデに従った。

「どこに行くんですか？」

この状態で暴れても結果は同じだ。諦めが半分、そして体力を取り戻せばまたという思いを込めて栗毛が揺れるノーラヒルデの後ろ姿へ尋ねると、

「本部に。まずはそこで話をしよう」

そう静かな声が返ってきた。


歩けると言うエイプリルの言葉は完全に二人に無視された。

（恥ずかしい……）

前に本部を訪れた時には、行きは駆け込んで、帰りは団長の肩に担がれ、そして今もまた腕に抱かれた状態だ。一人前の騎士として、男としてどうなのかというところだが、二人はそんなエイプリルの心情に斟酌《しんしゃく》することなく、堂々と廊下の真ん中を歩いて執務室まで歩き、人払いがされたその部屋に入り、ようやく他人の視線から遮断された。

「さて」

ノーラヒルデは机に寄り掛かるように立って、エイプリルを見下ろした。

「私も直後の君を見ていて知っているから言わせて貰うが、その体で馬に乗ってルインに行くのは無茶だ。それは自分でもわかっているんだろう？」

「それでも」

エイプリルは唇をギュッと噛み締めた。

「それでも行かなきゃいけないんです」

「死ぬかもしれないのに？」

「死ぬかもしれない場所におじい様は——ルイン国王はいるんです。王子の僕が支えてあげなくちゃ」

次期国王の兄は隣国ソナジェに留学中で、叔父がいる以上、身の安全は保障されている。何より、責任感の強い兄は、エイプリル以上に自分の存在がど

んなものなのかを理解しているはずだ。そして、動くことが出来ない自分を弟以上にもどかしく、腹立たしい気持ちでいることだろうを、エイプリルは知っている。

「跡継ぎの兄が動けないなら第二王子の僕が行かなくちゃいけないいんです」

「ルイン国王の文は読んだのだろう？　それでもか？」

エイプリルは顔を上げた。浮かんでいるのはこの場に似つかわしくない笑みだった。

「おじい様は見栄っ張りなんです。かっこつけたがるのが好きなんです。そんなこと、今はしなくてもいいのに」

「見栄っ張りなのか、ルイン国王は」

「はい。どこかに膝をぶつけて痛くても我慢するし、字が小さすぎて読めないのも寝不足のせいだって言うし、調味料を間違って入れたお茶でも美味しいって言い張って飲むし、熱があるから休んでくださいってお願いしても血が上るのは若い証拠だって言うし、可愛がっていた猫が産んだ子猫が貰われて行く時も泣くのを我慢してたし」

「そうか。それはなかなか頼もしい方なのだな」

「孫にとってはいい迷惑です。痛い時には痛い、困った時には困ったって言ってくれないと助けて上げられないのに」

くすんと鼻を鳴らすエイプリルを見て、ノーラヒルデは柔らかく笑《え》んだ。

「奇遇だな。私の知り合いにもルイン国王に似た人がいるぞ。そいつは友人の私が言うのもなんだが大馬鹿もので、何をするにも事後承諾ばかり。事前に言ってくれれば手を貸すなり出来たものをと文句を言っても、行動に移した方が早いからと一向に改善してくれない。今回も勝手に部下を連れ出して、どこで何をしているのかもわからない。奴の尻拭いばかりをさせられて、いい加減腹が立っていたところだ」

エイプリルは目を見開いた。

「それって……」

「挙句の果てが可愛がっていたはずの子供に無体な真似を働いて、自分にはすることがあるから後は任せたと逃げ出した。そう逃げ出したんだ、あの男は」

ノーラヒルデは薄らと微笑んだ。

「気持ちはわからなくはない。だが方法が問題だ。結局あの男が動いたということは、シルヴェストロの態度を表明したようなものだからな。どこぞの誰かが嚙んでるのは間違いない」

「その通り。さすが隻腕の魔王はよくわかっている」

小さく手を叩く音にはっと振り返れば、赤味の強い金髪の男が一人、いつの間にか部屋の中に立っていた。

「ジル、行儀が悪いぞ。誰も入れるなと命じていたはずだが」

「それは無理な話だな。俺の命令を断ることが出来る人間は今のこの国にはいない」

「よく言う」

はっと吐き捨てたノーラヒルデは、それで、と国王に向けて顎をしゃくった。

「お前がここにいると言うことは、私に何かして欲しくて来たんじゃないのか？　膝をついて頭を垂れて懇願すれば考えてやらないこともない」

「誰がするか、そんなの。俺が用があるのはその王子だ」

エイプリルは目を丸くして、シルヴェストロ国の若き王ジュレッド・セルビアン＝マオの端整だが年齢よりは若干老けて見える顔を見上げた。

「僕、ですか？」

「ああ、お前だ。さっきの話だがな、ノーラヒルデ。俺もお前の言葉には大いに賛同する」

「フェイを外に出したのはお前の命令だと思っていたが違うのか？」

「俺が命令書に署名をしたのは確かだ」

ノーラヒルデは片方の眉を上げた。

「物は言い様だな」

「まあそれは後で当事者と話すとして、だ。エイプリル王子、お前はルインに戻るのか？」

「帰ります」

「ソナジェとルインの状況は聞いたか？」

「少しだけ。もし御存知なら教えてください」

「込み入ったものは何もない。ただ、ルインの北方三国が南のソナジェを攻めるため、通り道にあるルインに兵を向けた。それだけだ。ソナジェの鉱山が目当てなのは言うまでもないな」

「はい」

「何もなければゆっくり移動してもルインからソナジェまで三日あれば踏破出来る。仮にルイン軍が立ち向かったとしても稼げるのは一日か長くて二日程度。そうだな、ノーラヒルデ」

「三軍が三方向から攻めてくるのなら一日も無理だろう。ただし威力を誇示するために三国合同で正面から攻めてくれれば、軍を分散させないで済む分一日半の猶予は貰える。ただ差はほとんどない。ルイン国王は民が避難するための時間を稼ぐつもりなのだと思う」

軍事の専門家に指摘された事実は、エイプリルを打ちのめした。それなら、戦端が開かれてしまえば最後だ。その前に、何としてでもルインに入る必要がある。

「じゃあ急がなくちゃ」

「だから無理だと言っている。今の体調ではルインに着くまでに倒れて動けなくなってしまうぞ」

「じゃあ縛ってください」

「何を」

「僕の馬の鞍に僕を縛り付けてください。そうしたら落ちないで走ることが出来る。馬は賢いから、きっとルインまで僕を連れて行ってくれます。水が飲めるように水筒を口の近くに置いていてくれさえすれば平気です」

「無理に決まってるって言ってるだろ！　馬は走るかもしれないけど、国境の検問はどうするのさ。誰かに襲われたら死んじゃうよッ」

冗談じゃないと叫んだマリスヴォスは、がくがくとエイプリルの肩を揺すった。

「や、離してください、マリスヴォスさん……気分が……うっ」

「マリスヴォス、手を離せ」

ノーラヒルデに叱られて、すぐに手は離されたもののいきなり揺すられたエイプリルは、気持ち悪さに上を向いて大きく息を吸い込んだ。

「ごめん、ごめん。坊やの具合が悪いのを忘れてた」

「出来れば忘れて欲しくなかったです……」

何度か深呼吸をし、ノーラヒルデが外の部下に命じて運ばせた冷たい水を飲んでやっとすっきりした。予め《あらかじ》命じられてでもいたのか、ただの水ではなく甘酸っぱい果物の味で、その気遣いにそっと感謝した。

そんなエイプリルを眺めていた国王は、凛々《りり》しい眉を上げげた。

「あいつに抱き潰されたっていうのは本当だったのか」

カッと頬に熱が灯ったのが自分でもわかった。

「ジル、無粋なことを言うのは止めろ。エイプリルも気にするな」

「でも」

「気にするな、エイプリル王子。直接本人の口から聞かされたんであって、噂が広がってるなんてことはない」

噂じゃないと知って安心したものの、

「えっ？　団長から聞いたんですか？」

まさかの本人申告に、目が丸くなる。

「当たり前だろう。自分のとこの軍を動かすんだ。俺には理由を知る権利があるし、奴は仔細《しさい》漏らさず報告する義務がある。安心しろ、閨《ねや》での様子まで聞いちゃいねェよ。俺だってあいつの性生活なんて知りたくもないからな」

たとえ何をどんな風にしたのかを語られずとも、エイプリルが動けないという事実から想像することは、経験豊富な男なら容易《たやす》いだろう。現に、国王がエイプリルを見る目には明らかに同情が混じっている。

「そのことはまあいい。ただなあ、危険な場所に行かせたくないからって抱き潰すのはどうかと思うぞ。でろでろに甘やかして可愛がって周りを牽制《けんせい》していたと思っていれば、今度は衰弱死の手前まで追い込んでやがる。一言相談してくれたら、いくらでもルインに行かせない手は貸してやったのによ。地下牢《ろう》だって空きはたくさんあるんだぜ。縄が欲しいなら縄もやるし、北の大陸から取り寄せたそれ用の手枷《てかせ》だって貸してやったのに」

　それも嫌だが、行動を束縛するそれらに比べるとまだ自由度が高い分、抱かれた方がよかったのかと一瞬思いかけたエイプリルだが、すぐにとんでもないと思い直す。

（やるだけやって勝手にどっかに行っちゃった人を簡単に許してなんかやるもんか）

　ぐっと手を握り締めたエイプリルを面白そうに上から見下ろしていた国王は、本題を思い出したのか、ノーラヒルデに顔を向けた。

「俺もちょっと疲れててよ。その日の朝まで各国の使者と会議会議で部屋詰めで、やっと取れた僅かな仮眠中に叩き起こされて、寝惚けていたのは認める」

「それで？」

「で、あいつの言うままに書類に署名しちまったんだが、後になって考えたらどうもまずいような気がするんだな、これが」

「――お前は何を団長に許可したというんだ」

「軍の全権譲渡と宣戦布告の許可証。ついでに俺の代理に任命する委任状まで奪って行きやがった」

　ノーラヒルデの琥珀色の目がこれ以上ないほど冷ややかに眇められた。

「――つまり整理すると、今のフェイの行動や発言すべてがシルヴェストロの総意だと受け取られかねないと？」

「もっと単純に言やあ、あいつが好き勝手しても誰も止められないってことだな。軍をどこに移動させても、国を潰すために先制攻撃するのも、何もかもあいつの心一つだ」

「お前は！」

　バンッと響いた大きな音は、ノーラヒルデが左手を机に叩き付けた音だ。副長はそのまま自分より背の高い国王の襟首を片手で摑み持ち上げた。

「自分が何をしたのかわかっているのか？　あのフ

ェイにどうぞ好き勝手してくださいという免罪符を与えたんだぞ」

「わかってるさ、わかってるからこうして相談に来たんじゃねえか」

「二日も経ってからな」

「仕方ねぇだろ。俺だってきりきり働いて頭が回ってなかったんだ。さっき、鳥が親書を運んで来てそういやあいつをルインにやったなと思い出したところなんだ」

「遅っ」

これはマリスヴォスだ。

「マリスヴォスの発言を不敬だと咎めるなよ。私も同じことを思った」

「過ぎてしまったことはどうでもいい。それより大事なのはフェイだ。フェイの足を引っ張る役が必要だ。で、あわよくばやりすぎないように進言してくれる貴重な人間が」

「私はしないぞ」

「オレもしない」

「そこでエイプリル王子の出番だ。お前は国に帰りたい。俺はあいつの行動に枷をつけたい」

エイプリルはごくりと唾《つば》を飲み込んだ。

「——枷の役を僕にしろと」

「出来るな。ていうか、やれ。これはシルヴェストロ国王命令だ」

「でも僕はルインに行かなきゃ……」

三人は、あれと首を傾げた。

「坊や、国王様の話、聞いてなかったのか？」

「お？　言わなかったか、俺は」

「いや、確かに言ったぞ。フェイがルインにいると」

体の怠さに気を取られていたエイプリルはハッとした。

「ルイン！　ルインにいるんですか⁉　団長は」

「いる。いつの間に手配したんだか、国境近隣に配備していた精鋭のうち五千を連れて出て行った。最初に小出しに三千ずつ何回か送り出してたみたいだから、しめて二万ってところか」

ノーラヒルデは「ああ」と頷いた。

「なるほど、フェイは最初からルインに向かうつもりだったんだ。道理で北の国境に騎士をもっと派遣しろと喧《やかま》しく言ってたはずだ」

「もしかして、ルインのために騎士団を」

まさかと思い尋ねると、国王は軽く頷いて認めた。

「うちはルインというよりもソナジェから助けてくれと頼まれた。前々から北の三国にはキナ臭い噂があったからな。それにソナジェの東に広がる周辺諸国からも、ルインの北方三国がソナジェを侵略するのは国益を損なうため好ましくないから手を貸してやって欲しいと頼まれている」

「東側の周辺国って……まさか」

初めての戦闘が蘇る。あの日追われていたのは東側諸国を代表する使者だった。もしも彼らが持っていたのがそれに関係する手紙だったとしたら？

ノーラヒルデは頷いた。

「エイプリルが考えている通りだ。お前たちが護り通したあの使者は、東方諸国の総意としてシルヴェストロ国に治安維持のための派兵を求める各国王家の同盟書を運んでいた」

「坊やたちの頑張りで、同盟書を取り上げようとする企みは御破算。うちの国王様が動くことになってしまったってわけだ」

「俺は不在だったし、あくまでも要請の形であってうちが受けるかどうかはその時点ではまだ確定事項ではなかったんだが」

ノーラヒルデはちらりとエイプリルを見て、軽く首を振った。

「いや、フェイの中では早い段階で決まっていたようだ。今思えば、東方からの使者が来る前から動いていた節がある。行動がいつになく迅速だった。私が出し抜かれたのは何年ぶりか」

「というわけで、やる気満々のあいつはうちの軍勢を引きつれてルインにいる。行きたいなら俺が許可するが、どうする」

絶対に行かせまいとするフェイツランドから酷い仕打ちを受けた後で、まさかの国王直々の許可に、

「いいんですか?!」

エイプリルは勢いよく顔を上げ、国王の顔を凝視した。反対に、ノーラヒルデは渋い表情だ。

「ジル、城から出すなと言われているんじゃなかったのか？」

「言われた。くれぐれも城から出すなとな。最初は騎士団の敷地内から出すなと言い出したのを城内にまで妥協させたんだ。あの時は疲れたぜ」

「それはどうでもいい。それよりエイプリルがルインへ戻ることを許可すれば、自分が悪者になるのも構わずにエイプリルをここに留めようとするフェイの意思に反するぞ」

「わかってる」

国王は大袈裟な身振りで肩を竦めた。

「俺だってちゃんとわかってる。だがな、ノーラヒルデ。こいつは当事者なんだぞ。しかも騎士だ。生温い訓練や稽古だけじゃなく、本気の戦を知るいい機会だ。どうせ俺たちが引き留めようとしても、王子は遠からず出て行く。それくらいならいっそ堂々と行かせりゃいいんだ。行くんだろ？」

「行きます」

エイプリルはしっかりと頷いた。この機会を逃せば、もう次はない。

「じゃあ行け。それでもしもうちの騎士団長が暴れすぎているようだったら殴ってでも止めてくれると有難い。勝つのはいいんだが、相手を完全に潰してしまえば、いい条件で手打ちに出来ないからな」

「ということは、ジル。あなたも出るんですか？」

「戦場には行かないぞ。俺がするのは足固めだ。お前らはソナジジェ経由でルインに入れ。俺は東方経由で北方三国を回って政治的駆け引きってやつをする。無傷ってわけにはいかないだろうが、おそらくそれでうまく行く。圧倒的な力の差を思い知れば、逆らおうなんて思わないだろう」

「シルヴェストロ国王が直接動けば確かに脅しとしては有効だな」

「向こうの様子はすぐにわかるように手配している。開戦前に合流しろ」

「騎士は全員連れて行ってもいいのか？」

「シベリウスを空にしたところで問題はないだろ。騎士団以外に憲兵隊もいる。治安維持に最低限必要な数だけ残して後は好きにしていい」

「シルヴェストロの国旗と騎士団の旗を掲げても？」

「これ以上ない抑止力なると思わないか？」

「わかった。その方向で進める」

「あの」

　二人の会話を聞き逃すまいと固い顔で座っていたエイプリルは、不躾だとは思ったが我慢出来ずに口を挟んだ。

「本当に、本当にルインに行けるんですか？　行っていいんですか？」

「さっきからそう言ってるぞ」

「けど」

　そこで控え目に異を唱えたのはマリスヴォスだ。

「副長も王様も肝心のことを忘れてる。坊やは馬に乗れないよ。どうやって連れてくのさ」

「どうせいろいろ持って行くんだろ。天幕やら何やら運ぶ荷車に乗せて行けばいい」

「それが妥当だな」

「帰れる……帰れるんだ、ルインに」

　どんなに遅くなっても辿り着くつもりでいるが、騎士団と一緒に行けるのならこんなに心強いことはない。馬で走るよりも遅くなることは諦めねばならないが、体を騙《だま》しながら無理に騎乗して進むより、荷車の方が早い。乗り心地などどうでもいい。

「帰れるんだ……」

　ホロリと頬を伝った熱い滴《しずく》は、そのままポタポタと落ちて膝の上に染みを作った。

「よかったね、坊や。これでオレも団長に殴られずに済む」

　安堵したのは本当だろうが、軽く頭を撫でるマリスヴォスの手はエイプリルの喜びを自分の喜びとして同じように思っているのが伝わるほど、優しいものだった。

「そうと決まれば準備しなくちゃ」

　立ち上がったマリスヴォスは、うーんと大きく伸びをした。

「マリスヴォス、外に行くならついでに城内にいる幹部全員を呼んでくれ。打ち合わせがしたい」

「了解」

「それともう一つ」

ノーラヒルデはエイプリルを指差した。

「エイプリル王子を部屋に連れて行き、食事をさせろ」

食べて飲んで寝るのがエイプリルの仕事だとノーラヒルデは言う。

「明日の昼には城を出る。その後は飛ばすぞ」

早ければ早いほどいい。

「はい」

エイプリルは力強く頷いた。

（帰れるんだ、ルインに）

そしてそこにはあの男がいるはずだ。エイプリルの体と心に大きなものを残したまま。


シルヴェストロ国を経って六日目の朝、エイプリルはソナジェを駆け抜け、ルイン国内に入った。

「間に合った……？」

そのまま城を目指すのではなく、北方三国が軍を展開しているはずの北の草原に向け、休むことなく駆け続けた。途中、風景の中に懐かしい我が家——ルイン王城を横目で見ながら、間に合ったことを心から感謝した。

山と言うにはおこがましい小高い丘のてっぺんに建つ城からは、地平線の彼方までを見渡すことが出来た。毎日のように日が沈み夜になるのを、朝日が昇り一日が始まるのを見て来た。

ほとんど遮るもののない平坦な土地柄、城の一番高い物見の塔に上れば、国境までも見えると言われている。

（おじい様）

祖父は自分が戻って来たことを知らないはずだ。今、城には何人残っているのだろうか。祖父を守ってくれる人はいるだろうか。

早く会いたい気持ちを抑え、エイプリルは前を見据えた。

草原を駆けて駆け抜けて半日、ようやくエイプリルの目はシルヴェストロ国騎士団の旗を認めた。深紅に剣を抱く金色の竜の紋章。騎士団本部に翻り、毎日眺めていた旗だ。

「あそこにあの人がいる……」

あの男のことだ。後方で大人しくしていることはまずないと考えたエイプリルは、真っ直ぐに最前線を目指した。宣戦布告は疾《と》うになされているため、何が切っ掛けで戦端が開かれるかわからない緊張はあるが、シルヴェストロ騎士団の方はこれまでにエイプリルが参加した遠征や演習時と大して変わらない雰囲気に包まれていた。

天幕の前で談笑するもの、武具の手入れをするものなど、戦が始まる前とは思えない和やかな雰囲気がある。

「団長はどこだろう」

事前に知らせずに単騎でやって来たエイプリルの顔は、騎士団に所属している兵士には見慣れたもので、馬に乗ったまま騎士団の陣営に足を踏み入れても誰も咎めることをしない。

中には「遅かったな」などと声を掛ける顔見知りの騎士もいて、遅れて来ることになっていたと勘違いしているものは多そうだ。何より、エイプリルの肩書は騎士であると同時に、ルイン国第二王子でもある。これに関しては初日に騎士団長直々に紹介されたこともあり、誰もが知っている事実だ。

よってエイプリルがルイン国にいることを疑問に思う余地はどこにもない。

もしも、フェイツランドとエイプリルの間に何があったかを知っていれば、暢気に声を掛けて来たりはしなかっただろうが、この陣にいる騎士たちの大半はもう半月以上首都シベリウスに帰ってはおらず、あの修羅場を知らない。

エイプリルには実に好都合だった。しかし、肝心の男はどこにいるのか。

「団長の天幕って、どんなのだったかな」

見たことがある気はするのだが、記憶に定かではない。いっそ一番立派なものを探せばいいのだろうかと考えながら馬を歩かせていたエイプリルは、横合いから伸びて来た手にいきなり襟首を掴まれて、

「わっ」

と小さな悲鳴を上げた。

「何するんですか……って、マリスヴォスさん！」

いつの間に背後に迫っていたのか、赤い髪を結い上げたマリスヴォスがにこやかな顔で馬の背に揺られていた。二日前に宿泊地から抜け出した時以来の顔合わせに、黙って抜け出した自覚のあるエイプリルは、気まずげに顔を顰めた。

「何するって、もちろん坊やの捕獲に決まってる。結構前からこっそり後をついて回ってたんだけど、気づかなかった？」

「気づきませんでした……ちっとも。いつからなんですか？」

「そりゃあ、坊やが抜け出した時からに決まってる。抜け出して先行するか、それとも大人しく荷車に揺られているか、半々の確率だったけどやっぱり抜け出すだろうなと思って見張ってました。オレだけじゃないよ、他にも一緒に来てるんだからほら」

後ろを振り返った視線の先を追うと、見知った顔が幾人か集団で近づいてくるのが見えた。

「シャノセン王子、それにサルタメルヤ、ヤーゴ君まで」

シャノセンにサルタメルヤ、ヤーゴまでいる。

追いついた三人はエイプリルの横に並んだ。赤毛の第二師団長に、シャノセン王子という有名人が揃って立っているため、いやでも注目は集まる。慣れているサルタメルヤはともかく、エイプリルもヤーゴも少々居心地が悪い。

「どうしてヤーゴ君まで……」

「俺に聞くな。俺だってまさかこんなところまで来るとは思わなかったんだ」

「？」

「連れ出されたんだよ、シャノセン様に」

渋面のヤーゴと反対に、「ルインは初めて来たけど長閑で景色も綺麗でいいところだね」とにこやか

なシャノセンはクスリと笑った。

「だって君はエイプリル王子が寝込んでいた時に何度も様子を見に行っただろう？　だから気になってると思って、好意で連れて来たんだ」

「だからって、ちょっとそこまでって連れ出す人がありますか?!　何にも知らなかったから、何の準備もしてなかったんですよ」

「だから途中で買ってあげただろう」

「買ってはいただきましたけどね、俺には分不相応ですよ、こんな立派なのは……」

よく見れば、ヤーゴの服も鎧もとても上等なものだった。まだ入って数年しか経たない平民の平騎士が買えるような生地ではない。

「でもヤーゴ君、よく似合ってますよ。シャノセン王子の見立てがいいんでしょうね」

「君はやっぱりいい子だね、エイプリル王子。ヤーゴ、君もエイプリル王子を見習って素直に喜べばいいのに」

「俺は根っからの庶民で貧乏性なんですよ」

「貧乏なのは僕も同じですよ」

「庶民の貧乏と王子の貧乏を同じに扱うな」

勢いよく言い返した後、がっくりと肩を落としてハァと大きな溜息を吐き出すヤーゴは、本当に気の毒だと思う。まさに戦が始まろうかという場所に知らずに放り込まれたら、愚痴を言いたくなっても仕方がない。

「それより坊や、団長のところに行くんだろ。案内するからおいで」

「あ、はい」

近くにいた騎士と話をしていたマリスヴォスにちょいちょいと手招きされるまま、エイプリルは馬を下りてサルタメルヤに預け、駆け寄った。

スタスタと歩くマリスヴォスの足は天幕ではなく、陣営の外へ向かっている。

「こっちですか？」

「うん。ここに来てからずっと毎日相手を眺めてるんだって」

よいせと大きな岩を乗り越えたマリスヴォスは、

笑みを浮かべて前を指差した。

「ほら、団長だ」

マリスヴォスの背後から顔を出したエイプリルは、腕を組んで立つ後ろ姿にハッと目を瞠った。

緑の草原の向こうに流れる一本の川。この川の向こうが北方三国の一つトスカだ。そのトスカ側の平地は黒く埋まっていた。今か今かと開戦を待ち侘びる敵の軍勢が集結しているのだ。その数、目算で二万。三国合同の割に少ないのは、ルインを攻めるのに大した数はいらないと考えているのか、それとも他方に散開しているせいなのか。

「これが軍隊――戦争……」

初めて見る光景にエイプリルは一歩を踏み出した。カサリという草が擦れる音がして、フェイツランドが振り返って黄金色の目を大きく見開く。

「お前――」

エイプリルは意識をフェイツランドへ戻した。上半身に銀色の鎧を着込み、背中に靡くは騎士団の紋章を描いた赤いマント。背中には見たこともないほど大きな剣。

エイプリルの姿を見て驚いたフェイツランドは、すぐに背後のマリスヴォスを鋭く睨みつけた。

「どうして連れて来た⁉　言ったはずだよな、俺は。こいつをシルヴェストロから出すなと。城から絶対に出すなと言ったはずだ。なあ、マリスヴォス＝エシルシア」

「ちょっ……ちょっと待って、団長！　これには深いわけが」

「わけなんざ知るもんか。俺の言うことが聞けない耳は今この場で切り落としてやる」

言うなりフェイツランドは背中の大剣の束に手を掛け、エイプリルが気づいた時にはもうマリスヴォスの首元に剣先が当てられていた。どんな風に剣を抜き、どんな風に距離を詰め、どんな風に動いたのか、まるで見えなかった。ただ、突風が通り過ぎたような気がしただけで、振り返ればもうマリスヴォスの目の前だったのだ。

「……団長、そこ、耳じゃなくて首……」

「俺の言ったことを理解出来ない空っぽの頭ごとなくした方がいいと思い直したからな」

「それはさすがにオレが困るんだけど」

「俺は困らん」

「いや、あのさ、これには深いふかーい事情があって……ほら坊や！　ぼさっと見てないで団長を止めてくれない？　オレ、本気で焦ってるんだけど！」

「あ」

二人の会話というよりもフェイツランドの醸《かも》し出す空気に圧倒されていたエイプリルは、慌てて男の背に話し掛けた。

「団長」

「来るなと言ったよな、俺は。どうして言うことが聞けない」

振り返ったフェイツランドの目は冷たく、明らかに怒っている。

「だって」

「だってても何もあるもんか。クソッ、人がせっかく国に残して来たのに……。おいエイプリル、お前、意味わかってんのか？　ここは遊び場じゃねェんだぞ。戦場だ、戦だ。これからたくさん血が流れるんだ」

「そんなの！　わかってます！」

「いいや、わかってない。わかってねェよ、お前は。人を一人斬って震えて泣いていた奴には無理だ。帰れ」

「嫌です」

エイプリルに言っても拉致が明かないと思ったのか、小さく舌打ちするとフェイツランドはマリスヴォスへ顎をしゃくった。

「マリスヴォス、連れて行け」

慌てたのはエイプリルである。

「マリスヴォスさんは関係ないでしょう?!　僕のすることは僕が決めます」

「子供にはまだ早いんだよ、戦は。それがわかってるからお前のじい様が孫をシルヴェストロに送ったんだろうが。こういうことは俺たちみたいな戦争屋に任せておけばいいんだ。お前は——お前の目は綺麗なものだけ見てればいい。人が争って流す血なんか見せたくねェんだよ。わかれよ」

最初は激高していたフェイツランドだが、台詞の最後の方は懇願に近い響きがあった。

それはエイプリルにも十分伝わった。だが、だからと言って素直に引き下がる気はない。

「……わかりません。わかりたくもない。だって僕は騎士です。騎士団に入れてくれたあなたにそんなことを言われたくない。それとも、僕はただのお飾りやお情けで入れて貰えたんですか？」

「そんなことはない。お前はちゃんと騎士の務めは果たしていた」

「稽古も特訓も仕事も真面目だったよね。団長の意地悪にも耐えたたし」

「マリスヴォス」

「はいはい。オレはもう退散しますよ。後は二人で話し合ってください。じゃあね、坊や。後は気力が勝負！　泣き落としでもいいから頑張るんだよ」

ひらひらと手を振ってマリスヴォスが去り、しばらく黙っていたフェイツランドはゆっくりとエイプリルの前に立った。

距離の近さが先日の出来事を思い起こさせ、びくりと体は震えたが、

（逃げたら駄目だ。逃げたら団長は僕に背を向ける）

話をする機会は今しかないかもしれないのだ。怖がっている場合ではない。

黙って見下ろしていたフェイツランドは、ややあって瞳を伏せた。

「悪かった。酷いことをしたと自分でも反省している。だがああでもしなきゃ、お前はルインに去って行った。それだけはどうしても許せなかった」

「どうして」

「ルイン国王に頼まれていたのもある。それにさっきも言ったように俺がお前を行かせたくなかった」

「だからどうして僕を」

フェイツランドは困ったような表情で横を向いた。視線の先には敵軍の旗が揺れ、そろそろと動いているのが見える。戦いが始まるまで、おそらくもうそ

んなに間はない。

「俺はな、確かに節操無しだし、手癖は悪い。だが好いてもいない人間を何度も抱く趣味はねえんだ」

「……止めてって何度も言った」

「悪かった。それは本当に悪かった」

「二日寝込みました。馬にも乗れませんでした」

「そのつもりで抱いたからな。けど、お前は来ちまった。俺のしたことは一体何だったんだろうなあ。お前に怖い思いをさせて、痛みを味わわせて。全部ここに来させなくするためだったのに」

やるせない。そんな声が聞こえて来そうな溜息をフェイツランドは空に向かって吐き出した。

「それは団長が悪いです。あんなことされて、僕が黙ったままでいると思ったんですか？　たとえ這ってでも来ましたよ、ルインに。あなたのところに」

「だな。怒って当然だな。殴るなり蹴るなりしていい。お前にはそれをする権利がある。だがその前に」

フェイツランドは、すっと腕を上げて眼下の敵を指差した。

「あいつらを蹴散らしてからだ。二度とルインに手を出さないよう徹底的に潰す」

「いつ始まりますか」

「さあな、今すぐかもしれん。明日か明後日か」

フェイツランドはうっそりと笑みを浮かべた。

「焦ってるだろうな。本当ならとっくにルインを抜けてソナジェまで行っているはずが、まだルインに足の一歩も踏み入れられないんだ。間一髪だった。俺たちが到着し、布陣を整えた日の夕方、奴らが国境に姿を見せたんだ。その時は見ものだったぜ。何もないただの草原のはずだったのに、赤い旗がひしめいてるんだからな。奴ら、大慌てで後退したぞ。それからずっとこの状態だ。ただ、頻繁に挑発行動には出ている」

「こちらからは仕掛けないんですか？」

「戦端を開いたのはトスカ側だという事実が必要なんだ。ただ、うちの連中も気が高ぶってるからな、奴らが爪の先でも入ったら即座に応戦していいと許可を出している」

「団長も、出るんですか？」

「俺が出ないでどうするよ」

それが俺の仕事だと笑うフェイツランドに、エイプリルは自分の決意を伝えようと口を開いた。

「あの、団長」

しかし、

「駄目だ」

すぐに鋭く険しい声に遮られてしまう。

「まだ何も言ってません」

「言わなくてもわかる。自分も連れて行けというんだろう。だがそれは許さん。そもそもお前はどうやってルインまで来た？　二日寝込んだとして、すぐに動くのは無理だろう。マリスヴォスか？　マリスヴォスに馬に乗せて貰ったのか？　あの野郎、やっぱり一度絞めておくか。どうもお前に馴れ馴れしすぎる」

「違います。僕は騎士としてここに来ました。シルヴェストロ国王ジュレッド陛下から直接頼まれて」

シルヴェストロ国王の名を聞いた瞬間、フェイツランドは眉を跳ね上げた。

「ジュレッドが許可しただァ？」

「手紙も預かってます。団長に渡してくれと」

ガサゴソと懐から手紙を取り出したエイプリルは、「はい」と男の手に押し付けた。もう一つ、ルイン国王宛ての手紙も預かっているが、これは男に会った後でもいいと言われている。

「あの野郎……勝手な真似しやがって」

「もしもその勝手な真似というのが僕をシルヴェストロ国から出したことを言うのなら、それは違いますからね」

「違わねえよ。あいつにはくれぐれもルインの第二王子を外に出すなって言い聞かせてたんだ。いつから俺に逆らうようになったんだ、ジュレッドの野郎。こっちも城に戻ったらちょっと話し合いが必要だな」

ひとしきり国王を罵ったフェイツランドだが、書面にはきちんと目を通すだけの分別は持っていた。書面はたった一枚、そして数行。さっと目を通しただけで内容を把握した男は、エイプリルの頭に手を乗せた。

「ルイン国王への手紙を預かって来ただろう？」

「あ、はい。でもまだ渡してません」

「城の横を通ったんじゃないのか？」

「通りました。でも通り過ぎただけです。先に団長に会わなくちゃと思ってたから」

「お前それは……」

フェイツランドは顔を手のひらで覆った。耳の後ろが少し赤い。「それはあれだろ」「深い意味は」「いやもしかしてこいつも」「期待するな」などとぶつぶつ独り言を繰り返したフェイツランドは、ばっと顔を上げた。その時にはもう普段見慣れたのと同じ表情で、つい今しがた見たばかりの照れたものはどこにも見られなかった。

「とにかく、お前は城に戻ってルイン国王に会って来い」

「いやです。せっかくここまで来たのに、僕も一緒に戦います。それともやっぱり迷惑ですか？」

「ここまで来ちまったんだから、もう四の五の言わねえよ。ただ、先に使者の役目を果たせ。その手紙にはルインの今後に関わることが書かれている。戦を早く終わらせたければ、すぐに城に向かえ」

「戦争がすぐに終わる？」

ルインまでの道中に教えて貰った情報では、北方三国はソナジェャルインに対して強硬な姿勢を維持したままだ。まだ戦闘が開始されてもいないのにすぐに終わらせることが可能なのだろうかと半信半疑のエイプリルに、フェイは深く頷いた。

「そのつもりでシルヴェストロ国王が動いている。当事者のルイン国王が知っておくべきことだ」

「おじい様は団長がここにいることは御存知なんでしょうか」

フェイツランドは、眼下の敵軍と対峙する自軍に翻る騎士団旗を目で示した。

「この赤い旗を見逃すほどお前のところの物見が役立たずじゃない限り、知ってるだろうな。今は黙認状態だ。それを公認にする」

「公認……」

「簡単に言えば、シルヴェストロ国がルインの後ろ盾になったのを大々的に宣伝するってことだ。お前も話は聞いてるんだろう？　ジュレッドのことだ、今頃ソナジェや東方諸国と協力してシルヴェストロがルインとソナジェについたと広めているはずだ。だが、肝心のルインの上層部がそれを知らないままだと国の忠臣揃って自害なんてことも十分有り得る」

自害の言葉にエイプリルは息を呑んだ。

「そんな……」

「孫や息子たちを国外に追いやった国王だぞ。それくらいの覚悟はあるはずだ。国王は玉座と共にある。有言実行の人だ、お前のじい様は。だから急げ」

「はい」

エイプリルは大きく頷いた。フェイツランドのことも大事で、戦争の開始も気になるが、やはり愛情を持って育ててくれた肉親が死ぬかもしれないと言われてじっとしていられるわけがない。

「団長」

「なんだ」

「絶対に、絶対に死なないでくださいね」

「お前、誰にそれを言ってるのかわかってんのか？　俺は大陸最強軍隊の一つ、シルヴェストロ国騎士団団長だぞ。黄金竜、フェイツランド＝ハーイトバルトが負けることはない」

輝きを放つ金の瞳がエイプリルを見下ろし笑う。緊張とざわめきと高揚と、戦場特有の空気が周囲を満たしているのに、そこにだけエイプリルは釘付《くぎづ》けになった。

ゆっくりと顔が近づいて来るのを感じても、もう怖いとは思わない。

（団長……）

誰よりも安心を与えてくれるのもまた、この男なのだから。


「エイプリル」

背後から名を呼ばれ、エイプリルが振り返った先に立っていたのは、六十を超えてなお頑健な肉体を持つかくしゃくとした老人、ルイン国王だった。

「また外を見ていたのか」

「はい」

ルイン国王はエイプリルの横に並び、北の方角へ目を凝らした。背後に護衛を従えた二人が立つのは、城の最前に建つ見晴らしのよい物見の塔。この塔の一番上からは、遠くに赤い旗が小さくひしめいているのが見えている。普段なら羊や馬が放牧され、長閑な光景が広がっているはずの草原には今、数百からなる集団が作る部隊が点在する戦場に変わっていた。

見つめるエイプリルの空色の瞳には、隠そうともしない不安が覗いている。

国境の本営で男と別れ、城に戻ったエイプリルが祖父に叱られながらも再会を涙して喜び、シルヴェストロ国王ジュレッドの親書を祖父に渡した直後、物見の塔から伝令が飛び込んで来たのだ。

前線が戦闘状態に入った、と。

咄嗟にエイプリルは駆け出していた。広くはない城内を走り、隔壁の上を駆け抜けて塔の階段を駆け上り、物見の報告が見間違いではなかったことを知った。

ついさっきまでは赤しかなかった場所に、トスカの緑の旗が混じっている。それ以外に見える黄と紫は他の二国のものだ。

ただし、国境を大きく越えてルイン側に流れてくる敵の色はない。国境際ですべて撃退されているからだ。最中に身を投じていればわからないことも、こうして離れた場所から見ていれば、次から次へ間断なく攻撃を続けるシルヴェストロ騎士団の動きがよくわかる。

「見事なものだ。あれだけの軍勢を率いていながら、一糸の乱れもない。軍としての動きだけでなく、規律も統制が取れている」

「団長がいるからでしょうか」

「それもあるがそれだけじゃないだろうな。普段から己が責務を心得、果たそうとしているからだろう。

騎士とはそういうものだ」

祖父の静かな言葉に、エイプリルは小さく頷きながら騎士団での生活を思い出していた。一人一人はとても個性的で、決して高潔だとは思えない生活ぶりの人もいる。例えばマリスヴォスやフェイツランドなど。しかし、だからといって彼らが騎士として最低の男かといえばそうではない。軍を率いる将として、信頼され慕われている。

「でも」

フェイツランドは今どこで戦っているのだろうか？　最前線にいるのではないだろうか？　エイプリルを城に送り届けるとすぐに前線へ取って返したマリスヴォスはどうしているだろうか。シャノセンは、ヤーゴは――。

「気になるようじゃな」

「――はい」

「シルヴェストロ国軍は強い。深紅の団旗と金の翼竜を見ただけで恐れ慄《おのの》き、戦わずに逃げ出すものは多い。今回はまだ粘っているようだが」

「ルイン国軍は？」

「ベータとネベクルスとの境に派遣している。ただ、あそこには川と湖がある。トスカ側よりはルインに入りにくい場所だ。フェイツランド殿の差配でそっちにも騎士団がついている」

「おじい様、どうしてシルヴェストロ国はルインを助けてくれるんでしょうか。シルヴェストロ国からは遠く離れているし、はっきり言って何にもない国です。助ける必要も義務もないのに」

それなのに、騎士たちは戦っている。

「エイプリル、お前はその理由を尋ねてみたか？」

「訊きました。でも国の都合だって言うだけで教えて貰えませんでした。僕がシルヴェストロ国の人間じゃないからだと思ったんですが、違ったんでしょうか」

「それも理由の一つじゃな。東側の思惑《おもわく》もあれば、シルヴェストロの思惑もある。ソナジェの鉱山で採れる鉱産物の取引を有利に運びたい腹もあるだろう。ジュレッド陛下は包み隠さず書面に書いて寄越した

ぞ。北側三国にソナジェを奪われては都合が悪いから加勢する、とな」

「そうなんだ……」

「だが、それだけではあるまいよ」

　エイプリルは静かに瞳を伏せた。

「知ってる人たちがみんな戦っています。ねえ、おじい様。おじい様はどうして僕をシルヴェストロ国にやったんですか。ルインが危険だったから？」

「騎士になりたいと思っていたのは知っていたからな。えらい騎士になっておじい様に小遣いを上げる。お前は小さい頃からそう言っておったよ」

「……覚えてないです」

「それくらい小さな頃から憧れていたってことだ。それに、わしだけではないだろう？　お前の身を案じていたのは」

「父上や母上ですか？」

「それは肉親として当然の情じゃな。メイクリスも、双子もお前を案じている。シルヴェストロにやったはずのお前がルインにいると知ったら、メイクリスまで駆け込んで来そうだ」

　ソナジェ留学中の兄、メイクリス第一王子の名に、エイプリルは口を尖らせた。

「兄上は駄目です。ルイン国王になるんだから、安全な場所にいなきゃ駄目です」

「同じことをメイクリスも思っているんだよ。ソナジェ国王がシルヴェストロ国王に援助を要請した。そのソナジェ国王を動かしたのは、他ならぬメイクリスだと聞いている」

「兄上が……それは本当なんですか？」

「ああ、本当だとも。ソナジェ国王からも文をいただいた。その中に長々と書かれていたぞ」

「兄上はちょっと頑固だから、きっとしつこくソナジェ国王に迫ったんだと思います」

「お前もな」

　ルイン国王は孫の薄い金色の頭に手を乗せた。

「わしが家族や民を案じたように、メイクリスがわしらを案じたように、誰かが誰かを案じ思っている。それはとても素晴らしいことだと思う。血生臭い戦が繰り広げられている今、本当にそう思う」

「はい」

「エイプリル、お前は誰を思う？　誰の身を案じている？　わしのことはもういい。お前が来てくれた。シルヴェストロ国王とシルヴェストロ騎士団が力を貸してくれた。東方諸国も援助を申し出てくれた。もうわしのことは大丈夫だ。お前は、誰の身を案じ、誰のところへ行きたいと望んでいる？」

静かで深い祖父の声は、エイプリルの中に沈んでいた思いを上へ上へと引き上げる。国の大事だとルインへ戻り、目的は達した。だが、それで終わりじゃないと心の中で叫ぶもう一人の自分がいる。

「戦は恐ろしい。何が起こるか知っているものは誰もいない。さあ、エイプリル。わしの言葉にお前が思い浮かべたのは誰の顔だ？」

「僕は……僕が会いたいのは」

意地悪で、我儘で、だらしなくて、時々優しくて、構いたがりの二十も年上の男。

太陽の下でキラキラ輝く眩しい銅色の髪と、太陽よりも強く黄金に輝く瞳。

大きな手、大きな体、エイプリルから全部を奪って行こうとしている男。

「おじい様、僕はルイン国第二王子です。この国の民として、王族として他国の人だけに前線を任せるわけにはいきません。そして僕は騎士でもあります。シルヴェストロ国騎士団の一員です。どうか、前線に出向くことをお許しください」

真っ直ぐに祖父の前に立ち、臣下の礼を取る。

「エイプリル」

顔を上げると、皺の深い顔に笑みを刻んだ祖父の顔があった。

「騎士になれそうか？」

「わかりません。でも大事なものを守りたいという気持ちはわかります」

たとえそれで手が血に染まろうとも。

「その覚悟があるなら行きなさい。それにな、エイプリル」

ルイン国王は護衛に聞こえないよう、孫の肩を抱き寄せ小声で囁いた。

「わしもたまには孫から小遣いが欲しい。わが国のささやかな国庫の足しにするために、男として自分の食い扶持《ぶち》を稼ぐため、存分に働いて来い」

バシッと強く叩かれて、背中がすっと伸びる。背伸びをして無理をするのではなく、自分に出来ることはきっとあるはずだ。

「はい。行って参ります」

エイプリルは顎を上げ、力強く塔を駆け下り、休まずに厩舎に駆け込んだ。

「ごめん、また僕を乗せて連れてって。戦場だけど、君は賢くて強いからきっと大丈夫。だから僕を団長のところまで乗せて行って」

速く速く、ルインの空を駆け抜ける風よりも速く、最前線にいるあの男の元へ――。


「おいこら、どうしてお前はまたここにいる。城に帰ったはずだよな？」

「帰りました。帰ってからまた来ました」

「帰れ帰れ。お前がいると気が散る。気が散って戦になりゃしねえ」

「戻りません。それに気が散るのは団長が未熟だからだと思います」

下を見下ろす男と上を見上げる少年。二人の間で見えない火花が散る。

前線に駆け付けたエイプリルは真っ直ぐにフェイツランドの姿を探した。軽くて丈夫な革の鎧を上だけに着込み、背中には弓を背負い、短剣だけを腰に差してフェイツランドの元を目指した。

幸い、最前線で戦っていたフェイツランドは補給と再度の指示を部下たちに出すために本営に戻っており、誰に尋ねることもなく見つけることが出来た。

そして先の会話である。

「ルイン国王はどうした。孫が戦場に行くのを黙って見送ったのか」

「愚問ですね。おじい様は国王です。僕は孫ですが臣下です。行けと言ってくれましたよ。自分の食い扶持を稼いで来いと」

「あのジジイ……」

チッと舌打ちするフェイツランドの髪は汗に濡れ、べたりと張り付いていた。鞘の中に納まっている大剣がどうなっているのか見て知ることは出来ないが、体に散る赤いものが何なのかは、エイプリルにもわかった。

同じように兵を休めるために後退して来たシャノセンにも会ったが、あの優雅を代名詞にする王子が抜身の剣を下げ、返り血を浴びた姿で歩くのは一種の凄味があった。

疲れた体を休める兵士、怪我の手当てをする騎士、馬に水を飲ませる騎士、主のために走り回る従者たち。大規模な戦には当然の風景は、エイプリルには初めて見る現場だ。

これまでのエイプリルなら血を見ただけで怯んでいたかもしれない。倒れるまでには至らないかもしれないが、腕や足から血を流し横たわる男たちを見ただけで、体は震え上がっていただろう。

だが、今は違う。少なくとも覚悟は出来た。それに、大事な人がいる。

「団長、僕も戦います」

「無理だ。ぶっ倒れたのを忘れたのか」

「忘れてません。でも、あの時と今は違う。僕には自分の国を守る義務があります。それに」

きつかった視線が緩み、空を映し込んだ色の瞳で笑う。

「大事な人がいるから、その人を守るために戦いたい」

「大事な人、か」

「はい」

「それは俺の知ってる奴か？」

「知ってるとは思いますけど、たぶん知らないことも多いんじゃないかと思います」

少し浮かれかけていたフェイツランドの機嫌が急降下したのを周りにいた部下たちは敏感に察知し、少し距離を取る。自分のことだと思っていたのに、違うと言われたようなもので、つまりは自意識過剰。

「ほう、知らなかったな。お前にそんな相手がいたなんて」

「それは知らないでしょうね。僕も自覚したのはついさっきだから」

「はぁ？　それならお前、あれか？　そんな奴のために命を賭けるつもりなのか」

「仕方ないでしょ。それに、そもそも賭けになんてなりません。だってその人、絶対に僕を守ってくれるはずだから」

「へえ、そうかい。そいつはそんなに強いのか。マリスヴォスか？」

「まさか、違いますよ」

「だったらシャノセンか？」

「シャノセン王子に悪いです。その人は、すごく意地悪で僕の意思なんかまったく尊重してくれない酷い人で」

「ノーラヒルデだな。何といっても魔王と呼ばれる男だ」

「違います。ノーラヒルデさんが聞いたら怒りますよ。そうじゃなくて、人の話を聞かなくて、自分勝手に話を進める人」

フェイツランドは片眉を上げた。

「そいつァ、なんだか俺の知ってる奴に似てるな。強くて、男ぶりのいい奴じゃないか？」

「強いけど、男ぶりはどうかなあ」

「おい」

エイプリルは笑ってフェイツランドの手を取り、自分の胸に当てた。

「僕が団長を守って差し上げます」

「本気か？」

「本気じゃなければここにいません。黙って城であなたが勝ち戦の報告を持って来るのを待ってます」

「そのまま素直に待ってりゃいいものを」

髪をかき上げながら大きく溜息を吐き出したフェイツランドは、

「いいのか？　目の前で何人も人が死ぬのを見ることになるぞ。お前自身の手でそれが出来るか？」

出来ないだろうと決めつけるのではなく、からかうのでもなく、ただ本当の気持ちを問うた。

「覚悟は――出来ました。まだ未熟で怖がりだけど、僕はルインの第二王子で、シルヴェストロ騎士団の騎士です。他のみんなと同じように団長に――フェイツランドについて行きます」

険しかった口元に薄らと笑みが浮かぶ。

「わかった。何があっても俺について来い」

「はい」

腰を屈めたフェイツランドはエイプリルの頬に触れるだけの口づけをした。

「お前に黄金竜の加護があるように」

そしてすぐに背を伸ばすと、剣を掲げ、本営中に響き渡るほどの大声で宣言する。

「野郎どもッ！　シルヴェストロ騎士団の本気の力を見せてやる時が来たぞッ！　剣を抜け！　矢の雨を降らせ！　蹄《ひずめ》で蹴散らせ！　地面に這い蹲らせ、踏みつけろ！　力を思う存分見せつけてやれッ!!」

男の台詞が終わるや否や、オオーッという大音声の歓声が辺り一面に響き渡る。

「団長！　何してもいいんですか？」

「団長、後からやりすぎだって説教はなしで頼みますよ」

団長、団長とあちこちから声が上がるが、彼等の目は期待に爛々《らんらん》と輝き、男の言葉を待っている。

「おう、何をしてもいい。国境を越えたのは奴らだ。二度がないように徹底的に叩き潰せ。ラ・ヴェラスクェス、騎士の中の騎士の野郎ども！　お前らは好きにしろ。国王の言質《げんち》は取ってある」

「やったね！」

真っ先に上がった大きな声は長身の赤毛、マリスヴォスのものだ。彼もシャノセン同様、頬に返り血がついていたが本人は怪我一つないようで安心した。

「じゃあちょっくら準備して来る」

いそいそと中心から離れて行く赤毛に、周りで歓声を上げていた騎士たちはハッとした。

「急げ！　早くしないと第二師団長に全部持って行かれるぞ！」

「右翼は第三師団が押さえた。他は手を出すなよ」

「それならこっちは左翼だ。取りこぼすんじゃねぇぞ」

騎士たちは言い争いをしながら慌てて散り散りになって行く。大きな戦は手柄を立てる好機だ。しかし、今回は実力者たちも参加している。ノロノロしていると本当に獲物がなくなってしまう。

あっという間にエイプリルたちの周りにはまばらにしか兵士が残らなかった。その数少ない中にヤーゴの顔を認めて、エイプリルはぱあっと顔を輝かせた。

「ヤーゴ君！」

「よお」

片手を上げたヤーゴのマントは幾分くたびれていたが、こちらも今のところは無傷のようで安心した。

「無事だったんだ。怪我はない？」

「時々護衛に出ただけで、ほとんど本陣にいたからな。シャノセン様の従者の護衛だ」

当たり前のようにシャノセンの側にいつも共にいるせいで忘れがちだが、サルタメルヤは従者であって騎士でも剣士でもない。一通りの武術は習得していると聞いているが、腕前は普通だと本人が言っていた。常に側にあるべきシャノセンから離れて本陣にいるのは、自分がいれば逆に足手纏《あしでまと》いになるのを自覚しているためである。

「ちょうどいい、ヤーゴ」

解いていた武具の再装備に取り掛かっていたフェイツランドは、若い騎士に気づくと手招きした。

「サルタメルヤは本営待機だ。ラ・ヴェラスクェスが今から本格的に参戦する。腕に覚えがないものは、連中が本気を出す前に適当に片付けて後ろに下がるか、奴らが取りこぼした雑魚《ざこ》を片付ければいいんだが、ヤーゴは坊主の補佐につけ」

「補佐というと……おいエイプリル！　お前、戦場に出るのか!?」

目を剝いたヤーゴは、団長の目の前にも拘らず、エイプリルの耳を引っ張った。

「わかってんのか!?　お前みたいなチビで腕のない

奴が出ていい場所じゃないんだぞ？　団長の足を引っ張るつもりなのかよ！」

「ヤーゴ君まで団長と同じことを言う」

「その通りだ。俺も散々慰留に努めたが話にならなかった。俺について回るそうだ」

ヤーゴの目が思い切り大きく見開かれた。

「なんて無謀な……」

「そう思うよな、普通は。だが行くと言った以上、こいつは絶対に実行する。それでだ、お前の役目はエイプリルの周りに敵を近づけないことだ。ほとんど俺が片付けて残さないつもりだが、弾みということもある。こいつは弓を使う。お前は楯と槍を持って敵を近づけさせるな。躊躇《ためら》うなよ」

「それはもちろんです。おいエイプリル、弓の腕は確かなんだろうな」

「それは大丈夫」

「エイプリル、矢筒は持てるだけ持て。馬にも括り付けろ。乱戦になったらすぐに離脱だ。お前がいると俺が戦えない」

「わかりました」

フェイツランドは喋りながら、次々に戦装束を身に着けた。動き易さを重視した結果、重装備とは言い難いが、銀の胸当て、膝上まである黒い長靴、その上に銀の脛当てを巻き付け、裾の長い上衣の上から腕当て、手甲に肩当てに、腰に巻くのは二本の剣帯と、かなりの武具で体の表面は覆われている。そのすべてに金の竜の紋章の刻印があった。背中に靡く緋色のマントの中央にも同じ模様が描かれているが、生憎こちらは背中に背負った大剣に隠れてしまって見えない。

そこでエイプリルは首を傾げた。大剣を背負ってしまって、では手には何を持つのだろうか？　腰に二本の剣を差しているが、短剣と普通の剣で、重装備の男が使うには物足りない。

しかし、それもフェイツランドが自分の天幕から取って来た武器を見るまでのことだった。

「戦斧《せんぷ》……」

斧と言って思い浮かべるのは、まず木を切る道具だ。これが戦斧となれば柄の部分が長くなり、先端の斧の部分も大きくなる。フェイツランドが持っているのはまさに大斧、曲線を描く巨大な刃と流線型の刃の二つを先端に備えたもので、男の髪と同じ銅色に光る巨大な刃は鋭い光を放っていた。

斬ったり叩きつけたりするのに最適な武器だが、金属でこれだけ巨大だとかなりの膂力《りょりょく》が必要となる。エイプリルなら両手でも持ち上げられないそれを、フェイツランドは軽々と片手で持ち、無造作に肩に担いだ。

「遅れるなよ」

首の後ろで一括りにされた髪が揺れ、エイプリルの頭を軽くひと撫でして戦場に出るために歩き出す。

ついて行くと決めたのだ。あの広く大きな背中の後を。そしていつかきっと横に立って歩くのだ。

弓を背負い直し、エイプリルはぱちんと自分の頬を打った。そして、フェイツランドの後を追い掛け走り出す。

そこは戦場でありながら戦場ではなかった。地に斃《たお》れるのは赤以外のマントを羽織った兵士たち、立っているものはもう少ない。じりじりと後退する敵軍が恐れるのは一人の男だった。

「もうお終いか？　まだ前菜にもならねぇぞ」

敵軍の真っ只中に飛び込んだフェイツランドは、両脚だけで馬を操りながら、前方に立ち塞がる敵に向かって容赦のない攻撃を繰り出した。柄が長い分、届く範囲は剣よりも長く、剣が届くより先に敵は斧の一撃を腹や頭に受け、そのまま二度と起き上がることはなかった。

斧の威力以上にフェイツランドの力が桁違いなのである。まともに戦斧とやり合っては犠牲が増えるだけだと考えたのか、楯を持つ一隊が防御に回ったがそれすらも敵ではなかった。大きく頭上で旋回させた斧の腹の部分を、遠心力に任せて思い切りぶつければ、楯を持っていても耐えることが出来ず、あ

るものは顔にぶつけて鼻の骨を折り、あるものは体ごと吹き飛ばされた。

斧が一振りされるたびに人が斃れて行くのを後ろで見ながらエイプリルは、邪魔になるものを排除すべく矢を放った。男が目指すのは敵軍の将。寄り道もせず、脇道にも逸れず、ひたすら真っ直ぐに男は駆け、エイプリルとヤーゴはそれを必死に追った。

戦斧が届かない距離にいる敵は、エイプリルの矢が排除した。当たらなくてもいい、ただ男の手が届くまで邪魔が出来ればいいと次々に放つ。肘が痛みを訴え、弦を引く指の先には手袋をしていても血が滲んだが、それでも矢を射ることを止めなかった。

（僕に出来ることで団長を守る）

本当は守る必要はないのかもしれない。エイプリルの自己満足なのかもしれない。それでも、フェイツランドの背は語りかけている。

――ちゃんとついて来ているか？

――怪我はしてないだろうな。

前しか見えていないのではない。ちゃんとエイプリルを感じてくれている。

だからエイプリルは敵に向かって矢を放つ。前を見て進むフェイツランドに自分の存在を示すために。

各所に散らばった一騎当千の騎士たちが、各々の得物を手に相手を殲滅《せんめつ》させるのを目的に奮迅の働きをしているせいか、別方向から援軍が来る気配はない。しかし、さすがに奥に進むと敵の布陣も厚くなり、次から次へと兵士が向かって来て、さすがのフェイツランドも顔を歪めた。

「命知らずの連中だな」

身の危険を感じたからではなく、単に煩わしいという理由で。

「エイプリル、まだ行けるか？　矢は足りてるか？」

「まだ大丈夫です。持てるだけ持ち出して来ました」

「頑張れ。あと少しだ」

「はい」

そうして一度距離を取り、先に進もうとした時、横合いから大きな声が上がり、三人ははっと音がした方向へ顔を向けた。

敵の陣営の向かって右手の一画が、明らかに崩れている。

「なんだ？」

訝しげに眉を寄せ、目を凝らしたフェイツランドは、しかしすぐに苦笑した。

「やっぱり来たか」

「え？」

誰がと問うまでもなく、数十の騎兵を引きつれた美貌の男は、速度を緩めることなく敵を蹄で蹴散らしながら駆け込んで来た。

「国元はどうした。誰もいないと困るんじゃないのか」

「私だけ留守番なのはどう見ても不公平だからな。リトーに押し付けて出て来た」

普段は背中で三つ編みに垂らしている長い栗色の髪をまとめ上げ、青い鎧に身を包んだ副長ノーラヒルデは、汗をかき、疲労の濃いエイプリルとヤーゴを見て、それこそ苦笑した。

「よくフェイについて来れたな。ここから先は私も同行する。ついでに向こうでマリスヴォスを拾って来た。残党は部下に任せて団長に同行すると言っていたぞ」

「そりゃあ助かる。敵じゃねェんだが、数が多いとさすがに面倒でな。俺は真っ直ぐ敵将を狙う。お前とマリスヴォスは左右を頼む。エイプリル」

「はい」

「お前は今までと同じで後ろから援護しろ。ヤーゴ、ノーラヒルデの連れて来た連中が後ろを守る。横からの攻撃に気をつけろ」

「はい」

フェイツランドは手早く簡単な指示を与えると、さてと前を見据えた。

敵が群がる向こうに将がいることを示す軍旗が立っている。あれが偽物でなければ、あの旗の元に指揮官がいるはずだ。

長剣をぶら下げたマリスヴォスが青緑の目を爛々と輝かせながら側に来た。

「副長と一緒なのは久しぶりだなあ。オレの分も残してよ」

「好きにしろ」

ノーラヒルデは左手に剣を持ち直した。その状態でどうやって馬を操るのだろうかと思ったが、先ほどのフェイツランドと同じように手を使うことなく、脚の力だけで操っているのだ。

「行こうか」

散歩に行くような軽い調子で男が言い、部下たちは当たり前のように剣を構えた。

「エイプリル、周りのことは一切気にせず、フェイの後だけついて行け。ここにいるものは皆強い。誰一人欠けることなく最後まで立っていることを約束しよう」

ノーラヒルデはそう言うとすぐに団長の横に並んだ。

反対側にはマリスヴォスの赤毛が見える。

「一気に行くぞ！」

騎士団長の声に集団から雄叫《おたけ》びが上がる。エイプリルも一緒に声を張り上げた。


早くこの戦が終わることを願いながら。


乱戦に突入した途端、相手が歩兵なのを確認したマリスヴォスとノーラヒルデは真っ先に馬を捨てた。

二人は走り続ける馬から飛び降り、地面に足をつけた時には既に足元に数名が斃れていたのだが、生憎エイプリルの目が彼らの動きを捕らえることは出来なかった。

マリスヴォスの剣は速かった。長短二本の剣は上下左右自由自在に動き、正確に敵の急所を貫いた。赤毛の青年の舞うような軽やかな動作の前に、敵はあっけなく命を散らした。

ノーラヒルデの武器、偃月刀《えんげつとう》と呼ばれる刃が曲線を描く曲刀で、柄の部分から一体になったそれは、近づく敵の喉を一瞬で切り裂いた。片腕しかないもののノーラヒルデの動きはしなやかで軽く、体術と合わせての動きは、これでマリスヴォスと同じように両手にそれぞれ武器を持っていたのなら、より破壊力と脅威は増したことだろう。

片手でもまるで敵ではないのだ。

彼らが左右を守りながら攻撃するおかげで、男は前だけを見ればよかった。

そして、

「――いた」

獲物を見つけた男の目は、獣のように輝いた。

トスカ、ベータ、ネベクルスの三つの国の軍旗が翻るそこにいた敵将は、まさに逃げ出す寸前だった。目の前で数に勝るはずの味方が少数の部隊に蹴散らされ、倒されて行くのを見ていたのだ。命が惜しければ逃げ出して当然だ。

敵将と幕僚、護衛が数名、馬に乗り走り出す。

「行かせるかッ！　エイプリルッ」

名を呼ばれた時にはもうエイプリルは矢を放っていた。

あれを落とせばこの戦は終わる。少なくとも、今日この時の戦は終わる。

（当たれッ！）


逃げる人馬、迫る矢。

トスッという矢が刺さる音は聞こえなかった。その代わり、ドサッという重たいものが落ちる音ははっきりと聞こえた。

「でかした！」

敵将に見事命中したのがわかった時には、追いついたフェイツランドによって敵将は地面に俯せになって転がり、首の横に剣を突き立てられているところだった。矢が刺さったのは腰のすぐ下で、敵将は身動きが出来ない。

少しでも動けば首が切れる。その状態を維持したまま、無情にもフェイツランドは敵将の背に足を乗せて踏みつけ、呆気《あっけ》ない結末に驚く敵軍に聞こえるように声を張り上げた。

「討ち取ったぞ！」

正確には敵将の命はまだあるのだが、戦意の問題だ。助けようと近づく敵兵も、シルヴェストロ騎士団長の台詞に足を止めた。案の定、動揺が広がっている。

「軍を引けッ」

どうするかを考えるだけの余裕は、敵軍にはなかった。なぜならば、左翼右翼から攻め立てていたシルヴェストロ騎士団が自分たちの相手を壊滅させて、この本隊へ押し寄せて来たからだ。

今この場でシルヴェストロ騎士団長の首を取れば、三国合同軍側が有利に立つが、そもそもそれが不可能だ。男の側にはエイプリルが立ち、弓を構えて近づくものを牽制し、ヤーゴが長い槍の穂先を向けてそれを補佐する。それにとてつもない強さを見せつける騎士が、自分たちの部下を連れて暴れているのだ。

カラン……。一人が剣を落とせば、次の兵が落とし、戦意の喪失は次々に広がって行った。

「敵の親玉は捕らえた。と言っても、次の将はもう決まっているかもしれないがな。さて、こいつをどうするかだが」

このまま放置するのは危険極まりない。しかし殺してもすげ替えのきく首である以上、あまり意味はない。

「ここはやはり捕虜にするのが常道か。俺としてはその戦場で命を落としたことにしてもいいとは思うんだが」

物騒なことを敵将の耳元で言うのだから性質《たち》が悪い。

「フェイ、こいつの心配をしてやる必要はないようだぞ」

どうしたものかと考える男の横に歩いて来たノーラヒルデは、驚いたことに返り血一つ浴びておらず、激戦を感じさせない涼しい顔で空を指差した。

「どうやら停戦に持ち込めたようだな」

つられて上を見たエイプリルは、大きな羽を広げたそれを最初は鳥だと思った。鷲《わし》のように大きな鳥ならば頭上高く舞う影の大きさも納得できるものだったからだ。しかし、徐々に降下して来るそれ全体が見えて来ると、あんぐりと口を開けるしかなかった。

「竜……？」

大きく翼を広げ、真っ直ぐに下りて来る黒い生き物。長い尾と四つ足、頭にある四本の角と輝く鱗《うろこ》を持つ竜は、静かに着地するとノーラヒルデの前に座った。

「役目ご苦労」

竜にしては小さく、翼を広げない状態で狼《おおかみ》ほどだろうか。竜の背には筒が括り付けられており、筒の中身を取り出したノーラヒルデはすぐにそれをフェイツランドに渡した。

そして同じく一読したフェイツランドは、今度はエイプリルにそれを渡す。

「僕が読んでもいいんですか？」

「ルインの第二王子として読む権利を持つ。停戦だ。三国が停戦に同意した」

「停戦……」

疲れた頭は一瞬意味を理解し損ね、すぐに気づいて目を瞠った。

「――戦は……終わりなんですか？」

「ああ」

「じゃあ、もうルインが攻められることはないんですか？」

「ない。少なくともシルヴェストロ国がある限り、俺とジュレッドの目がある限り、ルインとソナジェは三国から不当な要求をされることはない」

そして男はトスカ軍にも聞こえるように声を張り上げた。

「戦は終わった！　無駄な戦いは不要だ。さっさと荷物をまとめて国に帰りやがれ！」

ついでにと、男は自分の足の下の男の目の前に紙を広げて見せた。

「ほらよ、お前の口から言ってやりな。俺の言うことは信じないって面《つら》してるからな」

腕を摑まれて乱暴に引き起こされた敵将は、停戦の言葉に半信半疑だったようだが、目の前に下げられたシルヴェストロ国王の書簡を読み、顔面を蒼白にさせた後、男の言葉が事実だったことを認めた。

「……本当だ。停戦協定が結ばれた。戦は終わりだ」

力なく告げられた言葉の威力は大きかった。

ざわめきは外に向かって大きくなり、やがて水紋のように静かに早く軍全体に伝わった。

エイプリルは空を見上げた。

「終わった……？」

「ああ、終わった」

答えの要らない問いに返事があり、上を見上げていたエイプリルの目に男の顔が映った。

視界の端に、黄色の狼煙《のろし》が一筋上がるのが見えた。併《あわ》せて、低く遠くまで伝わる角笛の音が鳴り響く。どちらも停戦を知らせるものだ。

「俺たち騎士の戦いは終わった」

「ルインはもう大丈夫？」

「ああ。もう二度とこの国の大地が踏みにじられることはないだろう」

エイプリルの瞳にブワッと涙が盛り上がった。

「ほ、本当に終わったの？」

「何度でも言ってやる。終わったんだ。もうお前は戦わなくていい。よく頑張ったな、エイプリル」

こんな時、こんな場面で優しい言葉を掛けられて、泣かないでいられようか。

エイプリルは泣いた。思い切り声を上げて泣いた。

ここが敵の陣地だとかそんなことの一切が頭の中から抜け落ちて、思う存分男の腕の中で泣いた。

そして泣き腫らして赤くなった目で見上げた空は、とても澄んで美しかったのを覚えている。


軍勢同士がぶつかって半日も経たずに停戦に持ち込まれたが、それですべてが終わりというわけではない。とりあえず、戦う必要がなくなったため、前線にいた騎士団は国境からルイン王城の周辺にまで後退し、帰国の準備に追われていた。

停戦が布告されて三日後。

「ごめんなさい、狭苦しいところで」

エイプリルはフェイツランドとノーラヒルデにひたすら頭を下げていた。本来なら引き上げて来た騎士や兵士たちを城内に招き入れ、労をねぎらい、感謝の気持ちを込めて歓待したいところなのだが、如何《いかん》せん、ルイン王城は小さい。城内に訓練場や馬場、宿舎まであるシルヴェストロ国のように全員を収容するには、無理があったのだ。

結果として、城内に入れなかった騎士たちは城下の宿に泊まり、宿も満室になった後は近隣の農家に敷地の一部を彼らに使わせてくれるよう頼み、それでやっと何とか収まったという状況だ。

ルインのために来てくれた彼らに対し、それではあまりにも礼を失した態度だと嘆くルインの民からは、自分たちが野宿するから我が家を使ってくれと何人もが申し出てくれた。

それもこれもルイン王城が城と呼ぶには小さく狭いのが原因で、接待役を仰せつかったエイプリルは穴があったら潜《もぐ》ってしまいたいくらい恥ずかしいと身を縮ませる。

「あの、不自由はないですか？　立派な食べ物はないけど、新鮮な野菜や肉や乳製品だけはたくさんあるので、足りなければ言ってください。いくらでも用立てます」

それで国庫が空になっても、国と王家と命があるのだから安いものだと、接待をするに当たってルイン国王とエイプリル、それに役人全員が意見を一致させていた。

「お気遣いなく。長引くのはよくないが、思ったよりも短期で済んだおかげでこちらも持ち込んだ食料が余っている。このまま持って帰るよりは空にした方が我々も助かる。だから食事に関しては気にしなくていい。寝床は寝る場所があればどこでも寝られる体質だ。まったく問題ない」

「じゃあ、帰る時にはたくさん食べ物を用意しますね」

何とかしてお礼をと必死のエイプリルの様子に、フェイツランドとノーラヒルデは顔を見合わせ苦笑した。

流石に団長と副長、それに幹部には狭いながらも各々部屋が宛がわれ、不便は少しもない。あるとすれば、城内の人々から寄せられる感謝と敬愛の視線が少々多すぎるくらいか。

「不便なことがあったら本当に何でも言ってくださいね」

もう一度念を押してエイプリルは、小さく嘆息した。

「どうした坊主。何か問題でもあるのか？」

「だって明日はいろんな国の国王が来るんですよ。これが憂鬱《ゆううつ》でなくてなんだと」

「憂鬱なのか？　いいことじゃないか。停戦協定と友好協定、ルインに取っちゃあどっちも喜ばしいことだろうに」

「もちろん嬉しいですよ。でも北の三国に、ソナジエ、それから東方五国の代表者」

「それにうちの国王か」

「そうです。もう失礼があったらと思うと、今から腹の辺りがしくしくして……」

言葉に出すだけで痛みを覚え、腹の辺りを押さえるエイプリルを見て、フェイツランドが笑う。こちらは他国の城だろうと構わずに、堂々と寛いでいる。

「繊細だな。もっと図太くなれよ」

「団長と一緒にしないでください」

「気になるならシャノセンにでも声を掛けて手伝って貰えばどうだ？　今回の協定とは関わりはないが、彼も王族だ。こういう場での経験があるかもしれないだろう？」

ノーラヒルデの助言に、エイプリルは顔を輝かせた。シャノセンもまた城内に部屋を与えられ、今は図書館と呼んでいる書庫で本を読み漁《あさ》っている。

「そうですね。後からシャノセン王子に聞いてみます」

「苦労性だな、お前は」

「もう性分だから仕方がないと諦めてます」

「その調子で俺の世話も頼むぞ」

「団長はもうちょっと自分で努力しましょうよ……」

知らないなと笑うフェイツランドに、苦笑しか零れない。

城に戻り平和と呼べる日常が戻って来た。それは嬉しい。しかし、エイプリルには少しばかり悩ましいことでもあった。

　フェイツランドの態度が以前とまるで変わらないのだ。つまり、団長と世話役という距離をずっと保ったままなのである。エイプリルにしてみれば、確かに気持ちを伝え、同じものを返されたと思っていたのだが、少しだけ味わった甘い感情が錯覚ではなかったのかと思われるほど、フェイツランドの態度は普通なのだ。

　エイプリルの方は、頭を触られるだけでもう顔が赤くなりそうだというのに。

　だが関係がより深いものになることへの不安もある。果たして自分はこの男と体を重ねることが出来るのだろうか、と。

　好きだという気持ちに偽りはない。しかし、肉欲を伴うかはエイプリル自身にもわからないのだ。だからと言って、男に丸投げするには怖すぎる経験がある。

　結局のところ、エイプリルには打つ手がない状態。腕の中にただ飛び込んで好きだと伝えるだけでいいのだと、マリスヴォスに尋ねれば教えてくれただろうが、恥ずかしさが先に立ち、一人悶々《もんもん》としながら無駄に日を過ごすだけだ。

「ま、とにかく明日は頑張れ」

　そう言って笑ったフェイツランドに向かって小さく舌を出し、立ち上がった。

　フェイツランドとの関係は後回しだ。今は目先のことから一つずつ片付けていくしかない。明日の協定調印のための準備がこれから待っている。


　停戦条約締結は、速やかに且《か》つ粛々と行われた。

長テーブルの一辺に、今回戦を仕掛けて来たトスカ、ネベクルス、ベータの北方三国の国王が並んで座り、その対面にルイン国王。ルイン国王の後ろに第二王子エイプリルが立って控え、もう一辺には昨日の夜にいきなり訪れたシルヴェストロ国王ジュレッドが腕を組んで座っている。

（団長は護衛につかなくていいのかな？）

シルヴェストロ国王は一人だった。他の三国がそれぞれ護衛を連れているのを考えれば、身分の割に危機感が足りないのではと思ってしまう。

（それとも、力が強い人が王になる国だって言うから、他の人たちよりもジュレッド陛下の方が強いのかも）

一番若いにも拘らず、大国の強みなのかふてぶてしい態度だ。ただ、その国王のいつもと同じ態度は、こういう公の場に立つのが初めてのエイプリルには緊張を和らげるよい材料になっていた。

「最後にシルヴェストロ国王の署名を」

三国の王が署名し、ルイン国王もまた署名し、最後に見届け人が署名をすることで締結が成立する。だが、シルヴェストロ国王は「自分よりも適任者がいる」と言い、ペンを取ろうとはしなかった。

事前に知らされていなかったその場にいた全員が驚き、特に今回の戦でソナジェ国を諦めねばならなかった北方三国の代表は表情を険しくした。

「そう怒るな。そいつの方が俺より発言権もあれば知名度も高い。一応国王の冠を戴いてはいるが、正直俺も頭が上がらん。ていうか、勝手に人に押し付けやがってこの野郎って感じだ。つまり事実上のシルヴェストロの――中央大陸南半分の支配者ってやつだ。ジュレッド・セルビアン＝マオの名で署名するよりも、諸外国にも認知度の高いそいつの名前でする方が、対外効果も抜群だ。信頼度が違う」

それから、何を思ったかシルヴェストロ国王は、テーブルに肘をつき手の甲に顎を乗せた格好で、ニヤリとしか言い様のない、それはもう人の悪い笑みを浮かべた。

「それに、恐れられてもいるしな」

エイプリルはちらりと祖父を見た。シルヴェストロ国王の発言を聞いた祖父が、何やら訳知り顔で小さく頷いたからだ。

（おじい様が知ってる人？）

ルインの民か。それともシルヴェストロの人間の中にいるのか。

(僕も知ってる人……ノーラヒルデさん？　それとも実はシャノセン王子が有名人だってことは……)

つい思考に耽っていたエイプリルは、外から扉が開かれる音にはっと意識を戻した。

そしてすぐに「え」と驚きに目を瞠る。

「準備に手間取ってしまった。待たせてすまない」

まず声は同じだった。後ろで緩く結ばれた輝く銅色の髪は、見慣れているものよりも艶があり、しかも綺麗に櫛《くし》が通されていた。結っている紐も金糸銀糸を混ぜて編まれたもので華やかで上品だ。しつこく言わないと剃《そ》らない無精髭は顔のどこにもない。それより何より衣装が違う。

きっちりと首元まで止められたボタン、襟元に結ばれた白いスカーフ、裾の長い紅色の上着に、ピカピカに磨かれた茶革の長靴。胸元のポケットから垂れ下がる金の鎖、上着や襟や胸に煌《きら》めく数々の飾り。

(え？　団長？　え？　嘘でしょう？　だって朝はいつもみたいにだらしない格好だった！)

知っているはずなのに知らない男は、驚くエイプリルに軽く片目を瞑って見せると、シルヴェストロ国王の隣の椅子に腰を下ろした。すかさず国王が話し掛ける。

「遅かったな」

「正装の着方を忘れていたのを忘れていた。慌ててシャノセンを探し出して手伝わせた」

「なるほど」

シルヴェストロ国の席に座った男に視線が集まる。

エイプリルはそれを、どこの誰ともわからない男を見届け人にしていいのかという憤りのせいだと思っていたのだが、判明した事実は想像の上を行くものだった。

「お前は……貴公はまさかフェイツランドか」

呆然と呟いたのはネベクルスの国王だ。この中ではルイン国王に次ぐ高齢である。そのネベルクス国王の目に浮かぶのは、まさに慄きだ。

「いかにも。俺はフェイツランドだ。なんだ、俺が来ているのを知らなかったのか？　あれだけ派手に布陣を敷いたのにな」

薄い笑みを浮かべた男はテーブルの上で指を組み、全員に聞こえるように自己紹介をした。

「知っている方も知らない方も、覚えておいて貰おう。俺は——私はフェイツランド・ハーイトバルト・ジュセル＝マオ。シルヴェストロ国騎士団団長だ。それとも、シルヴェストロの前国王、もしくはシルヴェストロの黄金竜、そう言った方が通りが早いかな？」

不動王、破壊王という細い声が北方三国の国王と護衛たちの口から漏れるのが聞こえたが、エイプリルにとって聞き慣れたその異名よりも男が前国王だったことの衝撃が強かった。

（前国王って……ジュレッド陛下の前の王様？）

呆然としたままのエイプリルをちらりと一瞥した男は、「さて」といつもの調子で切り出した。

「さっさと終わらせちまおうぜ。肩が凝って仕方がない」

それはいつもと変わらない声と口調で、

（ああ、本当に団長なんだ……）

見知らぬ誰かは、とてもよく知っている人だった。


停戦締結条約はシルヴェストロ前国王の登場でいささか場が混乱したものの、恙《つつが》なく終わった。三国の王は夕刻から開かれる会食を断って早々と国に戻ったが、やましいことがあるのではなく、単純に自分と顔を合わせたくないと思っていたからだろう——と、フェイツランド自身が笑いながら教えてくれた。

どうやら以前にルインを訪れたのも、東側諸国の依頼を受ける形で北方三国の一つ、ネベクルスを牽制するのが目的で派手に戦闘を繰り広げたらしく、

「あの時完全に息の根を止めておきゃあよかったぜ」

という物騒な台詞を零していた。

反対に、昼過ぎにやって来た友好国との調印は和やかに済み、日が暮れた今は、停戦の知らせに急遽《きゅうきょ》ソナジェから帰国した兄メイクリスや叔父も一緒に

なってささやかな会食が行われているはずだ。

はずだ、というのには理由があり、エイプリル自身はその会食に参加していないからだ。

「仕方ねぇだろ。お前が不足してるんだ」

腰に腕を回して抱きつくフェイツランドに、エイプリルは溜息しか出ない。

会食の会場へ向かう途中、いきなり横から伸びて来た腕に捕まり、滞在している貴賓室に引きずり込まれてしまったのである。

「そうですか？　全然そんな風に見えなかったけど、本当に？」

「本当に決まってるだろうが。毎日見ていた顔がないと落ち着かないんだよ。三日に一度は一緒に寝ていたのに、独り寝だぞ？　不足して当然だ」

「じゃあ要約するとこういうことですか？　ゆっくり眠りたいけど眠れない。それには僕が必要だから。だから攫《さら》った」

「それは当たっているようで全然違う。不足しているのは抱き枕のお前じゃなくて」


「今現在抱きついている人に言われても……」

いいですけどねと口では呆れたように言いながら、二人だけで話す機会を持ちたいと考えていたエイプリルには、願ってもない機会だった。

「団長、ありがとうございました。もっと早くにお礼を言いたかったんだけど、言う機会がなくて。おじい様に聞きました。前にもルインを助けてくれたことがあるって。その時は、国王陛下だったんですね」

「あの頃はなあ」

フェイツランドは眉を下げて肩を竦めた。

「とにかくシルヴェストロの名前と力を大々的に広めようって話が国内で盛り上がってな、その勢いでいろんなところに騎士団や軍を派遣していたんだ。ちょうどどこもここもそれなりに内紛やら火種を抱えてたからな、名を売るにはちょうどよかった」

「でも、そのおかげで助かりました。今回も」

「今回の礼なら俺よりもジュレッドに言った方がいい。俺は力で退けただけだが、あいつは先のことまでで考えて手を回した。長い目で見りゃあ、あいつの策の方がいいに決まってる。俺はああいう政治的な駆け引きは苦手だ」

　だから面倒臭くなって王位をジュレッドに譲ったんだと笑う。

「それはそうだと思います。でも、僕たちルインの民にとって必要だったのは、今を助けてくれる力でした。もしも団長がいなかったら、停戦状態に持ち込むことなく、ルインという国そのものがなくなっていたはずです。だから団長はルインの恩人です」

　あくまでも感謝するというエイプリルに、フェイツランドは困惑顔だ。

「お前を酷く抱いたのに？　俺の方法が悪かったとは思わないのか？」

「あれは――あれはもっと他の方法があったらと思うけど、あれがなかったら今もなかったのかとも思うから」

「そこは怒れ。怒っていいし、殴ってもいい。だから俺を許すな」

「許すとか許さないとかじゃないんですよ」

「そんなことを言うと図に乗るぞ」

「乗ったらどうなるんですか？」

「こうなる」

「んっ――っっ」

　いきなり塞がれた唇に、エイプリルは目を見開いた。しかし抗議の声を上げようにも言葉を発することは出来ず、待ってと訴えたくてもフェイツランドは目を閉じている。しっかりと首の後ろを捕まえられ、身動き出来ないまま、口づけが繰り返される。吸っては離れ、また吸い付いては離れ、エイプリルに逃げ出す隙を与えてくれない。

　あの日を彷彿《ほうふつ》とさせるようでいながら、激しさよりも甘さ、甘さよりも劣情を感じたのは、エイプリル自身がこれを望んでいたからだ。

「エイプリル」

　ようやく解放された時には息も絶え絶えで、やっとのことで吸うことが出来た新鮮な空気を思い切り吸い込んだ。

「だ、だめ……いきなりされたら息が出来ない」

「我慢しろ。息は俺が吹き込んでやる」

　横に座るエイプリルの腰に手を回し、耳元で囁きながら、フェイツランドの手は気がつけば服の中に忍び込んでいた。

「やっ……いつの間に……あっ」

「あのな、エイプリル。あんまり気づいてねえみたいだから言っとくが、俺はお前が好きなんだぞ？　可愛くて、可愛がりたくてたまらないんだ。欲しくて欲しくて気が狂いそうだ。——一目惚れだったんだよ、お前に」

　エイプリルを椅子の上に押し倒したフェイツランドは、前を解いた場所から見える白い肌にねっとりと舌を這わせた。

「くすぐったい……っ、やあっあんまり触らないで」

「今はくすぐったくてもそのうちよくなる。もっとお前を感じさせろよ。どれだけ俺がお前に飢《う》えているか、お前を欲しいと思っているかわかってんのか？」

「そんなの……知らないっ、だってずっと平気な顔してた、僕が触って欲しくても触って……んんっ……くれなかった」

「そんなん」

　ズボンの上からでもくっきりとわかるくらい形を変えたエイプリルの性器に布地の上から口づけて、フェイツランドはにやりと笑った。

「お前を焦らすために決まってるじゃねえか」

「このっ……あなたって人はッ、本当に意地悪なんですねっ」

　上半身を起こしてフェイツランドの頭をぽかっと殴ったエイプリルは、すぐにまた押し倒されてしまう。

「当たり前だろ。お前が俺のことを本気で好いているのか、未だに半信半疑なんだからな」

　半信半疑なのに抱くのかと抗議の意味を込めて睨めば、唇で形をなぞるように性器を軽く食みながら、フェイツランドは苦笑いを浮かべた。漏れて触れる吐息は熱く、それを感じたエイプリルのものはますます高ぶりを見せた。

「忘れてるかもしれねえが、俺は三十六だ。お前は十六。二十の差があるんだぞ、俺たちには。若い世間知らずのお前が、悪い大人に少し憧れるなんていうのはよくあることなんだ」

男の手がそろりとズボンの中に入って来る。陰毛を軽く指で捻りながら奥を探る指先が、濡れた先端に気づき、ねっとりと撫で始める。

「気の迷いだったら、勘違いしちまった俺が間抜けじゃねえか」

「だからって、勝手に僕の気持ちを決めないでください、僕だって……僕だってすごく悩んで、でもやっぱり団長が好きだって気づいたんだから」

性器への刺激に耐えながら、なんとか気の迷いではないのだと伝えたエイプリルは、そのままフェイツランドの首に腕を回した。

「今だって、嫌なら逃げてる。あんなことされて、怖くないわけない。でも、団長だから、だからもっとして欲しい」

「お前も俺を欲しいのか？」

「欲しいっていうのがどんなのかわかりません。でも、触られないのは嫌だ……ッああッ」

触れて欲しいのだと告げた直後、フェイツランドは一気にエイプリルのズボンと肌着を下げおろし、遮るものがなくなって勃ち上がる性器をぎゅっと握り締め、上下に動かした。

「触れるってのはこんなことをするんだぞ。お前のこれを握って、擦って、濡れた先をこねまわす。それでもいいのか？　恥ずかしいとは思わないのか？」

「はぁっ、はぁ……恥ずかしいとは思うけど、でもいい。それでいい。触ってもっと、もっといっぱい触って」

「エイプリル、お前……」

「だって触りたいんで、しょ。僕、わからないから……団長が好きにして」

自分が何を話しているのか理解していないわけではない。だが、実際に自分の気持ちを言葉にしようと思った時、率直に伝えるということしか思い浮かばなかったのだからしょうがない。

「また痛いことをするかもしれないぞ？」

フェイツランドの手は幹から外れ、更に下へと下りて行く。微妙な隙間を保った太股の間に指の腹を滑らせ、意図的に少し力を入れながらどこに辿り着こうとしているのかを、見えないエイプリルに教えるために動く。

「あ、はっ……はんっ……」

もちろん、もう片方の手は別の箇所も探っている。腹、臍《へそ》、睾丸《こうがん》、乳首。触れられるところはすべて触れるつもりだ。

「ほらエイプリル、着いたぞ。ここだ。ここに俺が入るんだ」

フェイツランドはエイプリルの耳を舐めながら、少しだけ指を穴に潜り込ませた。いざという時のためにマリスヴォスから譲り受けた香油が都合よくテーブルの上に置いてあったのを、エイプリルが知る由《よし》もない。

「入ったの？　中に……あ」

「入った。痛くないだろう？　そうだ、前の時には痛い思いをさせたからな。今日は痛くないようにしてやる。だから存分に俺に甘えて、抱きつけ。そして泣け」

「泣く？　泣くほど痛い？」

「違う。気持ちがいい時に声が出ることも泣くって言うんだ」

もっともわかりやすい刺激を与えるため、フェイツランドの手は再度エイプリルの性器を握り、ゆるゆると擦り出した。

「あっ……あっ……」

「ほらな、声が出るだろう？　もっと気持ちよくなれば本当にすすり泣くんだぞ」

「痛くないなら、それでいい」

「じゃあ泣け、俺を想い、俺に抱かれて泣け。これ以上ないほどの幸せな気持ちと快感を味わわせてやる」

フェイツランドは立ち上がり、衣服を脱ぎ捨てた。勃起した男の性器は以前見た時よりも大きかった。

エイプリルを前にして、一度知ってしまった少年の体を再び手にすることが出来た喜びが力を与えているからなのだが、エイプリルにはそこまではわからない。ただただ、大きさに圧倒されるばかりだ。

「握ってみるか？　風呂場で見るのとは全然違うだろう？」

「違う、太いし大きいし、それにすごく固い」

エイプリルが握っただけでフェイツランドのものは、さらに太さを増した。

「欲しいか？　俺はお前が欲しい。お前の中に入れて、お前を喘《あえ》がせて、お前の中を俺でいっぱいにしたい」

「欲しい」

「じゃあ、やる。やるが、痛くないようにいろいろするが、それを全部我慢したらの話だ」

「それで、いいです」

フェイツランドは有言実行だった。トロリとしたものが尻の間に垂らされ、穴の周りをなぞるだけだった指が一本、少し奥まで押し込まれた。


何度かゆっくりと出し入れされるうち、もっと奥までぐいと入り込んできた。

気がつけば中を探る指は二本に増え、狭い内部を押し広げるように動いていた。それだけで息が上ってしまう。

「まだ……？」

「もういいだろう。いい具合に蕩けている」

埋め込まれていた指が抜かれた。

「入れるぞ」

「ん」

「いい子だ」

頷いたエイプリルの額に、口づけが一つ落とされ、フェイツランドは猛る自分のものに手を添え、滴で濡れる先端をゆっくりと穴に押し当てた。

「んっ……」

ぐいと押し入って来た塊《かたまり》に、エイプリルは眉根をきつく寄せた。フェイツランドが言ったように痛みはなかったが、やはり異物感は残った。しかし、それも根元まで全部入ってしまえばじわじわと自分と一体になるのが伝わり、これが感じたくて人は誰かと肌を合わせるのではと思った。

ゆっくりと動き出す男の腰に合わせ、エイプリルの体もゆらゆらと揺れる。抱え上げられた膝の間に陣取るフェイツランドの表情は険しく見えるが、それは快感を追うためだ。意識してやっているわけではないが、エイプリルが力を入れれば眉根が寄り、緩めれば少しほっとする。

だが、やはりフェイツランドが一番恍惚《こうこつ》としているのは、激しく腰を抽挿している時だ。それまではエイプリルのいいところを突いたり、探ったりしているのに、一度自分の快感を追う方向へ向けば、まさに獣の激しさでエイプリルを何度も穿ち、突き上げた。

「エイプリル、いいか？　気持ちいいか？　俺が好きか？」

「うん……いい、あぁ……好き、あなたが好き」

告白に、フェイツランドは獣のように襲い掛かった。


「あのさあ坊や。少し学習しようか」

「……」

エイプリルはベッドの中に潜り込んだ。エイプリルの私室ではなく、フェイツランドの部屋である。

何度も抱き合った二人はそのまま眠りにつき、起きた時にはエイプリルの足腰が立たないというおまけまでつけてくれた。

それに加え、声まで出なくなってしまっていたのだ。フェイツランドは宣言通りにエイプリルを啼《な》かせた。歓《よろこ》びに咽《むせ》ぶ声は余計に行為を激しくさせ、それでまた声を上げ――という悪循環。

エイプリルは布団の中に潜ったまま、悠々と寛いで椅子に座るフェイツランドを睨んだ。半日経ってもまだ立てないというのに、こんな風にした張本人は朝からシルヴェストロ国王や祖父と食事をし、騎士団の稽古にも付き合って来たのだ。

体力の違いを痛感させられるのはまだいい。いずれは体も慣れ、体力も追いついていくだろうと楽観的に考えているからだ。

それよりも問題なのは、二人の関係が周囲に周知徹底されてしまったことである。

マリスヴォスやノーラヒルデ、ヤーゴなど、不可抗力からエイプリルと男の関係を知ってしまっていたものは諦めるとして、

「団長、破壊王なのは構いませんが、壊すのは物だけにしてくださいね」

訳知り顔の騎士たちがそんなことを男に話しているのを聞いた時には、真剣にどこかに隠れてしまおうかと思ったくらいだ。恥ずかしさで。

結局は、自室に帰ることもままならず、こうして男の部屋で寝込んでいる時点で、もう開き直った方がいいのかもしれない。

自分を探していた兄メイクリスとゆっくり会うことが出来たのも、昼もかなり過ぎてからのことだった。


そんなエイプリルが祖父に呼ばれたのは、シルヴェストロ騎士団が帰国する前日のことだ。

「エイプリル、お前はどうする？　騎士団と一緒にシルヴェストロに行くか、それともここに残るか。あと三日ほどすればお前の両親と双子が静養先から戻って来る。それを待つか？」

両親と双子に会える。

兄とは会って話が出来たが、他の家族とは久しぶりだ。心が揺らがなかったと言えば嘘になる。だが、

「予定通り騎士団と一緒に明日出発します。父上や母上に会えないのは残念だけど、僕はまだ騎士としては新米で、置いて行かれたくないんです」

若い騎士たちや親しくなった騎士。彼らは常に鍛錬の中に身を置いている。彼らの強さをまざまざと見せつけられて、安穏としていられるはずがない。

男と並んで歩くには、まだまだ鍛え、学ばなければならないことがたくさんある。

「今回は急だったから持って帰れなかったけど、お土産を買っていたんです。みんなに。給金もたくさ

ん貰えるんですよ。だから少しずつまとまった金額になったら送るつもりで、貯めてるんです」

「楽しく暮らせているようだな。そうか、それなら仕方ない。あの子たちにはわしから伝えておこう」

「手紙を書いて行きます。双子にはおじい様が読んであげてください。それにまた里帰りします。頻繁には無理だし、団長の許可を貰わなくちゃいけないけど、出来るだけ帰れるようにお願いしてみます」

ルイン国王は孫の元気な言葉に目尻の皺を深くした。

「立派な騎士になりなさい。わしらはいつでもお前を待っているからな」


翌日、ルイン国王や家臣たちに見送られ、エイプリルは騎士たちと共にシルヴェストロに向けて出発した。忙しいシルヴェストロ国王は調印式の翌日には帰国し、ノーラヒルデもその時一緒に帰国している。やはり本部をもう一人の副長に任せたままだったのが気になっていたようだ。

出立の時、家臣一同を引きつれて門前まで出て来たルイン国王は、フェイツランドの前に立ち、深々と頭を下げた。

「孫をよろしくお願いします」

「ああ、一人前の騎士に鍛えてやる」

国王は空色の目を細め、懐かしそうに微笑んだ。

「本当に……貴公には何度礼を言っても足りないほどだ。前といい、今回といい」

二人の目は間に立つエイプリルに注がれている。

「縁があるんだろうな、ルインと。それにこいつと」

「僕?」

ルイン国王は小さく笑った。

「エイプリル、お前が小さい頃、山で迷子になって崖から転げ落ちた時に助けてくださった騎士がいる。それがフェイツランド殿だ。あの時は、シルヴェストロ国王と騎士団長を兼任しておられた」

「団長が？」

驚いたもいいところで、エイプリルは目を丸くしてフェイツランドを見上げた。羊を探しに出掛けて迷子になったのは強烈な出来事だからしっかりと覚えている。だが、どうやって城に帰ったのかはまったく記憶に残っていなかった。

「覚えてなくて当然だ。お前は羊の足の間でぬくぬくと眠っちまってたからな。この俺に涎《よだれ》をつけたちびがまさかうちの騎士団に入るとはあの時は思いもしなかった」

「知ってたんですか、僕のことを」

「そりゃあ知ってるさ。第二王子は一人しかいないんだからな」

「教えてくれてもよかったのに」

「別に話すようなことじゃない。実際、お前は覚えていなかったじゃねえか」

でも、と不満そうなエイプリルの頭に手を乗せ、フェイツランドはいつものように力強くかき回した。

「どっちでもいいだろ。結局お前は俺のものになったんだ。これからはずっと一緒だろ？」

いい拾い物をしたとフェイツランドは朗らかに笑い、その笑い声はルインの青く澄んだ空に広がっていった。


行きは慌ただしくて大陸公路から見える風景を楽しむ余裕はなかったが、脅威が去った今、エイプリルたちはゆったりとした足取りでシルヴェストロに向かって南下していた。

小隊毎に小分けに出立したとはいえ、大軍勢には変わりない。ルインの危機を救った英雄たちの姿を見ようとわざわざ街道にまでやって来る近隣の民もいた。小さなルインの民の全員が、騎士団に感謝し、歓声を上げた。

マリスヴォスやシャノセン、ヤーゴらと共に、軍勢の先頭に近い位置を馬で歩くエイプリルは、気恥ずかしくてたまらないのだが、さすがというべきか、当たり前のように手を振り返す騎士たちの姿に脱帽だ。

　そして隣で馬を進めるフェイツランドは。

「帰ったらまず何をする、ですか？　それは掃除ですね。窓を閉め切ったままだとあんまりよくないし、あ、それよりもプリシラだ。僕が出て行くことになったから、ジャンニさんにお願いしていたんです。帰ったらジャンニさんにお礼言って、引き取りに行かなきゃ」

「何か忘れてないか？　兎やジャンニのことよりも先にすることがあるだろう」

「ありますか？」

「ある」

　隣ではマリスヴォスがニヤニヤ笑っている。

「坊やは大事なことを忘れてるよ。忘れちゃったらいけない人のことをすっかり忘れてしまってる」

「大事な人……？　ノーラヒルデさん？　それともジュレッド陛下ですか？」

　ヤーゴは渋面を作り、シャノセンは上品に微笑んでいるが、どこか楽しげだ。

「あー、まあ頑張って。あんまり刺激を与えない方がいいと思うけどね」

「エイプリル、帰ったらじっくりと話をしようか。稽古場がいいか？　それともベッドの中がいいか？」

「え？　え？　もしかして――」

いつも一緒に

「どうした？　ほらたんと食え。遠慮はいらないからな」

「はぁ」

目の前の皿いっぱいに積み上げられたジャガイモの揚げ物と生ハムとチーズとオリーブを挟んだパンを前に、エイプリルは曖昧な微笑を浮かべて頷《うなず》いた。

――いつかまとまった時間が取れれば食事でも。

確かにそんなことを言われた記憶はある。だがそれはもっと格式高い城の食事会、もしくは屋敷に招待されての晩餐《ばんさん》のようなものだと考えていた。

間違っても、青空の下で、騎士団敷地内で、頑丈さだけが取り柄のテーブルと椅子に座って、味は確かだが量を優先する庶民的な食べ物を皿に入れ、手づかみで食べるようなものではない。

それなのに、現実のシルヴェストロ国王ジュレッドは、ガツガツと大口を開けて頬張り、「うめぇ」と言いながら、大きなグラスに注がれた清涼水を一気に半分飲み干すというように、優雅さとは程遠い姿でエイプリルの前に大股を広げて座っている。

周囲にいる騎士たちの誰一人として自分たちが忠誠を誓う対象がここにいることに気にする素振りを見せないのもまた、驚きだ。

当たり前のように場に馴染《なじ》み、溶け込んでいる国王は、三日間ずっと仕事詰めで、休憩を理由に解放されたのだと笑って言う。息抜きに騎士団にやって来て、偶々《たまたま》見つけたエイプリルに以前の約束を思い出し、食事の誘いを掛けたというわけである。

「やっぱりここの飯はうまいな。城のはどうにも上品すぎて口に合わない」

「もしかして何度もここで食べてるんですか？」

「ああ。書類仕事ばかりだと息が詰まるだろう？　ここに逃げ込め――ゴホン、ここなら小煩い役人連中は騎士を怖がって来ないし、ゆっくりと出来る」

途中誤魔化しが入ったが、つまるところ座ってばかりの書類仕事に飽きたため、ある意味治外法権ともいえる騎士団敷地内に逃亡して来たということらしい。

「役人は騎士の方が苦手なんですか？」

「そんなところだ。型に嵌《はま》らないし、叱りつければ慇懃無礼な態度を取られるしで、相性が悪いらしい。親父の悪影響だと俺に文句を言われてもな」

「あの、親父の悪影響ってことは、ジュレッド陛下の父上も騎士団に関わりがあるんですか?」

エイプリルは単なる疑問を尋ねたにすぎない。しかし、国王の反応は違った。「は?」と目を見開いたかと思うと、

「何言ってんだ。俺の親父はフェイツランドだぞ。騎士団長で、黄金竜なんて大層な二つ名で呼ばれているあの大男だ」

今更何を言い出すんだとばかりの口調に、それこそエイプリルは空色の瞳を大きく見開いた。

「え? 団長が父上、なんですか?」

その反応に固まったのは、これまた国王で、眉間に深く皺《しわ》を寄せ、食べかけのパンを皿に置いた。

「おいおい、もしかして知らなかったのか? 親父――フェイツランドが前国王なのは知ってるだろう? 当然俺との関係は知ってるもんだと思ってたんだが」

「……知らなかったです。そんなこと、誰からも聞いたことないです」

本当かよと、国王はガシガシと頭を掻《か》いた。

「親父がさっさと退位したせいで俺が冠を頭に載せる羽目になっちまったんだ。とっくに知ってたと思ってたぜ」

言われてみればその通りで、自分の祖国の例を思い出すまでもなく、大抵の国で王位は世襲制を採《と》っている。だから、ジュレッドの前のシルヴェストロ王がフェイツランドなら親子間で王位継承が行われたと考えるのが普通だ。誰も教えてくれなかったのも納得できる。

ただ、シルヴェストロの事情に疎いエイプリルだけが知らなかった。そして、それはフェイツランドと恋仲のエイプリルにとって決して些細なことではない。

「あの、ジュレッド陛下の母上はどちらに?」

「実家だな。前までは軍にいたんだが、さすがに年

も年だからと願い倒して、やっと五年前に引退して領地の方に引っ込んで貰った」

エイプリルは視線を落としたまま、かじりかけの揚げ物を皿に置き、国王を見つめた。

赤味の強い金髪と金色の瞳。顔立ちは華やかで、男くささが前面に出るフェイツランドとはあまり似ていない。

「ジュレッド陛下は団長には似ていませんね」

「ああ。俺はどっちかというと母親似だからな」

なんてことのないように国王は言うが、エイプリルの心は沈んだままだった。

（団長とジュレッド陛下が親子……）

それは重くエイプリルの心にのし掛かる内容だった。知った途端に食欲もなくなった。普段のエイプリルなら、出されたものは遠慮なく残さず食べるのに、まだ半分も残っている。しかも自費ではなく、国王の奢《おご》りというのに。

勿体《もったい》ない。そんな言葉が出て来ないくらい、喉も腹も食事を続けろと催促しない。こんなことは生まれて初めてだ。

（どうしよう……。僕、どうしたらいいんだろう）

二人は親子。そして母親も存命。母親似だという言葉から、きっと華やかで美しい人なのだろうと思う。その女性がフェイツランドの妻。つまりは正妻で、元王妃。

そんな女性がいるのに、自分のような子供がフェイツランドの愛情を受け取っていいのだろうか？

それに――。

（このまま、側にいてもいいのかな、僕）

もやもやしたものが胸の奥にこびりついてしまったようで、思わずシャツの胸元をぎゅっと握った時だ。

「具合でも悪いのか？」

頭の上に覚えのある重みが乗せられた。はっと見上げれば、「ん？」と見返す金色の瞳がある。その中に、しっかりと自分の顔が映っていて、エイプリルはほっとした。

「お前が食い掛けで残すなんて、天変地異の前触れじゃないかって心配になるだろ」

「そんなに食べてばかりいないですよ」

「昨日の夜、俺が最後に食べようと残していた雉肉《きじ》の揚げ物を掻《か》っ攫《さら》ったやつの台詞《せりふ》じゃあねえな」

「それは、残したら料理を作った方に悪いと思って」

「俺は好物は最後まで取っておくんだよ。じっくり食いたいからな」

お前も知ってるだろう？　そう耳元で囁《ささや》かれ、エイプリルは首元から顔の上までを真っ赤に染めた。

昨夜、二人で過ごした濃厚な夜を思い出したからだ。焦《じ》れったくも執拗《しつよう》な愛撫《あいぶ》、息も絶え絶えになりそうなほど中を穿たれて、どれだけ声を上げたことか。

そんなエイプリルの金髪をわしゃわしゃ掻き回したフェイツランドは、そのまま視線を国王に向けた。

「お前、休憩が長過ぎるって城の方から捜索願いが出されてたぞ」

「長過ぎるって、まださっき食い始めたばっかりだぞ！　横暴だ！」

「それは城で手ぐすね引いて待ってる古狸《ふるだぬき》どもに言ってやれ。お前がいなけりゃ、困るだろうが。あの連中、隙あらば俺を引き摺《ず》り戻そうと狙ってるからな」

言うなりフェイツランドはパチンと指を鳴らした。途端に引き連れて来た五人の兵士がテーブルを取り囲むように並び、国王の腕を持って立ち上がらせる。

「わかった！　戻るから！　戻るから、残った食いものも全部包んでくれ！　飯くらいまともに食いたいんだよ、俺は！」

「責任を持って届けさせるから、心置きなく仕事しろ。連れて行け」

離せ離せと喚《わめ》く国王の両腕は屈強な兵士に握られ、前後にも逃亡防止のために兵士が付き従う。一国の王の扱いとは思えない仕打ちだが、シルヴェストロではこれが通常なのだろう。その証拠に、笑って眺めてはいるが、誰も助けようとはしないのだ。

約束は律儀に守る気はあるらしく、残っていた兵士にテーブルの上のものを手早く包ませたフェイツランドは、そのままエイプリルの前に腰を下ろした。

「で、お前は何を悩んでいるんだ？」

「僕、悩んでいるように見えましたか？」

「ああ。見えた」

反論しようと口を開きかけたエイプリルは、しかし茶化すのではなく、ただ「どうした」と優しく問いかける眼差しに、また俯いた。

「ルインのことか？」

「違います」

「じゃあ、誰かに何か言われたか？」

エイプリルは少し考え、首を横に振った。おそらくフェイツランドが言うのは、エイプリルの存在を快く思っていない騎士から悪意を受けたのではないかということなのだろう。だが、直接の理由は国王から親子関係を聞かされたことで、落ち込んでいるのはエイプリル自身の問題だ。

しかし、その僅かの逡巡《しゅんじゅん》は、フェイツランドに理由の一つに気付かせることになってしまった。

「ちっ……ジュレッドだな。あいつが何か余計なことを言ったんだろう」

「違います。ジュレッド陛下は余計なことは何も言ってません」

ただ、本当のことを教えてくれただけだ。

フェイツランドが父親なのだ、と。

「そうか？　もしあいつに何かされたらすぐに俺に言うんだぞ。庇《かば》うこたぁないからな。思う存分にとっちめてやる」

国王が連れ去られた方向を睨《にら》んでいたフェイツランドは、すぐにエイプリルに向き直ると、額に掛かる前髪を手で後ろへ流し、自分の額を押し当てた。

「だ、団長？」

エイプリルは慌てた。

「少し熱があるか？」

「団長、あの……」

どこか悪いのかと真剣に悩むフェイツランドの顔を間近で見ながら、エイプリルの口は勝手に言葉を発していた。

「――好きです」

「は？」

「僕、やっぱりあなたが好きです」

「お、おう。ありがとうな。俺も好きだぜ、エイプリル。で、やっぱりってのは？」

「たとえ――たとえ余所《よそ》に女の人がいても、奥様がいても、ジュレッド陛下みたいな大きな子供がいても好きです。離れたくありません」

一度声に出してしまえば、覚悟は決まったようなものだ。次々に伝えたい言葉が溢れ出て来る。

「ずっとあなたと一緒にいてもいいですか？　ジュレッド陛下にも認められるように努力します。だから、ずっと側にいさせてください」

「まあ、それは構わないが」

「よかった！」

晴れやかな笑顔を浮かべたエイプリルは、ほうっと大きく息を吐き出し、肩から力を抜いた。もしも妻がいるから駄目だと断られたらどうしようかと思っていたのだ。

「なあ、エイプリル。お前、どうしてそんなことを考えたんだ？　そもそもジュレッドは関係ないだろう？」

「関係ありますよ。だって、ジュレッド陛下は団長の子供なんでしょう？　それに、余所にも女の人がいるかもしれないし……」

最後の方は尻すぼみになったエイプリルの言葉に、ハアという大きなフェイツランドの溜息が重なった。

「あのな、お前何か誤解してるだろ。ジュレッドは確かに俺の息子だが、実子じゃねえぞ。国王にするために便宜上養子に迎えただけだ」

え、と見上げたエイプリルの目に、それはもう呆れを顔全部に貼りつけたフェイツランドの顔が映る。

「実の子じゃ……ない？」

「ああ。俺の従兄《いとこ》の子だ。王族の中で一番腕が立って、実務能力にも優れていたのがジュレッドだった。知ってるだろう？　シルヴェストロでは強いものが王位に就く。実子が強ければそのまま、他に適任者がいればそいつが引き継ぐし、その時には、養子にするのも普通に行われている」

「じゃ、じゃあ、奥様は？　正妃の方は」

「そんなのはいねぇよ。過去にいたこともねぇ」

　そこまで言い切ってフェイツランドは、エイプリルの方へずいと身を寄せた。

「なあ、エイプリル。お前、ヤキモチ妬《や》いたんだろう？　俺に女がいると思って。息子がいるってことは、お前とやってるようなことを女ともやってるんだと思って嫌だったんだろう？」

　ニヤニヤするフェイツランドに「違う」と言えればいいのだろうが、エイプリルはそこまで色恋に長《た》けているわけでも、駆け引きを楽しむ性質でもない。

「……だって」

「安心しろ、エイプリル。俺は一途なんだ。お前しかいねえよ。今もこれからもずっとな」

「本当に？」

「ああ、本当だ。浮気しないと誓う」

「ぼ、僕も」

　重々しく頷いたフェイツランドに安心したのも束の間、

「そうだ、浮気防止のためにお前に出来ることがあるぞ」

「どんなことですか？」

「俺が他のやつのところに行こうと思えないくらい、ずっと好きだと言い続けろ」

「わかりました」

　エイプリルも、それに否はない。

「それから、俺の種は全部お前の中にぶち込んでやるから、拒否するな。俺を全力で引き止めろ」

「はい、わかりまし……え？」

　最後のは一体なんなのだろうと首を傾げたエイプリルがフェイツランドを見れば、男は白い雲が浮かぶ青空を見上げて大きく笑った。

「いい覚悟だ」

「え？　え？」

　何のことかよくわからなかったが、機嫌の良さそうなフェイツランドに「まあいいか」と思い直す。

　これからもずっと一緒にいたい。

　その気持ちがあれば大丈夫だと。

あとがき

今回はいつもより長く語っている朝霞月子《あさかつきこ》です。

剣を持って戦う男たちの姿を書きたい欲求にこう抗《あらが》うことが出来ず、でもBLらしさも随所に盛り込まなきゃね、BLだから！　と書きたいことを詰め込んだらこの分量。本文を書いている最中よりも見直しや修正の時が一番大変だったのは、お約束です。

騎士団の話を書きたい！　という前々からの希望が叶《かな》って作者としては満足なのですが、いかがでしたでしょうか？　騎士と言ったらやっぱり剣。最初に浮かんだのはフェイツランド（破壊王）のビジュアルで、ここから妄想が広がりました。そのため、挿絵イラストで完全武装したフェイツランドを見た時の感動と言ったら、もう言葉もないくらい悶《もだ》えることしきり。「そう、これが見たかったんだ！」と。

さて、横暴《おうぼう》で我儘《わがまま》だけどカッコいい攻とくれば、しなやかさと健全さを持ち合わせた受が必要。そこで出来上がったのが金髪青い目のエイプリル王子。本人は、シャノセンが王子らしいと思っていますが、見た目は負けていません。何より貧《まず》しくても王族、育ちのよさが前面に出ているので、食いしん坊万歳な子ですが、粗野《そや》な騎士たちにはエイプリルこそ「王子様」という認識を持たれています。シャノセン王子はあれで食わせ者なので。

騎士OK。王子もOK。萌《も》え要素の年の差・体格差・横暴攻×天然受も盛り込んだ。でも何か足りない。そうしてどこからか頭の中に降りて来たのは、マスコットの一角兎《うさぎ》プリシラ。これでもふもふ要素もクリアです。犬でも猫でも虎でも狼でもライオンでもなく、なぜ兎だったのかは、私にもわかりません。主人公の危機を助けることもなく、言葉も話さず、寝ているシーンばかりなのに、なぜか癒《いや》しの存在の地位を確立。余談ですが、「巨大化したプリシラに乗って山を飛び越える夢」を見てほんわりとしていたエイプリルは、語った相手フェイツランドに爆笑されて、しばらく口を利かなかったという裏話も。

そして忘れていけないのがイラスト。イラスト担当のひたき先生にはたくさんの萌えをいただきました。剣と騎士のファンタジーとBLが見事に一枚絵に表現されていて、カバーや口絵に悶《もだ》えた方もいらっしゃったのではないでしょうか。ありがとうございました。いつか動いている竜も描いていただきたいなと密かに野望を抱いている次第です。

また、担当編集含め、出版社・関係者の皆様には毎回本当にお手数お掛けしています。少しずつ成長して参りたいと思いますので、どうぞよろしくお願いいたします。

最後になりましたが、本作を読んでの感想（あの人が好き、あのエピソードがよかった、続きを読みたい！　などなど）がありましたら、是非編集部宛てにお寄せください。よろしくお願いいたします。

おまけのクエスチョン。月神の騎士団長と血縁関係がある人物は誰でしょう？

この本を読んでの
ご意見・ご感想を
お寄せ下さい。

〒151-0051
東京都渋谷区千駄ヶ谷4-9-7
(株)幻冬舎コミックス　リンクス編集部
「朝霞月子《あさかつきこ》先生」係／「ひたき先生」係

リンクス ロマンス

空を抱く黄金竜

2014年2月28日　第1刷発行

著者……………朝霞月子《あさかつきこ》
発行人…………伊藤嘉彦
発行元…………株式会社　幻冬舎コミックス
〒151-0051　東京都渋谷区千駄ヶ谷4-9-7
TEL 03-5411-6431（編集）
発売元…………株式会社　幻冬舎
〒151-0051　東京都渋谷区千駄ヶ谷4-9-7
TEL 03-5411-6222（営業）
振替00120-8-767643
印刷・製本所…株式会社　光邦
検印廃止

ISBN978-4-344-83056-1 C0293
Printed in Japan

幻冬舎コミックスホームページ　http://www.gentosha-comics.net